EL NUEVO
HIMNARIO POPULAR

EL NUEVO
SEMINARIO POPULAR

EL NUEVO HIMNARIO POPULAR

EDICION DE LETRA

"Cantaré con el espíritu, mas cantaré también con el entendimiento."
–1 Cor. 14:15

EDITORIAL MUNDO HISPANO

EDITORIAL MUNDO HISPANO

7000 Alabama Street, El Paso, TX 79904, EE. UU. de A.
www.editorialmundohispano.org

Nuestra pasión: Comunicar el mensaje de Jesucristo y facilitar la formación de discípulos por medios impresos y electrónicos.

El nuevo himnario popular. © Copyright 1973, Editorial Mundo Hispano, 7000 Alabama Street, El Paso, Texas 79904, Estados Unidos de América. Todos los derechos reservados. Prohibida su reproducción o transmisión total o parcial, por cualquier medio, sin el permiso escrito de los publicadores.

Primera edición: 1967
Trigésima edición: 2015

Clasificación Decimal Dewey: 245

Temas: 1. Himnos; 2. Poesía religiosa

ISBN: 978-0-311-32011-0
EMH Art. No. 32011

2 M 5 15

Impreso en Colombia
Printed in Colombia

PROLOGO

Edición de Letra

El canto congregacional fue practicado por el Señor Jesús y sus apóstoles (Mat. 26:30); después otros grupos de cristianos hicieron lo mismo para alabar a Dios, para instruirse y exhortarse mutuamente (Ef. 5:19; Col. 3:16). Más tarde hubo tiempos y lugares donde no se practicaba el canto congregacional de los himnos; pero los evangélicos reintrodujeron esta costumbre por el tiempo de la Reforma. Así, el canto congregacional es una herencia que nos legaron nuestros antepasados cristianos.

El canto de himnos por las iglesias cristianas tenía que hacerse inteligentemente, como lo enseñó el apóstol Pablo: "Cantaré con el espíritu, mas cantaré también con el entendimiento" (1 Cor. 14:15).

No olvidemos que la Palabra de Dios nos invita a cantar con júbilo: "Cantad a Jehová canción nueva, cantad a Jehová, toda la tierra. Cantad a Jehová, bendecid su nombre: Anunciad de día en día su salud" (Salmo 96:1, 2). "Cantad alegres a Dios, habitantes de toda la tierra. Servid a Jehová con alegría: Venid ante su acatamiento con regocijo" (Salmo 100:1, 2); y "Porque Dios es el Rey de toda la tierra: Cantad con inteligencia" (Salmo 47:7; 1 Cor. 14:15).

Así pues, presentamos al pueblo cristiano "El Nuevo Himnario Popular" **edición letra**, para que pueda glorificar y alabar a Dios.

ORDEN DEL CULTO
(1 Cor. 14:40)

I. LA ALABANZA EN LA ADORACION

PRELUDIO INSTRUMENTAL. Organo, piano, etcétera. Ayuda a preparar a los concurrentes para la iniciación del culto público a Dios. Sirve de ambiente musical de reverencia para los que meditan, leen sus biblias, oran, etcétera.

APERTURA DEL CULTO. Esta puede ser una apertura coral, como ser el "Hosanna", No. 2; o una estrofa de "Santo, Santo, Santo", No. 18; etcétera. Algunos pastores saben leer un par de versículos que glorifican el nombre de Dios, tal como en la Lectura Antifonal No. 13 versículos 1 y 2. Algunos grupos corales saben entrar como en procesión, cantando una estrofa o coro apropiado como lo es el del himno No. 4. Es muy conveniente variar estas aperturas.

INVOCACION. Momentos breves de oración en que se pide al Señor su presencia y que acepte la alabanza y la adoración que la iglesia se propone rendirle. El órgano puede tocar muy suavemente alguna música, hasta que el pastor llegue al final de su oración omitiendo el "amén" para que lo cante el grupo coral.

AMEN CORAL. Generalmente algún 'amén', como el 'Dresden' No. 384, puede usarse.

HIMNO CONGREGACIONAL DE ADORACION. Este debe ser un himno que desde el principio mismo de la reunión corrobore y acondicione los corazones para recibir el sermón.

II. LAS ESCRITURAS Y LA ORACION EN LA ADORACION

UNA LECTURA BIBLICA. Esta puede ser en forma antifonal entre el pastor y la congregación, o el coro y la congregación, o puede hacerla el pastor únicamente, o variarla según se crea conveniente. Esta es la oportunidad en que los creyentes oyen la Palabra de Dios, quien les habla directamente.

LA DOXOLOGIA MENOR. Podría ser el "Gloria Patri", No. 388 entonado por la congregación o por el coro solamente. Es la expresión que glorifica a Dios por su preciosa palabra.

ORACION PASTORAL O MATUTINA. En esta oración el pastor de la iglesia eleva la expresión verbal de la alabanza, glorificación, súplica, intercesión, etcétera del pueblo de Dios que habla directamente con él.

RESPUESTA CORAL. Momento en que el coro expresa, en nombre de todos el deseo de que Dios considere la oración recién pronunciada para prosperarla según sea su santa voluntad.

HIMNO CONGREGACIONAL ALUSIVO AL SERMON. Este, como todos los demás himnos, debiera contribuir al sentir y propósito del sermón.

III. NUESTRAS DADIVAS EN LA ADORACION

DEDICACION DE LAS DADIVAS. El coro puede cantar alguna estrofa adecuada al momento de las ofrendas, como por ejemplo la primera estrofa del himno No. 84. O bien todos pueden cantar la Doxología Mayor: No. 389.

ORACION DEDICANDO LOS DIEZMOS Y LAS OFRENDAS. Después de la oración se reciben las dádivas de vida, y en seguida se procede a reunir las ofrendas dedicadas al Señor como expresión de adoración.

OFERTORIO INSTRUMENTAL. Esta música instrumental debe ser reverente y conducir a la congregación al ambiente de adoración que se experimenta en la presentación de las dádivas al Señor.

IV. MANA DIVINO EN LA ADORACION

MUSICA ESPECIALMENTE PREPARADA. Esta música también debe ser seleccionada de acuerdo con el tema del sermón e interpretada por el coro, o por algún grupo musical más pequeño, o por algún solista, etcétera.

SERMON. A cargo del pastor o de otro predicador.

HIMNO DE DECISION. Invitación a los nuevos creyentes cantada por la congregación o por el coro.

ORACION DE CLAUSURA.

BENDICION CORAL. Por ejemplo: la primera estrofa, sin el coro, del himno No. 146, o de otro himno.

POSTLUDIO INSTRUMENTAL. Música más movida, plena de gozo y satisfacción por haber tenido la experiencia de la adoración en el día del Señor.

1 Loores Dad A Cristo El Rey
CORONACION

Eduardo Perronet　　　　　　　　　　　　　　Oliver Holden

1. Loores dad a Cristo el Rey, suprema potestad;
   De su divino amor la ley, postrados aceptad;
   De su divino amor la ley, postrados aceptad.

2. Vosotros, hijos de Israel, residuo de la grey;
   Loores dad a Emanuel y proclamadle Rey;
   Loores dad a Emanuel, y proclamadle Rey.

3. Gentiles que por gracia de él gozáis de libertad,
   Al que de vuestro ajenjo y hiel os libra, hoy load;
   Al que de vuestro ajenjo y hiel os libra, hoy load;

4. Naciones todas, escuchad y obedeced su ley
   De gracia y de santidad, y proclamadle Rey;
   De gracia y de santidad, y proclamadle Rey.

5. Dios quiera que con los que están
   Del trono en derredor,
   Cantemos por la eternidad a Cristo el Salvador;
   Cantemos por la eternidad a Cristo el Salvador.

2 ¡Hosanna!

Wm. B. Bradbury

¡Hosanna! ¡Hosanna! ¡Hosanna!
En cielo y tierra es del Señor la gloria y potestad;
Y nos circunda con su amor la excelsa Trinidad.
Alzad, pues, himnos de loor
Que es grato al sumo Bien,
Y a Dios rindamos todo honor
Ahora y siempre, Amén.

A Dios rindamos todo honor, todo honor, todo honor,
A Dios rindamos todo honor, ahora y siempre. Amén.

3 Dad A Dios Inmortal Alabanza
PUEBLA

José de Mora   Colección Española

1. Dad a Dios inmortal alabanza
   Su merced, su verdad nos inunda;
   Es su gracia en prodigios fecunda,
   Sus mercedes, humildes cantad.
   ¡Al Señor de señores dad gloria,
   Rey de reyes, poder sin segundo!
   Morirán los señores del mundo,
   Mas su reino no acaba jamás.

2. Las naciones vio en vicios sumidas
   Y sintió compasión en su seno;
   De prodigios de gracia es torrente,
   Sus mercedes, humildes cantad.
   A su pueblo llevó por la mano
   A la tierra por él prometida.
   Por los siglos sin fin le da vida;
   Y el pecado y la muerte caerán.

3. A su Hijo envió por salvarnos
   Del pecado y la muerte inherente;
   De prodigios de gracia está lleno,
   Sus mercedes, humildes cantad.
   Por el mundo su mano nos lleva,
   Y al celeste descanso nos guía;
   Su bondad vivirá eterno día,
   Cuando el mundo no exista ya más.

4 Tiernas Canciones Alzad Al Señor

GEIBEL

Vicente Mendoza   Adam Geibel

1. Tiernas canciones alzad al Señor,
   Himnos que lleven del alma la fe,
   Y hablen muy alto del férvido amor
   Que hay en el pecho del hombre que cree,
   Vengan trayendo ferviente canción,
   Niños y ancianos, de Dios al altar.
   Traigan a él su corazón,
   Unico don que podrá aceptar.

CORO:

   ¡Cielo y tierra canten al Señor de las naciones!
   ¡Cielo y tierra canten al Señor de las naciones,
   Y los hombres todos, con alegres corazones,
   Sirvan al Señor que vida y paz siempre les da!

2. El es la fuente de toda bondad,
   El es la vida, la luz, y el calor,
   Sólo él nos libra de cruel ansiedad,
   Sólo él aleja del alma el dolor;
   Digno es por tanto, que el hombre le dé
   Gloria y honor que resuenen doquier.
   Vamos a él llenos de fe,
   Nos salvará con su gran poder.

5   Te Loamos, ¡Oh Dios!

REAVIVANOS

Tr. H. W. Cragin
Wm. P. Mackay   John J. Husband

1. Te loamos, ¡Oh, Dios! Con unánime voz,
   Que en Cristo tu Hijo nos diste perdón.

CORO:

   ¡Aleluya! Te alabamos, ¡Cuán grande es tu amor!
   ¡Aleluya! Te adoramos, bendito Señor.

2. Te loamos, Jesús, quien tu trono de luz
   Has dejado por darnos salud en la cruz.

3. Te damos loor, santo Consolador,
   Que nos llenas de gozo y santo valor.

4. Unidos load, a la gran Trinidad,
   Que es la fuente de gracia, virtud y verdad.

6   A Nuestro Padre Dios

AMERICA

Es traducción en
Estrella de Belén   Henry Carey

1. A nuestro Padre Dios alcemos nuestra voz,
   ¡Gloria a él! Tal fue su amor que dio
   Al Hijo que murió, en quien confío yo;
   ¡Gloria a él!

2. A nuestro Salvador demos con fe loor;
   ¡Gloria a él! Su sangre derramó;

Con ella me lavó, y el cielo me abrió
¡Gloria a él!

3. Espíritu de Dios, elevo a ti mi voz;
¡Gloria a ti! Con celestial fulgor
Me muestras el amor de Cristo, mi Señor;
¡Gloria a ti!

4. Con gozo y amor, cantemos con fervor
Al Trino Dios. En la eternidad
Mora la Trinidad; ¡Por siempre alabad
Al Trino Dios!

7 Fuente De La Vida Eterna

NETTLETON

Tr. T. M. Westrup
Robert Robinson
John Wyeth

1. Fuente de la vida eterna y de toda bendición;
Ensalzar tu gracia tierna, debe cada corazón.
Tu piedad inagotable, abundante en perdonar,
Unico Ser adorable, gloria a ti debemos dar.

2. De los cánticos celestes te quisiéramos cantar;
Entonados por las huestes, que lograste rescatar.
Almas que a buscar viniste, porque les tuviste amor,
De ellas te compadeciste, con tiernísimo favor.

3. Toma nuestros corazones, llénalos de tu verdad;
De tu Espíritu los dones, y de toda santidad.
Guíanos en obediencia, humildad, amor y fe;
Nos ampare tu clemencia; Salvador, propicio sé.

8 Amoroso Salvador
MISERICORDIA

Es traducción
Andrew Reed   Luis M. Gottschalk

1. Amoroso Salvador, sin igual es tu bondad,
   Eres tú mi Mediador, mi perfecta Santidad.

2. Mi contrito corazón te confiesa su maldad,
   Pide al Padre mi perdón, por tu santa caridad.

3. Te contemplo sin cesar en tu trono desde aquí;
   ¡Oh, cuán grato es meditar que intercedes tú por mí!

4. Fuente tú de compasión, siempre a ti te doy loor;
   Siendo grato al corazón ensalzarte, mi Señor.

9 Jesucristo Te Convida
GALILEA

Es traducción
Cecil F. Alexander   Wm. H. Jude

1. Jesucristo desde el cielo, con benigna voz de amor,
   A su lado te convida, desdichado pecador.

2. No rechaces su llamada, abre ya tu corazón;
   El te ofrece paz, consuelo y perfecta salvación.

3. Cristo te ama con ternura,
   En la cruz lo demostró, pues allí por tu pecado
   Pura sangre derramó.

4. Con afán Jesús te busca
   Cual amante y fiel pastor, mientras vagas extraviado
   Por la senda del error.

5. ¡Oh! acude sin demora
   A tu Salvador y Dios; él te brinda paz y gozo,
   No resistas más su voz.

10   Aparte Del Mundo

TE ALABAMOS Y TE BENDECIMOS

Tr. J. Mora
El Nathan   James McGranahan

1. Aparte del mundo, Señor, me retiro,
   De lucha y tumultos ansioso de huir,
   De escenas horribles, do el mal victorioso
   Extiende sus redes y se hace servir.

2. El sitio apartado, la sombra tranquila,
   Convienen al canto de ruego y loor;
   Tu mano preciosa los hizo sin duda,
   En bien del que humilde te sigue, Señor.

3. Te debo tributos de amor y de gracias
   Por este abundante, glorioso festín:
   Y cantos que puedan oirse en los cielos
   Por años sin cuento, por siglos sin fin.

11   A Cristo Doy Mi Canto

CANTARE POR JESUS

Es traducción
P. Phillips   P. Phillips

1. A Cristo doy mi canto: él salva el alma mía;
   Me libra del quebranto y con amor me guía.

CORO:
   Ensalce nuestro canto tu sacrosanta historia;
   Es nuestro anhelo santo mirar, Jesús tu gloria.

2. Jamás dolor ni agravios enlutarán la mente,
   Si a Cristo nuestros labios bendicen dulcemente.

3. Tu nombre bendecido alegra el alma mía;
   Tu nombre es en mi oído dulcísima armonía.

4. Viviendo he de ensalzarte: y si abandono el suelo,
   Veránme ir a adorarte los ángeles del cielo.

12   ¡Gloria A Ti, Jesús Divino!
BATTLE HYMN OF THE REPUBLIC

Es traducción en
Estrella de Belén   William Steffe

1. ¡Gloria a ti, Jesús Divino!
   ¡Gloria a ti por tus bondades!
   ¡Gloria eterna a tus piedades! ¡Querido Salvador!

2. Tú me amaste con ternura,
   Y por mí en la cruz moriste:
   Con ternura me quisiste, querido Salvador.

3. Tengo fe sólo en tu muerte,
   Pues con ella me salvaste;
   Vida eterna me compraste, querido Salvador.

4. Te veremos en el cielo:
   A vivir contigo iremos;
   Tu presencia gozaremos, querido Salvador.

5. Ten valor, valor cristiano,
   Cristo es tu mejor amigo;
   El te llevará consigo, Jesús es tu Señor.

13   Cantad Alegres Al Señor
CALLE DUQUE
Tomás González   John Hatton

1. Cantad alegres al Señor,
   Mortales todos por doquier,
   Servidle siempre con fervor,
   Obedecedle con placer.

2. Con gratitud canción alzad
   Al Hacedor que el ser nos dio;
   Al Dios excelso venerad,
   Que como Padre nos amó.

3. Su pueblo somos: salvará
   A los que busquen al Señor;
   Ninguno de ellos dejará;
   El los ampara con su amor.

14   Hoy Es Día De Reposo
ARMSTRONG
Tr. Mateo Cosidó
B. Richards   B. Richards

1. Hoy es día de reposo, el gran día de solaz;
   Es el día venturoso que nos trae dulce paz.
   Es el día señalado con el sello del amor;
   Nuestro Dios lo ha designado: Es el día del Señor.

2. Celebremos a porfía al Autor de aquel gran don,
   Que nos da el festivo día, y se goza en el perdón.
   Aceptemos hoy con gusto el descanso semanal,
   Esperando el día augusto del reposo celestial.

3. Trabajar es la sentencia de la antigua creación:

Y morir la consecuencia de la prevaricación.
   Mas reposo y vida estable
   Dios nos da quitando el mal;
   Y su amor inescrutable de la gracia es el raudal.

4. Los que a ti nos acercamos por Jesús, Dios de verdad,
   Hoy alegres proclamamos tu justicia y tu bondad.
   En los fastos de la historia siempre se celebrará:
   Y en los cielos su memoria por los siglos durará.

15   ¡Oh Jóvenes, Venid!

OPORTO

Tr. J. B. Cabrera
Katherine Hankey   George F. Root

1. ¡Oh! jóvenes venid, su brillante pabellón,
   Cristo ha desplegado ante la nación.
   A todos en sus filas os quiere recibir,
   Y con él a la pelea os hará salir.

CORO:

   ¡Vamos a Jesús, alistados sin temor!
   ¡Vamos a la lid, inflamados de valor!
   Jóvenes, luchemos todos contra el mal:
   En Jesús llevamos nuestro general.

2. ¡Oh! jóvenes venid, el caudillo Salvador,
   Quiere recibiros en su derredor;
   Con él a la batalla salid sin vacilar,
   Vamos pronto, compañeros vamos a luchar.

3. Las armas invencibles del Jefe guiador,
   Son el evangelio y su grande amor;

Con ellas revestidos, y llenos de poder,
Compañeros, acudamos, vamos a vencer.

4. Los fieros enemigos, engendros de Satán,
Se hallan sostenidos por su capitán;
¡Oh! jóvenes, vosotros poneos sin temor
A la diestra del caudillo, nuestro Salvador.

5. Quien venga a la pelea, su voz escuchará;
Cristo la victoria le concederá;
Salgamos, compañeros, luchemos bien por él;
Con Jesús conquistaremos inmortal laurel.

16   Nunca, Dios Mío

FLEMING

Tr. J. B. Cabrera
Frederick F. Fleming   Frederick F. Fleming

1. Nunca, Dios mío, cesará mi labio
De bendecirte, de cantar tu gloria,
Porque conservo de tu amor inmenso
Grata memoria.

2. Cuando perdido en mundanal sendero,
No me cercaba sino niebla oscura,
Tú me miraste, y alumbróme un rayo
De tu luz pura.

3. Cuando inclinaba mi abatida frente
Del mal obrar el oneroso yugo,
Dulce reposo y eficaz alivio
Darme te plugo.

17 Cuando Allá Se Pase Lista
PASAR LISTA

Tr. J. J. Mercado
J. M. Black   J. M. Black

1. Cuando la trompeta suene
   En aquel día final,
   Y que el alba eterna rompa en claridad;
   Cuando las naciones salvas a su patria lleguen ya.
   Y que sea pasada lista, allí he de estar.

CORO:

   Cuando allá se pase lista,
   Cuando allá se pase lista,
   Cuando allá se pase lista,
   A mi nombre yo feliz responderé.

2. En aquel día sin nieblas
   En que muerte ya no habrá,
   Y su gloria el Salvador impartirá;
   Cuando los llamados entren a su celestial hogar,
   Y que sea pasada lista, allí he de estar.

3. Trabajemos por el Maestro
   Desde el alba al vislumbrar;
   Siempre hablemos de su amor y fiel bondad,
   Cuando todo aquí fenezca y nuestra obra cese ya,
   Y que sea pasada lista, allí he de estar.

18 ¡Santo, Santo, Santo!
NICEA

Tr. J. B. Cabrera
Reginald Heber   John B. Dykes

1. ¡Santo! ¡Santo! ¡Santo! Señor Omnipotente,

Siempre el labio mío loores te dará;
¡Santo! ¡Santo! ¡Santo! te adoro reverente,
Dios en tres personas, bendita Trinidad.

2. ¡Santo! ¡Santo! ¡Santo! en numeroso coro,
   Santos escogidos te adoran con fervor,
   De alegría llenos, y sus coronas de oro
   Rinden ante el trono glorioso del Señor.

3. ¡Santo! ¡Santo! ¡Santo! la inmensa muchedumbre,
   De ángeles que cumplen tu santa voluntad,
   Ante ti se postra bañada de tu lumbre,
   Ante ti que has sido, que eres y serás

4. ¡Santo! ¡Santo! ¡Santo! por más que estés velado,
   E imposible sea tu gloria contemplar,
   Santo tú eres solo y nada hay a tu lado,
   En poder perfecto, pureza y caridad.

5. ¡Santo! ¡Santo! ¡Santo! la gloria de tu nombre,
   Vemos en tus obras en cielo, tierra y mar.
   ¡Santo! ¡Santo! ¡Santo! te adorará todo hombre,
   Dios en tres personas, bendita Trinidad.

19   Corona A Nuestro Salvador
ORTONVILLE

Tr. G. P. Simmonds
Samuel Stennett   Thomas Hastings

1. Corona a nuestro Salvador dulzura celestial;
   Sus labios fluyen rico amor
   Y gracia divinal. Y gracia divinal.

2. En todo el mundo pecador no tiene Cristo igual,
   Y nunca ha visto superior
   La corte celestial. La corte celestial.

3. Me vio sumido en males mil, él pronto me auxilió;
   Por mí cargó la cruz tan vil,
   Mis penas él llevó. Mis penas él llevó.

4. Me ha dado de su plenitud la gracia, rico don;
   Mi vida y alma en gratitud
   Señor, ya tuyas son. Señor, ya tuyas son.

20 Divina Gracia
GRACIA ASOMBROSA

Tr. Guillermo Blair
John Newton
E. O. Excell

1. ¡Divina gracia! don de amor; cuitado me salvó,
   En plena perdición su gracia me halló,
   mi noche iluminó.

2. Tal gracia mi ayo en la ansiedad,
   mis ánimos aquietó;
   Dulcísima la gracia del Señor
   Al ejercer mi fe.

3. De innumerable situación, peligros y aflicción;
   Obtuve la quietud por gracia divinal:
   Por siempre reposaré.

4. Por siglos eternos con Jesús, brillando con plena luz,
   Las alabanzas seguirán.
   Como en la iniciación.

21 ¡Oh, Padre, Eterno Dios!
TRINIDAD (HIMNO ITALIANO)

Tr. Vicente Mendoza
Autor Deconocido
Felice Giardini

1. ¡Oh! Padre, eterno Dios!

Alzamos nuestra voz en gratitud;
De cuanto tú nos das con sin igual amor,
Hallando nuestra paz en ti, Señor.

2. ¡Bendito Salvador!
Te damos con amor, el corazón,
Y tú nos puedes ver, que humildes a tu altar,
Venimos a traer, precioso don.

3. ¡Espíritu de Dios!
Escucha nuestra voz, y tu bondad,
Derrame en nuestro ser, divina claridad.
Para poder vivir en santidad.

22 En La Montaña Podrá No Ser

MANCHESTER

Tr. Vicente Mendoza
Mary Brown
Carrie E. Rounsefell

1. En la montaña podrá no ser,
Ni sobre rugiente mar;
Podrá no ser en la ruda lid
Do Cristo me quiere emplear.
Mas si él me ordenare seguir aquí
Senderos que yo ignoré,
Confiando en él, le diré: "¡Señor,
Do tú quieras que vaya, iré!"

CORO:

Do tú necesites que vaya iré,
A los valles, los montes o el mar.
Decir lo que quieras, Señor, podré,
¡Lo que quieras que sea, seré!

2. Quizá hay palabras de santo amor
   Que Cristo me ordena hablar.
   Y en los caminos do reina el mal
   Algún pecador salvar.
   Señor, si quisieres mi guía ser,
   Mi obscura senda andaré;
   Tu fiel mensaje podré anunciar
   Y así lo que quieras diré.

3. El vasto mundo lugar tendrá
   Do pueda con noble ardor
   Gastar la vida que Dios me da
   Por Cristo mi Salvador.
   Y siempre confiando en tu gran bondad
   Tus dones todos tendré;
   Y alegre haciendo tu voluntad.
   Lo que quieras que sea, seré.

23 Cuando Leo En La Biblia

DULCE HISTORIA (MELODIA GRIEGA)

Tr. Sebastián Cruellas
Mrs. Jemima Luke

Arr. por
William Bradbury

1. Cuando leo en la Biblia cómo llama Jesús,
   Y bendice a los niños con amor,
   Yo también quisiera estar, y con ellos descansar
   En los brazos del tierno Salvador.

2. Ver quisiera sus manos sobre mí reposar,
   Cariñosos abrazos de él sentir,
   Sus miradas disfrutar, las palabras escuchar:
   "A los niños dejad a mí venir."

3. Mas aun a su estrado en oración puedo ir,

Y también de su amor participar;
Pues si pongo en él mi fe, le veré y le escucharé
En el reino que él fue a preparar.

4. Todos los redimidos y salvados por él.
   Al Cordero celebran inmortal;
   Cantan voces mil y mil en el coro infantil,
   Pues es de ellos el reino celestial.

5. Muchos hay que no saben de esa bella mansión,
   Y no quieren a Cristo recibir;
   Les quisiera yo mostrar que para ellos hay lugar,
   En el cielo do los convida a ir.

6. Yo ansío aquel tiempo venturoso, sin fin.
   El más grande, el más lúcido, el mejor,
   Cuando de cualquier nación niños mil sin distinción
   A los brazos acudan del Señor.

24   Bellas Palabras De Vida

PALABRAS DE VIDA

Tr. J. A. B.
Philip P. Bliss   Philip P. Bliss

1. ¡Oh! cantádmelas otra vez,
   Bellas palabras de vida;
   Hallo en ellas mi gozo y luz,
   Bellas palabras de vida.
   Sí, de luz y de vida son sostén y guía.

CORO:

   ¡Qué bellas son, qué bellas son!
   Bellas palabras de vida,

¡Qué bellas son, qué bellas son!
Bellas palabras de vida.

2. Jesucristo a todos da
   Bellas palabras de vida;
   Oye su dulce voz, mortal,
   Bellas palabras de vida.
   Bondadoso te salva, y al cielo te llama.

3. Grato el cántico sonará,
   Bellas palabras de vida;
   Tus pecados perdonará,
   Bellas palabras de vida.
   Sí, de luz y vida son sostén y guía.

25   Dime La Antigua Historia

ANTIGUA HISTORIA

Tr. J. B. Cabrera
Katherine Hankey   William H. Doane

1. **Dime la antigua historia del celestial favor,
   De Cristo y de su gloria, de Cristo y de su amor.
   Dímela con llaneza propia de la niñez,
   Porque es mi mente flaca y anhelo sencillez.**

CORO:

    Dime la antigua historia, cuéntame la victoria,
    Háblame de la gloria de Cristo y de su amor.

2. **Dime esa grata historia con lentitud, y así
   Conoceré la obra que Cristo operó por mí.
   Dímela con frecuencia, pues soy dado a olvidar,
   Y el matinal rocío suele el sol disipar.**

3. Dime tan dulce historia con tono claro y fiel;
   Murió Jesús, y salvo yo quiero ser por él.
   Dime esa historia siempre, si en tiempo de aflicción
   Deseas a mi alma traer consolación.

4. Dime la misma historia, si crees que tal vez
   Me ciega de este mundo la falsa brillantez.
   Y cuando ya me alumbre de la gloria la luz,
   Repíteme la historia: "Quien te salva es Jesús."

26 Grato Es Decir La Historia

HANKEY

Tr. J. B. Cabrera
Katherine Hankey

William G. Fischer

1. Grato es decir la historia del celestial favor;
   De Cristo y de su gloria, de Cristo y de su amor;
   Me agrada referirla, pues sé que es la verdad;
   Y nada satisface cual ella, mi ansiedad.

CORO:

   ¡Cuán bella es esa historia!
   Mi tema allá en la gloria
   Será la antigua historia de Cristo y de su amor.

2. Grato es decir la historia que brilla cual fanal,
   Y en glorias y portentos no reconoce igual;
   Me agrada referirla, pues me hace mucho bien.
   Por eso a ti deseo decírtela también.

3. Grato es decir la historia que antigua, sin vejez,
   Parece al repetirla más dulce cada vez;
   Me agrada referirla, pues hay quien nunca oyó
   Que para hacerle salvo el buen Jesús murió.

27 Gozo La Santa Palabra Al Leer

GOZO

Es traducción
Philip P. Bliss   Philip P. Bliss

1. Gozo la santa Palabra al leer,
   Cosas preciosas allí puedo ver;
   Y sobre todo, que el gran Redentor,
   Es de los niños el tierno Pastor.

CORO:

   Con alegría yo cantaré
   Al Redentor, tierno Pastor,
   Que en el Calvario por mí murió, sí, sí, por mí murió.

2. Me ama Jesús, pues su vida entregó,
   Por mi salud y de niños habló;
   "Dejad los niños que vengan a mí,
   Para salvarlos mi sangre vertí."

3. Si alguien pregunta que cómo lo sé;
   "Busca a Jesús, pecador", le diré;
   "Por su palabra, que tienes aquí,
   Aprende y siente que te ama a ti."

28 Dicha Grande Es La Del Hombre

AMOR DIVINO

Tr. T. M. Westrup   Johann Zundel

1. Dicha grande es la del hombre,
   Cuyas sendas rectas son;
   Lejos de los pecadores,
   Lejos de la tentación.
   A los malos consejeros

Deja, porque teme el mal;
Huye de la burladora
Gente impía e inmoral.

2. Antes, en la ley divina
Cifra su mayor placer,
Meditando día y noche
En su divinal saber.
Este, como el árbol verde,
Bien regado y en sazón,
Frutos abundantes rinde
Y hojas, que perennes son.

3. Cuanto emprende es prosperado;
Duradero le es el bien.
Muy diversos resultados
Sacan los que nada creen;
Pues los lanza como el tamo
Que el ciclón arrebató,
De pasiones remolino,
Que a millones destruyó.

4. En el juicio ningún malo,
por lo tanto se alzará;
Entre justos, congregados,
Insensatos nunca habrá;
Porque Dios la vía mira
Por la cual los suyos van,
Otra es la de los impíos:
Al infierno bajarán.

29   Cristo Ha Nacido
RAYO DE SOL SERE

E. Barocio   E. O. Excell

1. Un hermoso pequeñuelo acaba de nacer;
Tan bello es que arrobados los ángeles lo ven.

CORO:

  ¡Hosanna! ¡Hosanna! ¡Cristo ha nacido en Belén!
  ¡Hosanna! ¡Hosanna! El prometido Emanuel.

2. Cantos celestiales oyen pastores de Belén
   Angeles son que celebran la Navidad del Rey.

3. Magos del Oriente vienen sus dones a ofrecer
   Oro, incienso y mirra ponen humildes a sus pies.

4. No tengo oro ni riquezas que darle al Niño Rey,
   Sólo un corazón de niño que lo ama y cree en él.

30   Feliz Navidad

FELIZ NAVIDAD

S. G. Paz   L. V. Estanol

1. Las campanas suenan ya con su alegre repicar
   Es el día de Navidad que nos da felicidad.
   Escuchad que dulce voz es la voz angelical
   Gloria al Santo de Israel
   Que al mortal viene a salvar.

2. Todos unidos llegad esta noche de solaz
   Y felices entonad gloria, gloria al Niño Dios
   Pobres niños muchos hay que sin pan y sin hogar
   De esta dicha quieren hoy
   Con placer participar.

3. Noche de gloria y amor, de contento universal
   Desde la fragante flor hasta el humano mortal
   En el firmamento azul las estrellas al brillar
   Con nosotros os dirán
   Tened feliz Navidad.

31   Allá En Belén
EN BELEN

E. Barocio   Roseterry

1. Allá en Belén un chiquitín
   Durmiendo en lecho humilde está,
   Y desde el cielo estrellas mil
   Su suave resplandor le dan.

2. Angeles vienen a cantar:
   "Gloria en los cielos al Señor;
   Haya en el mundo gozo y paz
   Que hoy ha nacido el Salvador."

3. Te amo, te adoro, Salvador;
   Quiero de ti muy cerca estar;
   Que me defiendas con tu amor,
   Y des a mi alma gozo y paz.

32   Santa Biblia, Para Mí
HIMNO ESPAÑOL

Tr. Pedro Castro
John Burton, Sr.   Arr. por B. Carr, 1824

1. Santa Biblia, para mí eres un tesoro aquí;
   Tú contienes con verdad la divina voluntad;
   Tú me dices lo que soy, de quién vine y a quién voy.

2. Tú reprendes mi dudar; tú me exhortas sin cesar;
   Eres faro que a mi pie, va guiando por la fe
   A las fuentes del amor del bendito Salvador.

3. Eres infalible voz del Espíritu de Dios,
   Que vigor al alma da cuando en aflicción está;
   Tú me enseñas a triunfar de la muerte y el pecar.

4. Por tu santa letra sé que con Cristo reinaré;
   Yo que tan indigno soy, por tu luz al cielo voy;
   ¡Santa Biblia! para mí eres un tesoro aquí.

33   Oh, Santísimo, Felicísimo

O SANCTISSIMA

Fritz Fliedner, España   Cántico Siciliano

1. ¡Oh santísimo, felicísimo,
   Grato tiempo de Navidad!
   Al mundo perdido Cristo le ha nacido:
   ¡Alegría, alegría, cristiandad!

2. ¡Oh santísimo, felicísimo,
   Grato tiempo de Navidad!
   Coros celestiales oyen los mortales:
   ¡Alegría, alegría, cristiandad!

3. ¡Oh santísimo, felicísimo,
   Grato tiempo de Navidad!
   Príncipe del cielo, danos tu consuelo:
   ¡Alegría, alegría, cristiandad!

34   Noche De Paz

STILLE NACHT

Es traducción
Joseph Mohr   Franz Grüber

1. ¡Noche de paz, noche de amor!
   Todo duerme en derredor,
   Entre los astros que esparcen su luz,
   Bella, anunciando al niñito Jesús,

Brilla la estrella de paz,
Brilla la estrella de paz.

2. ¡Noche de paz, noche de amor!
Oye humilde el fiel pastor,
Coros celestes que anuncian salud,
Gracias y glorias en gran plenitud,
Por nuestro buen Redentor,
Por nuestro buen Redentor.

3. ¡Noche de paz, noche de amor!
Ved qué bello resplandor
Luce en el rostro del niño Jesús,
En el pesebre, del mundo la luz
Astro de eterno fulgor, astro de eterno fulgor.

35 Oíd Un Son En Alta Esfera

MENDELSSOHN

Tr. Fritz Fliedner, España
Charles Wesley   Felix Mendelssohn

1. Oíd un son en alta esfera:
   "¡En los cielos, gloria a Dios!
   ¡Al mortal paz en la tierra!"
   Canta la celeste voz.
   Con los cielos alabemos,
   Al eterno Rey cantemos,
   A Jesús, que es nuestro bien,
   Con el coro de Belén;
   Canta la celeste voz:
   "¡En los cielos, gloria a Dios!"

2. El Señor de los señores,

El Ungido celestial,
A salvar los pecadores
Bajó al seno virginal.
Loor al Verbo encarnado,
En humanidad velado;
Gloria al Santo de Israel,
Cuyo nombre Emanuel:
Canta la celeste voz:
"¡En los cielos, gloria a Dios!"

3. Príncipe de paz eterna,
Gloria a ti, a ti Jesús,
Entregando el alma tierna,
Tú nos traes vida y luz.
Has tu majestad dejado,
Y buscarnos te has dignado;
Para darnos el vivir,
A la muerte quieres ir.
Canta la celeste voz:
"¡En los cielos, gloria a Dios!"

36   Tú Dejaste Tu Trono

LUGAR PARA TI

Es traducción
Emily S. Elliott   Ira D. Sankey

1. Tú dejaste tu trono y corona por mí,
   Al venir a Belén a nacer;
   Mas a ti no fue dado el entrar al mesón,
   Y en pesebre te hicieron nacer.

CORO:

Ven a mi corazón, ¡oh Cristo!

Pues en él hay lugar para ti;
   Ven a mi corazón, ¡oh Cristo! ven,
   Pues en él hay lugar para ti.

2. Alabanzas celestes los ángeles dan,
   En que rinden al Verbo loor;
   Mas humilde viniste a la tierra, Señor,
   A dar vida al más vil pecador.

3. Siempre pueden las zorras sus cuevas tener,
   Y las aves sus nidos también,
   Mas el Hijo del hombre no tuvo un lugar
   En el cual reclinara su sien.

4. Tú viniste, Señor, con tu gran bendición
   Para dar libertad y salud,
   Mas con odio y desprecio te hicieron morir,
   Aunque vieron tu amor y virtud.

5. Alabanzas sublimes los cielos darán,
   Cuando vengas glorioso de allí,
   Y tu voz entre nubes dirá: "Ven a mí,
   Que hay lugar junto a mí para ti."

37   Yo Espero La Mañana

SOLO ESPERANDO

Tr. Pedro Grado
W. G. Irwin

James H. Fillmore

1. Yo espero la mañana,
   De aquel día sin igual,
   De donde la dicha emana
   Y do el gozo es eternal.

CORO:

Esperando, esperando,
Otra vida sin dolor,
Do me den la bienvenida, de Jesús mi Salvador.

2. Yo espero la victoria,
De la muerte al fin triunfar
Recibir la eterna gloria,
Y mis sienes coronar,

3. Yo espero ir al cielo
Donde reina eterno amor;
Peregrino soy y anhelo
Las moradas del Señor.

4. Pronto espero unir mi canto,
Al triunfante y celestial,
Y poder cambiar mi llanto
Por un canto angelical.

38   Pastores Cerca De Belén

NAVIDAD

Tr. G. P. Simmonds
Nahum Tate   George F. Handel

1. Pastores cerca de Belén miraban con temor
Al ángel quien les descendió
Con grande resplandor, con grande resplandor.

2. El dijo a ellos, "No temáis", temieron en verdad:
"Pues buenas nuevas del Señor
Traigo a la humanidad, traigo a la humanidad."

3. "Os ha nacido hoy en Belén, y es de linaje real,

El Salvador, Cristo el Señor;
Esta os será señal, esta os será señal."

4. "Envuelto en pañales hoy el niño encontraréis,
Echado en pesebre vil
Humilde le hallaréis, humilde le hallaréis."

5. El serafín hablaba así y luego en alta voz
Se oyó celeste multitud
Loor cantando a Dios, loor cantando a Dios.

6. "En las alturas gloria a Dios, en todo el mundo paz,
Y para con los hombres hoy
La buena voluntad, la buena voluntad."

39   Gloria A Dios En Las Alturas

ST. GEORGE'S, WINDSOR

J. B. Cabrera   George J. Elvey

1. Gloria a Dios en las alturas,
Que mostró su gran amor,
Dando a humanas criaturas
Un potente Salvador.
Con los himnos de los santos
Hagan coro nuestros cantos
De alabanza y gratitud, por la divina salud;
Y digamos a una voz: ¡En los cielos gloria a Dios!

2. Gloria a Dios la tierra cante
Al gozar de su bondad,
Pues le brinda paz constante
En su buena voluntad.
Toda tribu y lenguas todas al excelso eleven odas,
Por el Rey Emanuel que les vino de Israel;

Y prorrumpan a una voz:
   ¡En los cielos gloria a Dios!

3. Gloria a Dios la iglesia entona,
   Rota al ver su esclavitud
   Por Jesús, que es su corona,
   Su cabeza y plenitud.
   Vigilante siempre vive y a la lucha se apercibe,
   Mientras llega su solaz en la gloria y plena paz;
   Donde exclama a una voz:
   ¡En los cielos gloria a Dios!

40 La Cruz Y La Gracia De Dios
BOOTH

Abraham Fernández   Ballington Booth

1. La cruz no será más pesada:
   Por la gracia que él me da;
   Y si la tormenta me espanta
   No podrá esconder su faz.

CORO:

   La gracia de Dios me bastará,
   Su ayuda jamás me faltará;
   Consolado por su amor que echa fuera mi temor
   Confiaré en mi Señor.

2. Mi cáliz nunca es tan amargo,
   Como el de Getsemaní;
   En mis días más angustiados
   No se aparta Dios de mí.

3. La luz de su rostro me alumbra,
   En el tiempo de aflicción;
   Y mi alma gozosa vislumbra el palacio de mi Dios.

41 Un Día

CHAPMAN

Tr. E. T. y Geo. P. Simmonds
J. Wilbur Chapman   Charles H. Marsh

1. Un día que el cielo sus glorias cantaba,
   Un día que el mal imperaba más cruel,
   Jesús descendió y al nacer de una virgen,
   Morando en el mundo nos dio ejemplo fiel.

CORO:

> Vivo, me amaba; muerto, salvóme;
> Y en el sepulcro mi mal enterró;
> Resucitado me dio justicia;
> Un día él viene, pues lo prometió.

2. Un día lleváronle al monte Calvario,
   Un día claváronle sobre una cruz;
   Sufriendo dolores y pena de muerte
   Se dio por mi eterno rescate Jesús.

3. Un día dejáronle solo en el huerto,
   Un día la tumba su cuerpo encerró;
   Los ángeles sobre él guardaban vigilia,
   Así fue que el Dueño del mundo durmió.

4. Un día el sepulcro ocultarlo no pudo,
   Un día su espíritu al cuerpo volvió;
   Habiendo la muerte por siempre vencido,
   A la diestra del Padre Jesús se sentó.

42   Rostro Divino
LENTO

M. Mavillard   German Lüders

1. Rostro divino ensangrentado,
   Cuerpo llagado por nuestro bien:
   Calma benigno justos enojos,
   Lloren los ojos, que así te ven.

2. Manos preciosas, tan lastimadas,
   Por mí clavadas en una cruz;
   En este valle sean mi guía,
   Y mi alegría, mi norte y luz.

3. Bello costado, en cuya herida
   Halla su vida la humanidad,
   Fuente amorosa de un Dios clemente,
   Voz elocuente de caridad.

4. Tus pies heridos, Cristo paciente,
   Yo indiferente los taladré;
   Y arrepentido, hoy que te adoro,
   Tu gracia imploro: Señor, pequé.

5. Crucificado en un madero,
   Manso Cordero mueres por mí;
   Por eso el alma triste y llorosa,
   Suspira ansiosa, Señor, por ti.

43   Junto A La Cruz
A SU NOMBRE GLORIA

Tr. Vicente Mendoza
E. A. Hoffman   J. H. Stockton

1. Junto a la cruz do Jesús murió,

Junto a la cruz do salud pedí,
Ya mis maldades él perdonó, ¡A su nombre gloria!

CORO:

¡A su nombre gloria! ¡A su nombre gloria!
Ya mis maldades él perdonó, ¡A su nombre gloria!

2. Junto a la cruz donde le busqué,
   ¡Cuan admirable perdón me dio!
   Ya con Jesús siempre viviré, ¡A su nombre gloria!

3. Fuente preciosa de salvación,
   Qué grande gozo yo pude hallar,
   Al encontrar en Jesús perdón, ¡A su nombre gloria!

4. Tú, pecador que perdido estás,
   Hoy esta fuente ven a buscar,
   Paz y perdón encontrar podrás, ¡A su nombre gloria!

44 ¿Soy Yo Soldado De Jesús?

ARLINGTON

Tr. Enrique Turrall
Isaac Watts
Thomas A. Arne

1. ¿Soy yo soldado de Jesús, un siervo del Señor?
   ¿Y temeré llevar la cruz sufriendo por su amor?

2. Lucharon otros por la fe; ¿Cobarde yo he de ser?
   Por mi Señor pelearé, confiando en su poder.

3. Es menester que sea fiel, que nunca vuelva atrás,
   Que siga siempre en pos de él: Su gracia me dará.

45   Padre, Tu Palabra Es
RICHARDSON

J. B. Cabrera   John T. Grape

1. Padre, tu palabra es mi delicia y mi solaz:
   Guíe siempre aquí mis pies, y a mi pecho traiga paz.

CORO:

    Es tu ley, Señor, faro celestial,
    Que en perenne resplandor
    Norte y guía da al mortal.

2. Si obediente oí tu voz, en tu gracia fuerza hallé,
   Y con firme pie y veloz, por tus sendas caminé.

3. Tu verdad es mi sostén contra duda y tentación,
   Y destila calma y bien cuando asalta la aflicción.

4. Son tus dichos para mí, prendas fieles de salud;
   Dame pues que te oiga a ti, con filial solicitud.

46   El Señor Resucitó, ¡Aleluya!
RESURRECCION

Es traducción
Elisha A. Hoffman   Elisha A. Hoffman

1. El Señor resucitó, ¡Aleluya!
   Muerte, tumba hoy venció, ¡Aleluya!
   Su poder y gran virtud cautivó la esclavitud
   Redimido soy por él, ¡Aleluya!

CORO:

    ¡Aleluya, salvo soy! Redimido soy por él;
    Su poder y gran virtud cautivó la esclavitud
    Redimido soy por él, ¡Aleluya!

2. El que al polvo se humilló, ¡Aleluya!
   Vencedor se levantó, ¡Aleluya!
   Cante pues la cristiandad su gloriosa majestad;
   Redimido soy por él, ¡Aleluya!

3. Cristo en la cruz sufrió, ¡Aleluya!
   Al sepulcro descendió, ¡Aleluya!
   Hoy en gloria celestial reina vivo, inmortal;
   Redimido soy por él, ¡Aleluya!

4. Hoy en gloria él está, ¡Aleluya!
   Pronto ya vendrá acá, ¡Aleluya!
   Por nosotros él vendrá, con amor nos alzará,
   Redimido soy por él, ¡Aleluya!

47   La Tumba Le Encerró
CRISTO RESUCITO

Tr. Geo. P. Simmonds
Robert Lowry   Robert Lowry

1. La tumba le encerró, Cristo, mi Cristo;
   El alba allí esperó Cristo el Señor.

CORO:

   Cristo la tumba venció,
   Y con gran poder resucitó;
   De sepulcro y muerte Cristo es vencedor,
   Vive para siempre nuestro Salvador;
   ¡Gloria a Dios! ¡Gloria a Dios! El Señor resucitó.

2. De guardas escapó, Cristo, mi Cristo;
   El sello destruyó Cristo el Señor.

3. La muerte dominó Cristo, mi Cristo;
   Y su poder venció Cristo el Señor.

48 Mi Redentor, El Rey De Gloria

LA CITA

Tr. T. M. Westrup
H. A. Merrill

George C. Stebbins

1. Mi Redentor, el rey de gloria,
   Que vive, yo seguro estoy;
   Y da coronas de victoria;
   A recibir la mía voy.

CORO:

   Que permanezca no pidáis
   Entre el bullicio y el vaivén;
   El mundo alegre hoy dejara,
   Aun cuando fuese algún Edén;
   La cita nada más aguardo,
   Que el Rey me diga: Hijo, ven.

2. En mi Señor Jesús confío;
   Su sangre clama a mi favor;
   Es dueño él de mi albedrío;
   Estar con él es lo mejor.

3. De tanto amor me maravillo,
   Y no me canso de admirar:
   Me libertó de mi peligro,
   Sufriendo todo en mi lugar.

4. Consuélome en su larga ausencia
   Pensando: pronto volverá.
   Entonces su gloriosa herencia
   A cada fiel Jesús dará.

49   Santo Espíritu, Desciende

PLENITUD

Tr. Vicente Mendoza
E. H. Stokes, D. D.   John R. Sweney

1. Santo Espíritu, desciende a mi pobre corazón,
   Llénalo de tu presencia, y haz en mí tu habitación.

CORO:

   ¡Llena hoy, llena hoy,
   Llena hoy mi corazón!
   ¡Santo Espíritu, desciende
   Y haz en mí tu habitación!

2. De tu gracia puedes darme inundando el corazón,
   Ven, que mucho necesito, dame hoy tu bendición.

3. Débil soy, ¡oh! sí muy débil.
   Y a tus pies postrado estoy,
   Esperando que tu gracia con poder me llene hoy.

4. Dame paz, consuelo y gozo,
   Cúbreme hoy en tu perdón;
   Tú confortas y redimes, tú das grande salvación.

50   Tuyo Soy, Señor

TUYO SOY

Tr. T. M. Westrup
Fanny J. Crosby   Wm. H. Doane

1. Tuyo soy, Señor; por tu amante voz
   Tu cariño comprendí;
   Acercarse anhela mi corazón por la fe, y unirse a ti.

CORO:

> Ponme cerca, cerca, Salvador,
> De tu cruz y su raudal;
> Ponme cerca, cerca, cerca, Salvador,
> No me agobie ya el mal.

2. Santifícame como siervo fiel;
   Que con gozo sepa andar
   Empeñoso para obedecer tu suprema voluntad.

3. Proporcióname celestial placer
   Ante el trono tuyo estar;
   De tu comunión el inmenso bien segurísimo esperar.

4. Del amor arcanos hay, bien lo sé,
   Para los de aquende el mar;
   Y sublimes goces que soñaré
   Mientras deba aquí morar.

51 Tal Como Soy, Esclavo Del Mal

VENGO JESUS

Tr. Ernesto Barocio
W. T. Sleeper   George C. Stebbins

> 1. Tal como soy, esclavo del mal,
>   Heme a tus pies, mi Salvador;
>   Sólo tú puedes dar libertad;
>   ¡Heme a tus pies, Señor!
>   ¡Triste y enferma mi alma hallará
>   Salud perfecta, gozo eternal,
>   Y del pecado me librarás.
>   ¡Heme a tus pies Señor!
>
> 2. He fracasado, perdido estoy;

Heme a tus pies, mi Salvador,
Hallo en tu cruz ganancia mejor;
¡Heme a tus pies, Señor!
A mis dolores bálsamo das.
Calmas de mi alma la tempestad
Y un nuevo canto podré entonar.
¡Heme a tus pies Señor!

3. Mira abatida ya mi altivez,
Heme a tus pies, mi Salvador,
Tu voluntad ya la mía es;
¡Heme a tus pies, Señor!
Ya no vivir podré para mí,
Pues a ti sólo debo servir;
Seré tu siervo fiel hasta el fin.
¡Heme a tus pies Señor!

4. Tú mis temores cambias en paz;
Heme a tus pies, mi Salvador,
Muerte y sepulcro no temo más;
¡Heme a tus pies, Señor!
Perdido andaba; tú, mi Pastor,
Me rescataste, tu oveja soy,
Y hoy en tu mano seguro estoy.
¡Heme a tus pies Señor!

52 No Me Pases, No Me Olvides

NO ME PASES

Es traducción
Fanny J. Crosby
Wm. H. Doane

1. No me pases, no me olvides, tierno Salvador;
Muchos gozan tus mercedes, oye mi clamor.

CORO:

Cristo, Cristo, oye tú mi voz.
Salvador, tu gracia dame, oye mi clamor.

2. Ante el trono de tu gracia hallo dulce paz,
   Nada aquí mi alma sacia; tú eres mi solaz.

3. Sólo fío en tus bondades, guíame en tu luz;
   Y mi alma no deseches; sálvame, Jesús.

4. Fuente viva de consuelo tú eres para mí;
   ¿A quién tengo en este suelo sino sólo a ti?

53 ¿Qué Me Puede Dar Perdón?

PLAINFIELD

Tr. H. W. Cragin
Robert Lowry   Robert Lowry

1. ¿Qué me puede dar perdón? Sólo de Jesús la sangre,
   ¿Y un nuevo corazón? Sólo de Jesús la sangre.

CORO:

Precioso es el raudal, que limpia todo mal;
No hay otro manantial, sólo de Jesús la sangre.

2. Fue el rescate eficaz, sólo de Jesús la sangre;
   Trajo santidad y paz, sólo de Jesús la sangre.

3. Veo para mi salud, sólo de Jesús la sangre,
   Tiene de sanar virtud, sólo de Jesús la sangre.

4. Cantaré junto a sus pies, sólo de Jesús la sangre.
   El Cordero digno es, sólo de Jesús la sangre.

54   Quiero De Cristo Más Saber

SWENEY

Tr. Vicente Mendoza
E. E. Hewitt
John R. Sweney

1. Quiero de Cristo más saber,
   Más de su amor para salvar;
   Más de su gracia quiero ver,
   Más del perdón que puede dar.

CORO:

    Más, más aprender, más, más alcanzar,
    Más de su gracia quiero ver,
    Más de su amor para salvar.

2. Quiero de Cristo más saber,
   Más de su santa voluntad,
   Más de su espíritu tener,
   Más de su tierna y fiel bondad.

3. Más con Jesús yo quiero estar,
   En una dulce comunión,
   Quiero su voz aquí escuchar
   Y de ella hacer mi posesión.

4. Quiero saber que nunca más
   El tentador ha de triunfar,
   Quiero saber de aquella paz
   Que el buen Jesús me puede dar.

55 Oración Vespertina

AL PERDONADOR

Tr. Geo. P. Simmonds
Charles H. Gabriel

Charles H. Gabriel

1. Oh Dios, si he ofendido un corazón,
   Si he sido causa de su perdición,
   Si hoy he andado yo sin discreción
   Te imploro perdón.

2. Si he proferido voces de maldad,
   Faltando en demostrar la caridad,
   Oh, santo Dios, buscándote en verdad
   Te imploro perdón.

3. Si he sido perezoso en trabajar,
   O si he deseado yo contigo estar
   En vez de hacer tu celestial mandar,
   Te imploro perdón.

4. Tú, del contrito fiel perdonador,
   Que atiendes al clamor del pecador,
   Dame perdón y guárdame en tu amor,
   Por Cristo, Amén.

56 Hay Un Precioso Manantial

MANANTIAL PURIFICADOR

Tr. M. N. Hutchinson
William Cowper

Primitiva Melodía Americana
Arr. por Lowell Mason

1. Hay un precioso manantial de sangre de Emanuel,
   Que purifica a cada cual que se sumerge en él.
   Que se sumerge en él, que se sumerge en él.
   Que purifica a cada cual que se sumerge en él.

2. El malhechor se convirtió pendiente de una cruz;
   El vio la fuente y se lavó, creyendo en Jesús.
   Creyendo en Jesús, creyendo en Jesús.
   El vio la fuente y se lavó, creyendo en Jesús.

3. Y yo también mi pobre ser allí logré lavar;
   La gloria de su gran poder me gozo en ensalzar.
   Me gozo en ensalzar, me gozo en ensalzar.
   La gloria de su gran poder me gozo en ensalzar.

4. ¡Eterna fuente carmesí! ¡Raudal de puro amor!
   Se lavará por siempre en ti el pueblo del Señor.
   El pueblo del Señor, el pueblo del Señor.
   Se lavará por siempre en ti el pueblo del Señor.

57   Yo Escucho, Buen Jesús

GRATA VOZ

Tr. J. B. Cabrera
Louis Hartsough   Louis Hartsough

1. Yo escucho, buen Jesús, tu dulce voz de amor,
   Que desde el árbol de la cruz, invita al pecador.
   Yo soy pecador, nada hay bueno en mí;
   Ser objeto de tu amor deseo, y vengo a ti.

2. Tú ofreces el perdón de toda iniquidad,
   Si el llanto inunda el corazón que acude a tu piedad.
   Yo soy pecador, ten de mí piedad.
   Dame llanto de dolor, y borra mi maldad.

3. Tú ofreces aumentar la fe del que creyó,
   Y gracia sobre gracia dar a quien en ti esperó.
   Creo en ti, Señor, sólo espero en ti;
   Dame tu infinito amor, pues basta para mí.

58   Salvador, A Ti Me Rindo

SUMISION

Tr. A. R. Salas
Judson W. Van DeVenter   Winfield S. Weeden

1. Salvador, a ti me rindo,
   Y obedezco sólo a ti;
   Mi guiador, mi fortaleza,
   Todo encuentra mi alma en ti.

CORO:

    Yo me rindo a ti, yo me rindo a ti,
   Mis flaquezas y pecados todo traigo a ti.

2. Te confiesa sus delitos
   Mi contrito corazón,
   ¡Oye, oh Cristo! mi plegaria,
   Quiero en ti tener perdón.

3. A tus pies yo deposito
   Mi riqueza, mi placer,
   Que tu espíritu me llene
   Y de ti sienta el poder.

4. Tu bondad será la historia
   que predique por doquier;
   Y tu amor inagotable
   Será siempre mi querer.

5. ¡Oh qué gozo encuentro en Cristo!
   ¡Cuánta paz a mi alma da!
   Yo a su causa me consagro,
   Y su amor, mi amor será.

59   En La Cruz

HUDSON

Tr. Pedro Grado
Isaac Watts-Coro, Hudson   R. E. Hudson

1. Me hirió el pecado, fui a Jesús,
   Mostréle mi dolor;
   Perdido, errante, vi su luz,
   Bendíjome en su amor.

CORO:

En la cruz, en la cruz, do primero vi la luz,
Y las manchas de mi alma yo lavé;
Fue allí por fe do vi a Jesús,
Y siempre feliz con él seré.

2. Sobre una cruz, mi buen Señor,
   Su sangre derramó
   Por este pobre pecador
   A quien así salvó.

3. Venció a la muerte con poder,
   Y al cielo se exaltó;
   Confiar en él es mi placer,
   Morir no temo yo.

4. Aunque él se fue solo no estoy,
   Mandó al Consolador,
   Divino Espíritu que hoy
   Me da perfecto amor.

60 ¿Eres Limpio En La Sangre?

LIMPIO EN LA SANGRE

Tr. H. W. Cragin
E. A. Hoffman
E. A. Hoffman

1. ¿Has hallado en Cristo plena salvación?
   ¿Por la sangre que Cristo vertió?
   ¿Toda mancha lava de tu corazón?
   ¿Eres limpio en la sangre eficaz?

CORO:

   ¿Eres limpio en la sangre,
   En la sangre de Cristo Jesús?
   ¿Es tu corazón más blanco que la nieve?
   ¿Eres limpio en la sangre eficaz?

2. ¿Vives siempre al lado de tu Salvador?
   ¿Por la sangre que él derramó?
   ¿Del pecado eres siempre vencedor?
   ¿Eres limpio en la sangre eficaz?

3. ¿Tendrás ropa blanca al venir Jesús?
   ¿Eres limpio en la fuente de amor?
   ¿Estás listo para la mansión de luz?
   ¿Eres limpio en la sangre eficaz?

4. Cristo ofrece hoy pureza y poder,
   ¡Oh, acude a la cruz del Señor!
   El la fuente es que limpiará tu ser,
   ¡Oh, acude a su sangre eficaz?

61   Venid A Mí Los Tristes
LLAMAMIENTO

Es traducción
Fanny J. Crosby   George C. Stebbins

1. Venid a mí los tristes, cansados de pecar,
   Yo soy vuestro refugio, venid a descansar.

CORO:

   Venid, venid a mí, cansados de pecar,
   Venid, venid a mí, cansados de pecar.

2. Venid a mí cansados, mi voz hoy escuchad,
   Y así seréis librados de toda iniquidad.

3. Venid a mí cansados, os dice el Salvador,
   Por valles y montañas os busca el buen Pastor.

4. Venid a mí cansados, ¿por qué queréis vagar?
   A vuestro Padre amante venid sin esperar.

62   Pecador, Ven A Cristo Jesús
DULCE PORVENIR

Tr. Pedro Castro
S. F. Bennett   J. P. Webster

1. Pecador, ven a Cristo Jesús,
   Y feliz para siempre serás,
   Que si tú le quisieres tener
   Al divino Señor hallarás.

CORO:

   Ven a él, ven a él, que te espera tu buen Salvador;
   Ven a él, ven a él, que te espera tu buen Salvador.

2. Si cual hijo que necio pecó,
   Vas buscando a sus pies compasión,
   Tierno Padre en Jesús hallarás,
   Y tendrás en sus brazos perdón.

3. Si, enfermo, te sientes morir,
   El será tu doctor celestial;
   Y hallarás en su sangre también
   Medicina que cure tu mal.

4. Ovejuela que huyó del redil,
   ¡He aquí tu benigno Señor!
   Y en los hombros llevada serás
   De tan dulce y amante Pastor.

63   Con Voz Benigna

HOY TE CONVIDA

Tr. T. M. Westrup
Fanny J. Crosby   George S. Stebbins

1. Con voz benigna te llama Jesús,
   Invitación de puro amor.
   ¿Por qué le dejas en vano llamar?
   ¿Sordo serás, pecador?

CORO:

Hoy te convida; hoy te convida,
Voz bendecida, benigna convídate hoy.

2. A los cansados convida Jesús,
   Con compasión mira el dolor;
   Tráele tu carga, te bendecirá,
   Ayudaráte el Señor.

3. Siempre aguardando contempla a Jesús:
   ¡Tanto esperar! ¡con tanto amor!
   Hasta sus plantas ven, mísero y trae
   Tu tentación, tu dolor.

64   Tal Como Soy
WOODWORTH

Tr. T. M. Westrup
Charlotte Elliot

Wm. B. Bradbury

1. Tal como soy, de pecador,
   Sin más confianza que tu amor,
   Ya que me llamas, acudí;
   Cordero de Dios heme aquí.

2. Tal como soy, buscando paz
   En mi desgracia y mal tenaz,
   Conflicto grande siento en mí;
   Cordero de Dios heme aquí.

3. Tal como soy, me acogerás;
   Perdón, alivio me darás;
   Pues tu promesa ya creí;
   Cordero de Dios, heme aquí.

4. Tal como soy, tu compasión
   Vencido ha toda oposición;
   Ya pertenezco sólo a ti;
   Cordero de Dios, heme aquí.

65   A Jesucristo Ven Sin Tardar
INVITACION (ROOT)

Tr. J. B. Cabrera
George Frederick Root

George Frederick Root

1. A Jesucristo ven sin tardar,

    Que entre nosotros hoy él está,
    Y te convida con dulce afán,
    Tierno diciendo: "Ven."

CORO:

    ¡Oh, cuán grata nuestra reunión
    Cuando allá, Señor, en tu mansión,
    Contigo estemos en comunión gozando eterno bien!

2. Piensa que él sólo puede colmar
   Tu triste pecho de gozo y paz;
   Y porque anhela tu bienestar,
   Vuelve a decirte: "Ven."

3. Su voz escucha sin vacilar,
   Y grato acepta lo que hoy te da,
   Tal vez mañana no habrá lugar,
   No te detengas, "Ven."

66 ¡Cuán Tiernamente Jesús Nos Llama!

THOMPSON

Es traducción
Will L. Thopmson   Will L. Thompson

1. Cuán tiernamente Jesús hoy nos llama
   Con insistente bondad,
   Toca a las puertas del alma y espera
   Con amorosa ansiedad.

CORO:

    "Venid a mí, los que cansados estéis."
    Dulce descanso Jesús nos ofrece;
    Hoy aceptarlo debéis.

2. ¿Cómo podemos oir que nos llama
   Y no atender a su voz?
   ¿Cómo escuchar que nos llama a seguirlo
   Y nunca de él ir en pos?

3. Rápido el tiempo oportuno se pasa
   Para servir al Señor,
   Y a nuestra puerta llamando la muerte
   Vamos a ver con pavor.

4. Nunca olvidéis que su amor admirable
   El sin medida nos da,
   Y aunque pecamos y somos ingratos,
   Siempre llamando él está.

67   Puedo Oír Tu Voz Llamando
NORRIS

Tr. Sra. F. F. D.
E. W. Blandly   J. S. Norris

1. Puedo oir tu voz llamando,
   Puedo oir tu voz llamando,
   Puedo oir tu voz llamando,
   Trae tu cruz y ven en pos de mí.

CORO:

    Seguiré do tú me guíes, seguiré do tú me guíes,
    Seguiré do tú me guíes, donde quiera fiel te seguiré.

2. Yo te seguiré en el huerto,
   Yo te seguiré en el huerto,
   Yo te seguiré en el huerto,
   Sufriré contigo, mi Jesús.

3. Sufriré por ti, Maestro,

Sufriré por ti, Maestro,
Sufriré por ti, Maestro,
Moriré contigo, mi Jesús.

4. Me darás la gracia y gloria,
   Me darás la gracia y gloria,
   Me darás la gracia y gloria,
   Y por siempre tú me guiarás.

68   ¿Quieres Ser Salvo?

PODER EN LA SANGRE

Tr. D. A. Mata
L. E. Jones   L. E. Jones

1. ¿Quieres ser salvo de toda maldad?
   Tan sólo hay poder en mi Jesús.
   ¿Quieres vivir y gozar santidad?
   Tan sólo hay poder en Jesús.

CORO:

Hay poder, poder, sin igual poder,
En Jesús quien murió;
Hay poder, poder, sin igual poder,
En la sangre que él vertió.

2. ¿Quieres ser libre de orgullo y pasión?
   Tan sólo hay poder en mi Jesús.
   ¿Quieres vencer toda cruel tentación?
   Tan sólo hay poder en Jesús.

3. ¿Quieres servir a tu Rey y Señor?
   Tan sólo hay poder en mi Jesús.
   Ven, y ser salvo podrás en su amor,
   Tan sólo hay poder en Jesús.

69 Jesús Es La Luz Del Mundo

LUZ DEL MUNDO

Tr. H. C. Thompson
P. P. Bliss

P. P. Bliss

1. El mundo perdido en pecado se vio:
   ¡Jesús es la luz del mundo!
   Mas en las tinieblas la gloria brilló,
   ¡Jesús es la luz del mundo!

CORO:

   ¡Ven a la luz; no quieras perder
   Gozo perfecto al amanecer!
   Yo ciego fui, mas ya puedo ver,
   Jesús es la luz del mundo!

2. En día la noche se cambia con él;
   Jesús es la luz del mundo!
   Irás en la luz si a su ley eres fiel,
   ¡Jesús es la luz del mundo!

3. ¡Oh, ciegos y presos del lóbrego error!
   ¡Jesús es la luz del mundo!
   El manda lavaros y ver su fulgor,
   ¡Jesús es la luz del mundo!

4. Ni soles ni lunas el cielo tendrá,
   ¡Jesús es la luz del mundo!
   La luz de su rostro lo iluminará,
   ¡Jesús es la luz del mundo!

70 ¡Oh, Qué Salvador!

EL ESCONDE MI ALMA

Es traducción
Fanny J. Crosby

Wm. J. Kirkpatrick

1. ¡Oh qué Salvador es mi Cristo Jesús!
   ¡Oh qué Salvador es aquí!
   El salva al más malo de su iniquidad,
   Y vida eterna le da.

CORO:

   Me escondo en la Roca que es Cristo el Señor,
   Y allí nada yo temeré;
   Me escondo en la Roca que es mi Salvador,
   Y en él siempre confiaré, y siempre con él viviré.

2. Iré a mirar a los que aquí dejé,
   Y con ellos yo estaré;
   Mas quiero mirar a mi Cristo Jesús,
   El cual murió en dura cruz.

3. Y cuando esta vida termine aquí,
   La lucha abandonaré,
   Entonces a Cristo yo voy a mirar,
   Loor a su nombre daré.

4. Y cuando en las nubes descienda Jesús,
   Glorioso al mundo a reinar,
   Su gran salvación y perfecto amor,
   Por siglos yo he de gozar.

71   ¿Te Sientes Casi Resuelto Ya?

CASI RESUELTO

Tr. Pedro Castro
P. P. Bliss
                                                             P. P. Bliss

1. ¿Te sientes casi resuelto ya?
   ¿Te falta poco para creer?
   Pues ¿por qué dices a Jesucristo
   "Hoy no, mañana te seguiré?"

2. ¿Te sientes casi resuelto ya?
   Pues vence el casi, a Cristo ven,
   Que hoy es tiempo, pero mañana
   Sobrado tarde pudiera ser.

3. Sabe que el casi no es de valor
   En la presencia del justo Juez.
   ¡Ay del que muere casi creyendo!
   ¡Completamente perdido es!

72   *El Vino A Mi Corazón*

McDANIEL

Tr. Vicente Mendoza
R. H. McDaniel
                                         Charles H. Gabriel

1. Cuán glorioso es el cambio operado en mi ser,
   Viniendo a mi vida el Señor;
   Hay en mi alma una paz que yo ansiaba tener,
   La paz que me trajo su amor.

CORO:

    El vino a mi corazón, él vino a mi corazón,
    Soy feliz con la vida que Cristo me dio,
    Cuando él vino a mi corazón.

2. Ya no voy por la senda que el mal me trazó,
   Do sólo encontré confusión;
   Mis errores pasados Jesús los borró,
   Cuando él vino a mi corazón.

3. Ni una sombra de duda obscurece su amor,
   Amor que me trajo el perdón;
   La esperanza que aliento la debo al Señor,
   Cuando él vino a mi corazón.

73 Cariñoso Salvador

MARTYN

Tr. T. M. Westrup
Charles Wesley
Simeon B. Marsh

1. Cariñoso Salvador, huyo de la tempestad
   A tu seno protector, fiándome de tu bondad.
   Sálvame, Señor Jesús, de las olas del turbión;
   Hasta el puerto de salud, guía mi pobre embarcación.

2. Otro asilo ninguno hay: Indefenso acudo a ti;
   Mi necesidad me trae, porque mi peligro vi.
   Solamente en ti, Señor, creo hallar consuelo y luz;
   Vengo lleno de temor a los pies de mi Jesús.

3. Cristo, encuentro todo en ti, y no necesito más;
   Caído, me pusiste en pie: Débil, ánimo me das;
   Al enfermo das salud; guías tierno al que no ve;
   Con amor y gratitud tu bondad ensalzaré.

74 Guíame, ¡Oh Salvador!

DAVIS

Tr. Pedro Grado
Frank M. Davis   Frank M. Davis

1. Guíame, ¡oh Salvador! Por la vía de salud;
   A tu lado no hay temor; sólo hay gozo, paz, quietud.

CORO:

¡Cristo! ¡Cristo! No me dejes, ¡oh Señor!
Siendo tú mi guía fiel, seré más que vencedor.

2. No me dejes, ¡oh Señor! Mientras en el mundo esté;
   Y haz que arribe sin temor do feliz por fin seré.

3. Tú, de mi alma salvación, en la ruda tempestad,
   Al venir la tentación dame ayuda por piedad.

75 Yo Confío En Jesús

VIDA

Es traducción en
Estrella de Belén

1. Yo confío en Jesús, y ya salvo soy;
   Por su muerte en la cruz a la gloria voy.

CORO:

Cristo dio por mí sangre carmesí;
Y por su muerte en la cruz la vida me dio Jesús

2. Todo fue pagado ya, nada debo yo;
   Salvación perfecta da quien por mí murió.

3. Mi perfecta salvación eres, mi Jesús;
   Mi completa redención, mi gloriosa luz.

76 Noventa Y Nueve Ovejas Son
LAS NOVENTA Y NUEVE

Tr. Pedro Castro
Elizabeth C. Clephane
Ira D. Sankey

1. Noventa y nueve ovejas son,
   Las que en el prado están,
   Mas una sola, sin pastor, por la montaña va;
   La puerta de oro traspasó, y vaga en triste soledad,
   Y vaga en triste soledad.

2. Por esta oveja el buen Pastor
   Se expone con piedad,
   Dejando solo aquel redil, al que ama de verdad,
   Y al fragoroso bosque va su pobre oveja a rescatar,
   Su pobre oveja a rescatar.

3. Obscura noche ve venir,
   Y negra tempestad;
   Mas todo arrostra, y a sufrir, lo lleva su bondad;
   Su oveja quiere restituir, y a todo trance restaurar,
   Y a todo trance restaurar.

4. Sangrando llega el buen Pastor;
   La oveja herida está;
   El bosque siente su dolor, comparte su ansiedad;
   Empero Cristo con amor su oveja pudo rescatar,
   Su oveja pudo rescatar.

77 Salvo En Los Tiernos Brazos
IN SINE JESU

Tr. J. B. Cabrera
Fanny J. Crosby
William H. Doane

1. Salvo en los tiernos brazos, de mi Jesús seré,

Y en su amoroso pecho dulce reposaré.
Este es sin duda el eco de celestial canción,
Que de inefable gozo llena mi corazón.

CORO:

Salvo en los tiernos brazos de mi Jesús seré,
Y en su amoroso pecho dulce reposaré.

2. Tiende Jesús los brazos, bríndame su amistad:
A su poder me acojo, no hay para mí ansiedad.
No temeré si ruge hórrida tentación,
Ni causará el pecado daño en mi corazón.

3. De sus amantes brazos, la gran solicitud,
Me libra de tristeza, me libra de inquietud.
Y si tal vez hay pruebas, fáciles pasarán;
Lágrimas si vertiere pronto se enjugarán.

4. Y cruzaré la noche lóbrega, sin temor,
Hasta que venga el día de perennal fulgor.
¡Cuán placentero entonces con él será morar!
Y en la mansión de gloria siempre con él reinar.

78 Libres Estamos

UNA VEZ Y PARA SIEMPRE

Tr. T. M. Westrup
Philip P. Bliss   Philip P. Bliss

1. Libres estamos, Dios nos absuelve;
En él confiamos; paz nos devuelve;
Nos vio perdidos; nos socorrió;
Aunque enemigos, nos amó.

CORO:

El nos redime; nada tememos;
¡Verdad sublime!, no la dudemos.
Nuestra cadena Cristo rompió;
Libres de pena nos dejó.

2. Ciegos cautivos, míseros siervos,
En carne vivos, en alma muertos;
La ley hollando cada acción;
Nunca mostrando compunción.

3. Hoy libertados, ya no pequemos;
Santificados, suyos seremos;
Sangre preciosa Cristo vertió,
Bellas lecciones nos dejó.

79   Tendrás Que Renacer
RENACER

Tr. Jaime Clifford
W. T. Sleeper   George C. Stebbins

1. Un hombre llegóse de noche a Jesús,
Buscando la senda de vida y salud,
Y Cristo le dijo: "Si a Dios quieres ver,
Tendrás que renacer."

CORO:

¡Tendrás que renacer! ¡Tendrás que renacer!
De cierto, de cierto te digo a ti:
¡Tendrás que renacer!

2. Y tú si quisieres al cielo llegar,
Y con los benditos allí descansar;

Si la vida eterna quisieres tener,
Tendrás que renacer.

3. Jamás, oh mortal, debes tú desechar
Palabras que Cristo dignóse hablar;
Porque si no quieres el alma perder,
Tendrás que renacer.

4. Amigos han ido con Cristo a morar,
A quienes quisieras un día encontrar,
Hoy este mensaje pues debes creer:
Tendrás que renacer.

80   Sagrado Es El Amor

DENNIS

Es traducción
John Fawcett   Hans George Nagali

1. Sagrado es el amor que nos ha unido aquí,
A los que creemos del Señor la voz que llama así.

2. A nuestro Padre, Dios, rogamos con fervor,
Alúmbrenos la misma luz, nos una el mismo amor.

3. Nos vamos a ausentar, mas nuestra firme unión
Jamás podráse quebrantar por la separación.

4. Un día en la eternidad nos hemos de reunir;
Que Dios nos lo conceda, hará el férvido pedir.

81 Más Santidad Dame

MI ORACION

Es traducción
P. P. Bliss
P. P. Bliss

1. Más santidad dame, más odio al mal,
   Más calma en las penas, más alto ideal;
   Más fe en mi Maestro, más consagración,
   Más celo en servirle, más grata oración.

2. Más prudente hazme, más sabio en él,
   Más firme en su causa, más fuerte y más fiel;
   Más recto en la vida, más triste al pecar,
   Más humilde hijo, más pronto en amar.

3. Más pureza dame, más fuerza en Jesús,
   Más de su dominio, más paz en la cruz;
   Más rica esperanza, más obras aquí,
   Más ansia del cielo, más gozo allí.

82 Los Heraldos Celestiales

FABEN

T. Castro
John Henry Wilcox

1. Los heraldos celestiales cantan con sonora voz:
   ¡Gloria al Rey recién nacido que del cielo descendió!
   Paz, misericordia plena, franca reconciliación;
   Entre Dios, tan agraviado, y el mortal que le ofendió.

2. La divinidad sublime en la carne se veló;
   ¡Ved a Dios morando en carne
   y adorad al Hombre Dios!

Emanuel, Dios con nosotros, a la tierra descendió;
Y hecho hombre, con nosotros
Tiene ya su habitación.

3. ¡Salve! Príncipe glorioso de la paz y del perdón;
¡Salve a ti que de justicia eres el divino Sol!
Luz y vida resplandecen a tu grata aparición;
Y en tus blancas alas traes la salud al pecador.

4. Nace manso, despojado de su gloria y esplendor,
Por que no muramos todos en fatal condenación.
Nace, sí, para que el hombre
Tenga en él resurrección.
Nace para que renazca a la vida el pecador.

5. ¡Ven, oh tú de las naciones el deseado con ardor!
¡Ven, simiente vencedora que Moisés profetizó!
¡Ven, aplasta la cabeza ponzoñosa del dragón!
Que el veneno del pecado en nosotros infiltró.

6. Borra tú la semejanza que el primer Adán nos dio;
Y a la tuya, Adán perfecto, forma nuestro corazón.
Desde el trono do te sientas como Hombre y como Dios,
¡Oh Jesús, pon en nosotros tu maravilloso amor!

83 Sed Puros Y Santos

SANTIDAD

Es traducción
W. D. Longstaff   George C. Stebbins

1. Sed puros y santos, mirad al Señor,
Permaneced fieles, siempre en orar;
Leed la palabra, del buen Salvador,
Socorred al débil, mostradle amor.

2. Sed puros y santos, Dios nos juzgará,
   Orad en secreto, respuesta vendrá;
   Su Espíritu Santo revela a Jesús,
   Y su semejanza en nos él pondrá.

3. Sed puros y santos, Cristo nos guiará;
   Seguid su camino, en él confiad;
   En paz o en pena, la calma dará,
   Quien nos ha salvado de nuestra maldad.

84   Mi Espíritu, Alma Y Cuerpo

LA CRUZ DE JESUS

H. C. E.   Ira D. Sankey

1. Mi espíritu, alma y cuerpo,
   Mi ser, mi vida entera,
   Cual viva, santa ofrenda,
   Entrego a ti, mi Dios.

CORO:

Mi todo a Dios consagro en Cristo, el vivo altar;
¡Descienda el fuego santo, su sello celestial!

2. Soy tuyo, Jesucristo,
   Comprado con tu sangre;
   Contigo haz que ande,
   En plena comunión.

3. Espíritu Divino,
   Del Padre la promesa;
   Sedienta, mi alma anhela
   De ti la santa unción.

85 Todo Rendido
ENTREGA

Tr. G. Candelas
A. C. Sneed
George C. Stebbins

1. Todo rendido anhelo estar,
   Todo rendido, Señor a ti;
   Todo en tu altar rendido ya está,
   Me redimiste ya, me entrego a ti.

2. Todo rendido a ti estoy,
   Pues tú me has dado la salvación;
   Mi vida y tiempo doy con grande gozo hoy;
   Tuyo por siempre soy, me entrego a ti.

3. Todo rendido al que me dio
   Tanta riqueza, tan gran perdón;
   Mi oro y plata a ti quiero entregar aquí,
   Pues me compraste, sí, con tu amor.

4. Todo rendido, soy tuyo hoy,
   Completamente me entrego a ti:
   No yo, mas Cristo en mí, ten tu morada aquí,
   Vive tu vida en mí, Cristo Jesús.

86 Cerca, Más Cerca
MORRIS

Tr. Vicente Mendoza
Mrs. C. H. Morris
Mrs. C. H. Morris

1. Cerca, más cerca, ¡oh Dios, de ti!
   Cerca yo quiero mi vida llevar,
   Cerca, más cerca, ¡oh Dios, de ti!
   Cerca a tu gracia que puede salvar,
   Cerca a tu gracia que puede salvar.

2. Cerca, más cerca, cual pobre soy,
   Nada Señor, yo te puedo ofrecer;
   Sólo mi ser contrito te doy,
   Pueda contigo la paz obtener,
   Pueda contigo la paz obtener.

3. Cerca, más cerca, Señor de ti,
   Quiero ser tuyo dejando el pecar;
   Goces y pompas vanas aquí,
   Todo Señor pronto quiero dejar,
   Todo Señor pronto quiero dejar.

4. Cerca, más cerca, mientras el ser,
   Aliente vida y busque tu paz;
   Y cuando al cielo pueda ascender,
   Ya para siempre conmigo estarás,
   Ya para siempre conmigo estarás.

87   Dulce Y Precioso Me Es

DULCE DOMUM

Tr. G. P. Simmonds   Richard S. Ambrose

1. Dulce y precioso me es en esto meditar;
   Hoy yo más cerca estoy que ayer al celestial hogar.

2. Más cerca cierto estoy del trono celestial,
   De la mansión do quiero estar,
   Del mar que es cual cristal.

3. Más cerca del lugar do la cruz dejaré,
   Donde mi carga olvidaré, do el premio alcanzaré.

4. Yendo a aquel hogar que preparó Jesús
   El río obscuro hay que pasar para alcanzar la luz.

5. Cuando a cruzarlo voy; ¡oh Dios! conmigo sé
   Pues de mi hogar hoy puede ser
   Que yo muy cerca esté.

88   Jesús, Yo He Prometido
LA HISTORIA DEL ANGEL
Tr. J. B. Cabrera
John Ernest Bode   Arthur H. Mann

1. Jesús, yo he prometido, servirte con amor;
   Concédeme tu gracia, mi amigo y Salvador.
   No temeré la lucha, si tú a mi lado estás,
   Ni perderé el camino, si tú guiando vas.

2. El mundo está muy cerca, y abunda tentación;
   Cuán suave es el engaño, y es necia la pasión:
   Ven tú, Jesús, más cerca, mostrando tu piedad,
   Y escuda al alma mía de toda iniquidad.

3. Cuando mi mente vague, ya incierta, ya veloz,
   Concédeme que escuche, Jesús, tu clara voz:
   Anímame si dudo; inspírame también:
   Repréndeme, si temo en todo hacer el bien.

4. Jesús, tú has prometido a todo aquel que va,
   Siguiendo tus pisadas, que al cielo llegará.
   Sosténme en el camino, y al fin con dulce amor,
   Trasládame a tu gloria, mi amigo y Salvador.

89   Yo Quiero Ser Cual Mi Jesús
MAS Y MAS CUAL MI JESUS
Vicente Mendoza   J. M. Stillman

1. Yo quiero ser cual mi Jesús,

Sirviéndole con lealtad;
Sincero y fiel anhelo ser, cumpliendo su voluntad.

CORO:

Más y más cual mi Jesús en mi vida quiero ser;
Más y más cual mi Señor seré por su gran poder.

2. Humilde quiero siempre ser
   Cual fuera mi Salvador,
   No quiero glorias ni poder indignos de mi Señor.

3. En todo quiero yo seguir las huellas de mi Señor,
   Y por doquier hacer sentir
   Lo que hizo en mí su amor.

90   Haz Lo Que Quieras

POLLARD

Tr. Ernesto Barocio
Adelaide A. Pollard   George C. Stebbins

1. Haz lo que quieras de mí, Señor;
   Tú el Alfarero, yo el barro soy;
   Dócil y humilde anhelo ser;
   Cúmplase siempre en mí tu querer.

2. Haz lo que quieras de mí, Señor;
   Mírame y prueba mi corazón;
   Lávame y quita toda maldad
   Para que pueda contigo estar.

3. Haz lo que quieras de mí, Señor;
   Cura mis llagas y mi dolor,
   Tuyo es, oh Cristo, todo poder;
   Tu mano extiende y sanaré.

4. Haz lo que quieras de mí, Señor;
   Del Paracleto dame la unción,
   Dueño absoluto sé de mi ser
   Y el mundo a Cristo pueda en mí ver.

91   Tentado, No Cedas
PALMER

Tr. T. M. Westrup
Horatius R. Palmer   Horatius Ray Palmer

1. Tentado, no cedas; ceder es pecar;
   Más fácil seráte luchando triunfar;
   ¡Valor! pues, gustoso domina tu mal;
   Jesús librar puede de asalto mortal.

CORO:

   A Jesús pronto acude, en sus brazos tu alma
   Hallará dulce calma; él te hará vencedor.

2. Evita el pecado, procura agradar
   A Dios, a quien debes por siempre ensalzar;
   No manche tus labios impúdica voz,
   Tu corazón guarda de codicia atroz.

3. Amante, benigno y enérgico sé;
   En Cristo ten siempre indómita fe;
   Veraz sea tu dicho, de Dios es tu ser;
   Corona te espera, y vas a vencer.

92   En La Ascendente Vía De Luz
PLANO SUPERIOR

Tr. Ernesto Barocio
Johnson Oatman, Jr.   Charles H. Gabriel

1. En la ascendente vía de luz,

Nuevas alturas ganaré.
Más alto llévame, oh Jesús,
Y en roca firme pon mi pie.

CORO:

De vida a un plano superior, elévame, Señor por fe
Y tras las pruebas vencedor,
En roca firme pon mi pie.
Amén.

2. Do sombras reinan y temor,
No quiero, no, permanecer.
Luz dame, oh Dios, confianza, amor,
Y en roca firme pon mi pie.

3. La cumbre anhelo dominar,
Y el resplandor del cielo ver.
Sostenme, oh Dios hasta llegar,
Y en roca firme pon mi pie.

93   Cuando Andemos Con Dios

CONFIA Y OBEDECE

Tr. Vicente Mendoza
John H. Sammis   Daniel B. Towner

1. Para andar con Jesús no hay senda mejor
Que guardar sus mandatos de amor,
Obedientes a él siempre habremos de ser
Y tendremos de Cristo el poder.

CORO:

Obedecer, y confiar en Jesús,
Es la regla marcada para andar en la luz.

2. Cuando vamos así, ¡cómo brilla la luz
   En la senda al andar con Jesús!
   Su promesa de estar con los suyos, es fiel,
   Si obedecen y esperan en él.

3. Quien siguiere a Jesús, ni una sombra verá,
   Si confiado su vida le da;
   Ni terrores ni afán, ni ansiedad, ni dolor,
   Pues lo cuida su amante Señor.

4. Mas sus dones de amor nunca habréis de alcanzar,
   Si rendidos no vais a su altar,
   Pues su paz y su amor sólo son para aquel
   Que a sus leyes divinas es fiel.

94   Entera Consagración

DUCANNON

Tr. Vicente Mendoza
Frances R. Havergal   William J. Kirkpatrick

1. Que mi vida entera esté consagrada a ti, Señor,
   Que a mis manos pueda guiar el impulso de tu amor.

CORO:

Lávame en tu sangre, Salvador,
Límpiame de toda mi maldad;
¡Traigo a ti mi vida para ser, Señor,
Tuya por la eternidad!

2. Que mis pies tan sólo en pos de lo santo puedan ir;
   Y que a ti, Señor, mi voz se complazca en bendecir.

3. Que mis labios al hablar hablen sólo de tu amor;
   Que mis bienes ocultar no los pueda a ti, Señor.

4. Que mi tiempo todo esté consagrado a tu loor,,
   Y mi mente y su poder sean usados en tu honor.

5. Toma, oh Dios, mi voluntad, y hazla tuya, nada más;
   Toma, sí, mi corazón, y tu trono en él tendrás.

95   Al Cristo Vivo Sirvo

ACKLEY

Tr. George P. Simmonds
Alfred H. Ackley   Alfred H. Ackley

1. Al Cristo vivo sirvo y él en el mundo está;
   Aunque otros lo negaren yo sé que él vive ya.
   Su mano tierna veo, su voz consuelo da,
   Y cuando yo le llamo muy cerca está.

CORO:

   El vive, él vive, hoy vive el Salvador;
   Conmigo está y me guardará mi amante Redentor.
   El vive, él vive, imparte salvación.
   Sé que él viviendo está porque vive en mi corazón.

2. En todo el mundo entero contemplo yo su amor,
   Y al sentirme triste consuélame el Señor;
   Seguro estoy que Cristo mi vida guiando está,
   Y que otra vez al mundo regresará.

3. Regocijad, cristianos, hoy himnos entonad;
   Eternas aleluyas a Cristo el Rey cantad.
   Ayuda y esperanza es del mundo pecador,
   No hay otro tan amante como el Señor.

96   Lugar Hay Donde Descansar
McAFEE

Tr. George P. Simmonds
C. B. McAfee   C. B. McAfee

1. Lugar hay donde descansar,
   Cerca al corazón de Dios;
   Do nada puede molestar,
   Cerca al corazón de Dios.

CORO:

    Jesús, del cielo enviado del corazón de Dios,
    ¡Oh! siempre cerca tennos al corazón de Dios.

2. Lugar hay de consuelo y luz,
   Cerca al corazón de Dios;
   Do nos juntamos con Jesús,
   Cerca al corazón de Dios.

3. Lugar hay de eternal solaz,
   Cerca al corazón de Dios;
   Do Cristo otorga gozo y paz,
   Cerca al corazón de Dios.

97   Jehová Mi Pastor Es
POLONIA

Tr. George P. Simmonds   Arr. por Edwin O. Excell
James Montgomery   Thomas Koschat

1. Jehová mi Pastor es, no me faltará.
   En prados preciosos me pastoreará;
   Conduce él mis pasos por sendas de paz,
   Y en mi alma derrama completo solaz.
   Y en mi alma derrama completo solaz

2. Aunque ande en el valle de sombra al morir
   No temeré males que puedan venir,
   Pues tú eres conmigo no me aterrarán;
   Tu vara y cayado me confortarán.
   Tu vara y cayado me confortarán.

3. Mi mesa aderezas frente a la aflicción,
   Mi copa rebosa de tu bendición;
   Con óleo sagrado mi sien ungirás,
   Y bien infinito tú a mi alma serás.
   Y bien infinito tú a mi alma serás.

4. Tus misericordias y sin igual bien
   Me seguirán hasta que llegue al Edén;
   Al fin en tu alcázar y célico hogar
   Por siglos sin fin voy contigo a morar.
   Por siglos sin fin voy contigo a morar.

98   Cada Momento
CADA MOMENTO

Tr. M. González
El Nathan
                                              Mrs. May Whittle Moody

1. Cristo me ayuda por él a vivir,
   Cristo me ayuda por él a morir;
   Al que me imparte su gracia y poder,
   Cada momento yo le doy mi ser.

   CORO:

   Cada momento la vida me das,
   Cada momento conmigo tú estás;
   Hasta que rompa el eterno fulgor,
   Cada momento; tuyo soy, Señor.

2. Siento pesares, muy cerca él está,
   Siento dolores, alivio me da;
   Tengo aflicciones, me muestra su amor;
   Cada momento me cuida el Señor.

3. Tengo amarguras, o tengo temor,
   Tengo tristezas, me inspira valor;
   Tengo conflictos, o penas aquí,
   Cada momento se acuerda de mí.

4. Tengo flaquezas, o débil estoy,
   Cristo me dice: "tu amparo yo soy";
   Cada momento, en tinieblas o en luz,
   Siempre conmigo va mi buen Jesús.

99 Meditad En Que Hay Un Hogar

MAS ALLA

Tr. Pedro Castro
D. W. C. Huntington

Tullius C. O'Kane

1. Meditad en que hay un hogar
   En la margen del río de luz,
   Donde van para siempre a gozar
   Los creyentes en Cristo Jesús.
   Más allá, más allá,
   Meditad en que hay un hogar,
   Más allá, más allá, más allá,
   En la margen del río de luz.

2. Meditad en que amigos tenéis
   De los cuales marchamos en pos,
   Y pensad en que al fin los veréis,
   En el alto palacio de Dios.
   Más allá, más allá,

Meditad en que amigos tenéis,
Más allá, más allá, más allá,
De los cuales marchamos en pos.

3. En que mora Jesús meditad,
Donde seres que amamos están,
Y a la patria bendita volad
Sin angustias, temores ni afán.
Más allá, más allá,
En que mora Jesús meditad,
Más allá, más allá, más allá,
Donde seres que amamos están.

4. Reunido a los míos seré,
Mi carrera a su fin toca ya;
Y en mi hogar celestial entraré,
Do mi alma reposo tendrá.
Más allá, más allá,
Reunido a los míos seré,
Más allá, más allá, más allá,
Mi carrera a su fin toca ya.

100   Me Guía El

ME GUIA EL

Tr. Epigmenio Velasco
Joseph Henry Gilmore   William B. Bradbury

1. Me guía él, con cuánto amor,
Me guía siempre mi Señor;
Al ver mi esfuerzo en serle fiel,
Con cuánto amor me guía él.

CORO:

Me guía él, me guía él,

Con cuánto amor me guía él;
   No abrigo dudas ni temor,
   Pues me conduce el buen Pastor.

2. En el abismo del dolor
   O en donde brille el sol mejor,
   En dulce paz o en lucha cruel,
   Con gran bondad me guía él.

3. Tu mano quiero yo tomar,
   Jesús, y nunca vacilar,
   Pues sólo a quien te sigue fiel
   Se oyó decir: Me guía él.

4. Y mi carrera al terminar
   Y así mi triunfo realizar,
   No habrá ni dudas ni temor
   Pues me guiará mi buen Pastor.

101   ¡Venid! Cantar Sonoro

ADAMSVILLE

Tr. T. M. Westrup
James McGranahan   James McGranahan

1. ¡Venid! cantar sonoro entonaremos hoy
   A la gran Roca eterna de nuestra salvación.
   Con regocijo iremos delante de su faz,
   Porque es de dioses Jefe, Sublime Potestad.

CORO:

   Ven, al salutífero manantial vivífico,
   Al lucero místico, cuyo brillo ves.
   Ven, arrodillémonos, y reconozcámosle,
   Jesucristo el único Redentor y Juez.

2. De Dios es lo escondido; le pertenece el mar;
   Es obra suya todo, el hombre, el animal;
   Dios nuestro concertado, somos por su querer
   El pueblo de su dehesa, y de su mano grey.

3. Hoy, si queréis dar oído, no desechéis su voz,
   Endurecido el pecho, como en la contención,
   Cuando en el despoblado, tentado de Israel,
   Años cuarenta anduvo con pueblo tan infiel.

102   Hay Un Mundo Feliz

DULCE PORVENIR

Tr. H. G. Jackson
S. F. Bennett   J. P. Webster

1. Hay un mundo feliz más allá,
   Donde moran los santos en luz,
   Tributando eterno loor, al invicto glorioso Jesús.

CORO:

    En el mundo feliz, reinaremos con nuestro Señor;
    En el mundo feliz, reinaremos con nuestro Señor.

2. Cantaremos con gozo a Jesús,
   Al Cordero que nos rescató,
   Y con sangre vertida en la cruz,
   Los pecados del mundo quitó.

3. Para siempre en el mundo feliz,
   Con los santos daremos loor,
   Al invicto glorioso Jesús;
   A Jesús, nuestro Rey y Señor.

103 Hay Un Lugar Do Quiero Estar

ASILO (BLACK)

Tr. Vicente Mendoza
J. M. Black
J. M. Black

1. Hay un lugar do quiero estar
   Muy cerca de mi Redentor,
   Allí podré yo descansar
   Al fiel amparo de su amor.

CORO:

   Muy cerca de mi Redentor seguro asilo encontraré;
   Me guardará del tentador y ya de nada temeré.

2. Quitarme el mundo no podrá
   La paz que halló mi corazón:
   Jesús amante me dará
   La más segura protección.

3. Ni dudas ni temor tendré
   Estando cerca de Jesús;
   Rodeado siempre me veré
   Con los fulgores de su luz.

104 En Los Negocios Del Rey

CASSEL

Tr. Vicente Mendoza
E. T. Cassel
Flora H. Cassel

1. Soy peregrino aquí, mi hogar lejano está
   En la mansión de luz, eterna paz y amor;
   Embajador yo soy del reino celestial
   En los negocios de mi Rey.

CORO:

Este mensaje fiel oíd, que dijo ya celeste voz;
"Reconciliaos ya", dice el Señor y Rey,
¡Reconciliaos hoy con Dios!

2. Que del pecado vil arrepentidos ya,
Han de reinar con él los que obedientes son,
Es el mensaje fiel que debo proclamar,
En los negocios de mi Rey.

3. Mi hogar más bello es que el valle de Sarón,
Gozo y eterna paz reinan por siempre en él,
Y allí Jesús dará eterna habitación,
Es el mensaje de mi Rey.

105 Voy Al Cielo, Soy Peregrino

SOY PEREGRINO
Tr. en Estrella de Belén
Mrs. M. S. B. D. Shindler   Aria Italiana

1. Voy al cielo, soy peregrino.
A vivir eternamente con Jesús;
El me abrió ya veraz camino,
Al expirar por nosotros en la cruz.

CORO:

Voy al cielo, soy peregrino,
A vivir eternamente con Jesús.

2. Duelo, muerte, amarga pena,
Nunca, nunca se encontrarán allá,
Preciosa vida, de gozo llena,
El alma mía sin fin disfrutará.

3. ¡Tierra santa, hermosa y pura!
   Entraré en ti salvado por Jesús.
   Yo gozaré siempre la ventura
   Iluminado con deliciosa luz.

106 Nos Veremos En El Río
HANSON PLACE

Es traducción
Robert Lowry   Robert Lowry

1. Nos veremos en el río, cuyas aguas argentinas
   Nacen puras, cristalinas, bajo el trono del Señor.

CORO:

¡Oh! sí, nos congregaremos
En célica, hermosísima ribera
Del río de la vida verdadera
Que nace del trono de Dios.

2. En las márgenes del río, que frecuentan serafines,
   Que embellecen querubines, da la dicha eterna Dios.

3. El vergel que riega el río de Jesús es la morada;
   El mal nunca tiene entrada donde reina nuestro Dios.

4. Antes de llegar al río, nuestra carga dejaremos;
   Vida eterna gozaremos en presencia del Señor.

107 No Te Dé Temor Hablar Por Cristo
VALOR

Tr. T. M. Westrup
Wm. B. Bradbury   Wm. B. Bradbury

1. No te dé temor hablar por Cristo,

Haz que brille en ti su luz;
Al que te salvó confiesa siempre,
Todo debes a Jesús.

CORO:

No te dé temor, no te dé temor,
Nunca, nunca, nunca;
Es tu amante Salvador, nunca, pues, te dé temor.

2. No te dé temor hacer por Cristo,
Cuanto de tu parte está;
Obra con amor, con fe y constancia;
Tus trabajos premiará.

3. No te dé temor sufrir por Cristo,
Los reproches, o el dolor;
Sufre con amor tus pruebas todas,
Cual sufrió tu Salvador.

4. No te dé temor vivir por Cristo,
Esa vida que te da;
Si tan sólo en él por siempre fiares
El con bien te saciará.

5. No te dé temor morir por Cristo,
Vía, verdad y vida es él;
El te llevará con su ternura,
A su célico vergel.

108   El Dulce Nombre de Jesús
DAYTON

J. B. Cabrera   E. S. Lorenz

1. El dulce nombre de Jesús
Sublime es para el hombre fiel,

Consuelo, paz, vigor, y luz
Encuentra siempre en él.

CORO:

¡Cristo, mi supremo bien!
¡Cristo, tú eres mi sostén!
¡Cristo, siempre ensalzaré,
Y adoraré tu nombre!

2. Al pecho herido fuerzas da;
Y calma al triste corazón;
Al alma hambrienta es cual maná
Que alivia su aflicción.

3. Tan dulce nombre es para mí
De ricos dones plenitud;
Raudal que nunca exausto vi,
De gracia y de salud.

4. Jesús, mi amigo y mi sostén,
¡Bendito Cristo, Salvador!
Mi vida y luz, mi eterno bien,
Acepta mi loor.

5. Si es pobre ahora mi cantar,
Yo sé que cuando en gloria esté,
Y allí te pueda contemplar,
Mejor te alabaré.

109   Dulce Comunión
SHOWALTER

Tr. Pedro Grado
E. A. Hoffman   A. J. Showalter

1. Dulce comunión la que gozo ya

En los brazos de mi Salvador;
¡Qué gran bendición en su paz me da!
¡Oh! yo siento en mí su tierno amor.

CORO:

Libre, salvo, del pecado y del temor,
Libre, salvo, en los brazos de mi Salvador.

2. ¡Cuán dulce es vivir, cuán dulce es gozar!
En los brazos de mi Salvador;
Allí quiero ir y con él morar,
Siendo objeto de su tierno amor.

3. No hay que temer, ni que desconfiar,
En los brazos de mi Salvador;
Por su gran poder él me guardará
De los lazos del engañador.

110 Pastoréanos, Jesús Amante

BRADBURY

Tr. T. M. Westrup
Dorothy Ann Thrupp   Wm. B. Bradbury

1. Pastoréanos, Jesús amante,
   Cuida, ¡oh Señor! tu grey;
   Tu sustento placentero dale, tu redil, tu suave ley.
   Alta ciencia, providencia, tuyas para nuestro bien;
   Bendecido Rey ungido, a santificarnos ven.

2. Tu misión divina es a los pobres
   Dar salud y santidad;
   A pesar de ser tan pecadores, no nos has de desechar.
   Comunicas dotes ricas al que implora tu perdón;
   Salvadora Luz que mora en el nuevo corazón.

111   Tengo Un Amigo

TENGO UN AMIGO

Tr. Vicente Mendoza
Robert Harkness   Robert Harkness

1. Tengo un Amigo, Cristo el Señor,
   Yo le bendigo con mi loor,
   Porque en el mundo nadie como él,
   Es en mi vida paciente y fiel.

CORO:

   Cristo, mi Amigo, ya tuyo soy;
   ¡Todo, rendido, contigo voy!

2. Tengo un refugio que en el turbión
   Del alma es siempre fiel protección;
   Con él seguro yo viviré
   Porque a su amparo caminaré.

3. Tengo un Maestro doquier yo voy
   Y sus senderos siguiendo estoy;
   En las tinieblas jamás iré,
   Porque sus luces y amor tendré.

4. ¡Oh, dulce Amigo! tu compasión
   Ha subyugado mi corazón,
   ¿Cómo rebelde pudiera ser,
   Y tanta gracia desconocer?

112   Día Feliz

DIA FELIZ

Tr. T. M. Westrup
Philip Doddridge   E. F. Rimbault

1. Día feliz cuando escogí

Servirte, mi Señor y Dios;
Preciso es que mi gozo en ti
Lo muestre hoy por obra y voz.

CORO:

¡Soy feliz! ¡soy feliz! Y en su favor me gozaré;
En libertad y luz me ví cuando triunfó en mí la fe.
Y el raudal carmesí salud de mi alma enferma fue

2. ¡Pasó! mi gran deber cumplí;
De Cristo soy y mío es él;
Me atrajo: con placer seguí;
Su voz conoce todo fiel.

3. Reposa, débil corazón;
A tus contiendas pon ya fin;
Hallé más noble posesión,
Y parte en superior festín.

113   A Solas Con Jesús
EN EL HUERTO

Tr. Vicente Mendoza
C. Austin Miles
                                     C. Austin Miles

1. A solas al huerto yo voy,
Cuando duerme aún la floresta;
Y en quietud y paz con Jesús estoy
Oyendo absorto allí su voz.

CORO:

El conmigo está, puedo oir su voz,
Y que suyo, dice, seré;
Y el encanto que hallo en él allí,
Con nadie tener podré.

2. Tan dulce es la voz del Señor,
   Que las aves guardan silencio,
   Y tan sólo se oye su voz de amor,
   Que inmensa paz al alma da.

3. Con él encantado yo estoy,
   Aunque en torno llegue la noche;
   Mas me ordena ir, que a escuchar yo voy,
   Su voz doquier la pena esté.

114   ¡Oh, Cuán Dulce!
CONFIAR EN JESUS

Tr. Vicente Mendoza
Mrs. Louise M. R. Stead   Wm. J. Kirkpatrick

1. ¡Oh, cuán dulce es fiar en Cristo,
   Y entregarse todo a él,
   Esperar en sus promesas,
   Y en sus sendas serle fiel!

CORO:

Jesucristo, Jesucristo, ya tu amor probaste en mí;
Jesucristo, Jesucristo, siempre quiero fiar en ti.

2. Es muy dulce fiar en Cristo
   Y cumplir su voluntad,
   No dudando su palabra,
   Que es la luz y la verdad.

3. Siempre es grato fiar en Cristo
   Cuando busca el corazón,
   Los tesoros celestiales
   De la paz y del perdón.

4. Siempre en ti confiar yo quiero

Mi precioso Salvador;
En la vida y en la muerte
Protección me dé tu amor.

115   Tan Triste Y Tan Lejos
PUERTO DE REPOSO

Tr. T. Harwood
H. L. Gilmour

George D. Moore

1. Tan triste y tan lejos de Dios me sentí,
   Y sin el perdón de Jesús;
   Mas cuando su voz amorosa oí
   Que dijo: "Oh, ven a la luz."

CORO:

    Yo todo dejé para andar en la luz,
    No moro en tinieblas ya más;
    Encuentro la paz en seguir a Jesús,
    Y vivo en la luz de su faz.

2. ¡Qué amigo tan dulce es el tierno Jesús!
   Tan lleno de paz y de amor;
   De todo este mundo es la fúlgida luz
   El nombre del Buen Salvador.

3. De mi alma el anhelo por siempre será
   Más cerca vivir de la cruz,
   Do santo poder y pureza me da
   La sangre de Cristo Jesús.

4. ¡Oh! ven a Jesús, infeliz pecador,
   No vagues a ciegas ya más;
   Sí, ven a Jesús, tu benigno Señor,
   Que en él salvación hallarás.

116 ¿Cómo Podré Estar Triste?

EL CUIDA DE LAS AVES

Tr. Vicente Mendoza
Charles H. Gabriel
Charles H. Gabriel

1. ¿Cómo podré estar triste, cómo entre sombras ir,
   Cómo sentirme solo y en el dolor vivir,
   Si Cristo es mi consuelo, mi amigo siempre fiel,
   Si aun las aves tienen seguro asilo en él,
   Si aun las aves tienen seguro asilo en él?

CORO:

   ¡Feliz cantando alegre, yo vivo siempre aquí;
   Si él cuida de las aves, cuidará también de mí!

2. "Nunca te desalientes", oigo al Señor decir,
   Y en su Palabra fiado hago al dolor huir.
   A Cristo, paso a paso yo sigo sin cesar,
   Y todas sus bondades me da sin limitar,
   Y todas sus bondades me da sin limitar.

3. Siempre que soy tentado o que en la sombra estoy,
   Más cerca de él camino, y protegido voy;
   Si en mí la fe desmaya y caigo en la ansiedad,
   Tan sólo él me levanta, me da seguridad,
   Tan sólo él me levanta, me da seguridad.

117 Oigo La Voz Del Buen Pastor

PASTOR

Pedro Grado
W. A. Ogden

1. Oigo la voz del buen Pastor,
   En espantosa soledad;

Llama al cordero que en temor
Vaga en la densa obscuridad.

CORO:

Llama aún, con bondad, quiere darte libertad;
Ven a mí, con amor, dice Cristo el Salvador.

2. ¿Quién ayudar quiere a Jesús,
   A los perdidos a buscar?
   Difunda por doquier la luz,
   Del evangelio a predicar.

3. Triste desierto el mundo es
   Rodeado de peligros mil;
   Ven, dice Cristo, a la mies,
   Trae mis ovejas al redil.

118   Con Cánticos, Señor

DARWALL

M. N. B., Adapt.
Charles Wesley
John Darwall

1. Con cánticos, Señor, mi corazón y voz
   Te adoran con fervor, oh Trino, Santo Dios.
   En tu mansión yo te veré, de ti perdón feliz tendré.

2. Tu mano paternal marcó mi senda aquí;
   Mis pasos, cada cual, velados son por ti.
   En tu mansión yo te veré, de ti perdón feliz tendré.

3. Innumerables son tus bienes y sin par;
   Y por tu compasión los gozo sin cesar.
   En tu mansión yo te veré, de ti perdón feliz tendré.

4. Tú eres, ¡oh Señor! Mi sumo, todo bien;

Mil lenguas tu amor cantando siempre están.
En tu mansión yo te veré, de ti perdón feliz tendré.

119   En Tu Cena Nos Juntamos
AUN YO
Es traducción   Wm. B. Bradbury

1. En tu cena nos juntamos Señor para celebrar
   Tu pasión y cruel muerte,
   Y en tu grande amor pensar.
   Grande amor, grande amor,
   Y en tu grande amor pensar.

2. Redimidos, ya tenemos por tu muerte comunión;
   En el pan te recordamos, Dios de nuestra salvación,
   Salvación, salvación, Dios de nuestra salvación.

3. En la copa confesamos que tu sangre es eficaz;
   Por tu salvación perfecta esperamos ver tu faz,
   Ver tu faz, ver tu faz, esperamos ver tu faz.

4. Por tu gracia congregados en tu paz y con amor;
   En espíritu cantamos a ti, nuestro Redentor,
   Redentor, Redentor, a ti, nuestro Redentor.

120   Oh Jehová Omnipotente Dios
HIMNO PATRIO
Es traducción
Daniel C. Roberts   George W. Warren

1. Señor Jehová, omnipotente Dios,
   Tú que los astros riges con poder,
   Oye clemente nuestra humilde voz,
   Nuestra canción hoy dígnate atender.

2. Eterno Padre, nuestro corazón,
   A ti profesa un inefable amor;
   Entre nosotros tu presencia pon,
   Tiéndenos, pues, tu brazo protector.

3. A nuestra patria da tu bendición;
   Enséñanos tus leyes a guardar;
   Alumbra la conciencia y la razón;
   Domina siempre tú en todo hogar.

4. Defiéndenos del enemigo cruel
   Concede a nuestras faltas corrección;
   Nuestro servicio sea siempre fiel;
   Y sénos tú la grande protección. Amén.

121 Castillo Fuerte Es Nuestro Dios
EIN' FESTE BURG
Tr. J. B. Cabrera
Martín Lutero   Martín Lutero

1. Castillo fuerte es nuestro Dios,
   Defensa y buen escudo;
   Con su poder nos librará en este trance agudo.
   Con furia y con afán acósanos Satán;
   Por armas deja ver astucia y gran poder;
   Cual él no hay en la tierra.

2. Nuestro valor es nada aquí,
   Con él todo es perdido;
   Mas por nosotros pugnará de Dios el Escogido.
   ¿Sabéis quién es? Jesús, el que venció en la cruz,
   Señor de Sabaoth. Y pues él sólo es Dios,
   El triunfa en la batalla.

3. Aunque estén demonios mil

Prontos a devorarnos,
No temeremos, porque Dios sabrá aun prosperarnos.
Que muestre su vigor Satán, y su furor;
Dañarnos no podrá; pues condenado es ya
Por la Palabra Santa.

122   Iglesia De Cristo
LYONS
Tr. Mateo Cosidó
Charles Wesley   Franz J. Haydn

1. Iglesia de Cristo reanima tu amor,
   Y espera velando a tu augusto Señor;
   Jesús el esposo, vestido de honor,
   Viniendo se anuncia con fuerte clamor.

2. Si falta en algunos el santo fervor,
   La fe sea de todos el despertador.
   Velad, compañeros, velad sin temor,
   Que está con nosotros el Consolador.

3. Quien sigue la senda del vil pecador,
   Se entrega en los brazos de un sueño traidor
   Mas para los siervos del buen Salvador
   Velar esperando es su anhelo mejor.

123   En Jesucristo, Mártir De Paz
CERTEZA
Tr. E. A. Monfort Díaz
Fanny J. Crosby   Mrs. J. F. Knapp

1. En Jesucristo, mártir de paz,
   En horas negras de tempestad,
   Hallan las almas dulce solaz,
   Grato consuelo, felicidad,

CORO:

    Gloria cantemos al Redentor
    Que por nosotros quiso morir;
    Y que la gracia del Salvador
    Siempre dirija nuestro vivir.

2. En nuestras luchas, en el dolor,
   En tristes horas de tentación,
   Calma le infunde, santo vigor,
   Nuevos alientos al corazón.

3. Cuando en la lucha falta la fe
   Y el alma vese desfallecer,
   Cristo nos dice: "Siempre os daré
   Gracia divina, santo poder."

124   Estad Por Cristo Firmes

WEBB

Tr. Jaime Clifford
George Duffield, Jr.   George J. Webb

1. ¡Estad por Cristo firmes,
   Soldados de la cruz!
   Alzad hoy la bandera, en nombre de Jesús;
   Es vuestra la victoria, con él por Capitán;
   Por él serán vencidas las huestes de Satán.

2. ¡Estad por Cristo firmes!
   Os llama él a la lid;
   ¡Con él, pues a la lucha, soldados todos id!
   Probad que sois valientes, luchando contra el mal:
   Es fuerte el enemigo, mas Cristo es sin igual.

3. ¡Estad por Cristo firmes!

Las fuerzas vienen de él;
El brazo de los hombres es débil y es infiel;
Vestíos la armadura, velad en oración,
Deberes y peligros, demandan gran tesón.

125   Pronto La Noche Viene

CANTO DEL TRABAJO

Tr. Epigmenio Velasco
Annie L. Walker
Lowell Mason

1. Pronto la noche viene, tiempo es de trabajar;
   Los que lucháis por Cristo no hay que descansar;
   Cuando la vida es sueño, gozo, vigor, salud,
   Y es la mañana hermosa, de la juventud.

2. Pronto la noche viene, tiempo es de trabajar,
   Para salvar al mundo hay que batallar;
   Cuando la vida alcanza toda su esplendidez,
   Cuando es el medio día de la madurez.

3. Pronto la noche viene, tiempo es de trabajar,
   Si el pecador perece, idlo a rescatar,
   Aun a la edad provecta, débil y sin salud,
   Aun a la misma tarde de la senectud.

4. Pronto la noche viene, ¡listos a trabajar!
   ¡Listos! que muchas almas hay que rescatar.
   ¿Quién de la vida el día puede desperdiciar?
   "Viene la noche cuando nadie puede obrar."

126 Cristo, Mi Piloto Sé
PILOTO

Tr. Vicente Mendoza
Edward Hopper   John E. Gould

1. Cristo, mi Piloto sé en el tempestuoso mar;
   Fieras ondas mi bajel van a hacerlo zozobrar;
   Mas si tú conmigo vas, salvo al puerto llegaré.
   Carta y brújula hallo en ti, ¡Cristo, mi piloto sé!

2. Todo agita el huracán, con indómito furor,
   Mas los vientos cesarán al mandato de tu voz;
   Y al decir: "que sea la paz", cederá sumiso el mar.
   De las aguas tú el Señor, guíame, cual piloto fiel.

3. Cuando al fin ya cerca esté de la playa celestial.
   Si el abismo ruge aún entre el puerto y mi bajel,
   En tu pecho al descansar, quiero oirte a ti decir:
   "¡Nada temas ya del mar, tu piloto siempre soy!"
   Amén.

127 La Historia De Cristo Diremos
MENSAJE

Tr. Enrique Sánchez   H. Ernest Nichol

1. La historia de Cristo diremos,
   que dará al mundo la luz,
   De paz y perdón anunciamos,
   Comprados en cruenta cruz,
   Comprados en cruenta cruz.

CORO:

   Nos quitó toda sombra densa,
   Alejó nuestra obscuridad,

El nos salvó, nuestra paz compró,
   Nos dio luz y libertad.

2. La historia de Cristo cantemos,
   Melodías dulces cantad.
   Un tono alegre tendremos, de Cristo en Navidad,
   De Cristo en Navidad.

3. La historia de Cristo daremos,
   Al mortal que va sin su amor;
   "Nos dio Dios su Hijo" diremos, hallamos en él favor,
   Hallamos en él favor.

4. A Jesús todos confesaremos,
   El nos dio su gran salvación,
   Por él al Señor dirigimos, con fe toda oración,
   Con fe toda oración.

128 Despliegue El Cristiano

LEAL

Tr. J. B. Cabrera
Frances R. Havergal

George C. Stebbins

1. Despliegue el cristiano su santa bandera,
   Y muéstrela ufano del mundo a la faz:
   ¡Soldados valientes! el triunfo os espera;
   Seguid vuestra lucha constante y tenaz.

CORO:

   Cristo nos guía, es nuestro Jefe,
   Y con nosotros siempre estará
   Nada temamos, él nos alienta,
   Y a la victoria llevarnos podrá.

2. Despliegue el cristiano su santa bandera,
   Domine baluartes y almenas a mil;
   La Biblia bendita conquiste doquiera,
   Y ante ella se incline la turba gentil.

3. Despliegue el cristiano su santa bandera,
   Y luzca en el frente de audaz torreón:
   El monte y la villa, la hermosa pradera,
   Contemplen ondeando tan bello pendón.

4. Despliegue el cristiano su santa bandera,
   Predique a los pueblos el libro inmortal;
   Presente a los hombres la luz verdadera
   Que vierte ese claro, luciente fanal.

5. Despliegue el cristiano su santa bandera,
   Y muéstrese bravo, batiéndose fiel;
   Para él no habrá fosos, para él no hay barrera:
   Que lucha a su lado el divino Emanuel.

129   Aprisa, ¡Sion!
NUEVAS

Tr. Alejandro Cativiela
Mary A. Thompson   J. Walch

1. Aprisa, ¡Sion! que tu Señor espera;
   Al mundo entero di que Dios es luz;
   Que el Creador no quiere que se pierda
   Una sola alma, lejos de Jesús.

   CORO:

   Nuevas proclama de gozo y paz,
   Nuevas de Cristo, salud y libertad.

2. Ve cuántos miles yacen retenidos

Por el pecado en lóbrega prisión;
No saben de Aquel que ha sufrido
En vida y cruz por darles redención.

3. En ti está salvar de riesgo ingente
   Almas por quienes dio su vida él;
   Teme, pues, que si eres negligente,
   De tu corona pierdas un joyel.

4. A todo pueblo y raza, fiel, proclama
   Que Dios, en quien existen, es amor;
   Y que él bajó para salvar sus almas;
   Por darles vida, muerte aquí sufrió.

5. Tus hijos da, que lleven su palabra;
   Tus bienes pon, su paso para abrir;
   Por ellos tu alma en oración derrama,
   Que todo Cristo te ha de retribuir.

6. El volverá, ¡oh Sion! antes de verle
   Su gracia anuncia a todo corazón;
   Que ni uno solo de los suyos quede,
   Por culpa tuya, lejos del Señor.

130   De Heladas Cordilleras

HIMNO MISIONERO

Tr. T. M. Westrup
Reginald Heber   Lowell Mason

1. De heladas cordilleras, de playas de coral,
   De etiópicas riberas del mar meridional,
   Nos llaman afligidas a darles libertad
   Naciones sumergidas en densa obscuridad.

2. Nosotros, alumbrados con celestial saber

¡A cuántos desgraciados dejamos perecer!
A todos, pues, llevemos gratuita salvación;
Al Cristo prediquemos, que obró la redención.

3. Llevada por los vientos la historia de la cruz,
Despierte sentimientos de amor al buen Jesús:
Prepare corazones, enseñe su verdad
En todas las naciones según su voluntad.

131 Sembraré La Simiente Preciosa

CONDADO DE ORLEANS

Abraham Fernández   George C. Stebbins

1. Sembraré la simiente preciosa
Del glorioso evangelio de amor,
Sembraré, sembraré mientras viva,
Dejaré el resultado al Señor.

CORO:

Sembraré, sembraré,
Mientras viva, simiente de amor;
Segaré, segaré,
Al hallarme en la casa de Dios.

2. Sembraré en corazones sensibles
La doctrina del Dios del perdón.
Sembraré, sembraré mientras viva,
Dejaré el resultado al Señor.

3. Sembraré en corazones de mármol
La bendita palabra de Dios.
Sembraré, sembraré mientras viva,
Dejaré el resultado al Señor.

132   Sal A Sembrar

BOOTH-TUCKER

Tr. Eduardo Palací
Comisionado Booth-Tucker   Comisionado Booth-Tucker

1. Sal a sembrar, sembrador de paz,
   Sigue las huellas del buen Jesús;
   Muy ricos frutos tendrás si fiel
   Sigues la senda de paz y luz.

CORO: [tres estrofas]

    Ve, ve, ve, sembrador;
    Ve, ve, siembra la paz;
    Habla doquiera del Señor y de su santa paz.

2. Vasto es el campo, sal a sembrar,
   Siembra el terreno que Dios te da;
   Si siembras siempre confiando en Dios,
   El tus esfuerzos coronará.

3. No desperdicies el tiempo, ve,
   Siembra palabras de vida y paz,
   Semilla eterna que dé su mies,
   Rica semilla que no es fugaz.

4. Dios lo ha mandado, sal a sembrar
   Nuevas de vida, de amor y paz;
   Tal vez te cueste dolores mil,
   Mas en los cielos tendrás solaz.
   Voy, voy, voy, Salvador;
   Voy, voy, siembro la paz;
   Hablando siempre del Señor y de su santa paz.

133   Trabajad, Trabajad
TRABAJAD

Tr. T. M. Westrup
Fanny J. Crosby
William H. Doane

1. ¡Trabajad! ¡trabajad! somos siervos de Dios;
   Seguiremos la senda que el Maestro trazó;
   Renovando las fuerzas con bienes que da,
   El deber que nos toca cumplido sera.

CORO:

¡Trabajad! ¡Trabajad! ¡Esperad! y ¡velad!
¡Confiad! ¡siempre orad!
Que el Maestro pronto volverá.

2. ¡Trabajad! ¡trabajad! hay que dar de comer
   Al que pan de la vida quisiere tener;
   Hay enfermos que irán a los pies del Señor,
   Al saber que de balde los sana su amor.

3. ¡Trabajad! ¡trabajad! fortaleza pedid;
   El reinado del mal con valor combatid;
   Conducid los cautivos al Libertador,
   Y decid que de balde redime su amor.

134   Oigo Al Dueño De La Mies
REED-CITY

Tr. Ernesto Barocio
George Bennard
George Bennard

1. Oigo al Dueño de la mies que llama:
   "¿Quién a trabajar hoy quiere ir?
   ¿Quién a mis ovejas extraviadas
   Con amor conducirá al redil?"

CORO:

Heme aquí, mi Señor,
Habla, que tu siervo oyendo está.
Quiero ir: Presto estoy;
Me complace hacer tu voluntad.

2. Mis inmundos labios purifica
Con el fuego santo de tu altar;
Sólo así podré como el profeta
Tu mensaje al mundo proclamad.

3. ¡Cuantos vagan sin saber de Cristo
Caminando a eterna perdición!
¿Quién irá a salvarlos de la muerte?
¡Heme aquí! envíame, Señor.

4. En mis labios pon tu fiel mensaje;
Llena de tu amor mi corazón;
Logre por tu gracia rescatarlos
Para gloria tuya, mi Señor.

135 Ved Al Cristo, Rey De Gloria
CORONADLE

Es traducción
Thomas Kelly

George C. Stebbins

1. Ved al Cristo, Rey de gloria,
Es del mundo el vencedor;
De la guerra vuelve invicto,
Todos démosle loor.

CORO:

Coronadle, santos todos,

Coronadle Rey de reyes,
Coronadle, santos todos, coronad al Salvador.

2. Exaltadle, exaltadle,
   Ricos triunfos trae Jesús;
   En los cielos entronadle,
   En la refulgente luz.

3. Si los malos se burlaron,
   Coronando al Salvador,
   Hoy los ángeles y santos
   Lo proclaman su Señor.

4. Escuchad sus alabanzas,
   Que se elevan hacia él,
   Victorioso reina el Cristo,
   Adorad a Emanuel.

136   Cantaré La Bella Historia
BELLA HISTORIA

Es traducción
F. H. Rowley   Peter H. Billhorn

1. Cantaré la bella historia
   Que Jesús murió por mí;
   Como allá en el Calvario dio su sangre carmesí.

CORO:

   Cantaré la bella historia
   De Jesús mi Salvador,
   Y con santos en la gloria
   A Jesús daré loor.

2. Cristo vino a rescatarme,

Vil, perdido me encontró;
Con su mano fiel y tierna al redil él me llevó.

3. Mis heridas y dolores
El Señor Jesús sanó;
Del pecado y los temores su poder me libertó.

4. En el río de la muerte
El Señor me guardará.
Es su amor tan fiel y fuerte, que jamás me dejará.

137   Da Lo Mejor Al Maestro

BARNARD

Tr. S. D. Athans
H. B. G.   Mrs. Charles Barnard

1. Da lo mejor al Maestro; tu juventud, tu vigor,
Dale el ardor de tu alma, lucha del bien en favor.
Cristo nos dio el ejemplo siendo él joven de valor;
Séle devoto ferviente, dale de ti lo mejor.

CORO:

Da lo mejor al Maestro; tu juventud, tu vigor;
Dale el ardor de tu alma, de la verdad lucha en pro.

2. Da lo mejor al Maestro; dale de tu alma el honor;
Que sea él en tu vida el móvil de cada acción.
Dale y te será dado el Hijo amado de Dios.
Sírvele día por día; dale de ti lo mejor.

3. Da lo mejor al Maestro; nada supera su amor,
Se dio por ti a sí mismo dejando gloria y honor.
No murmuró al dar su vida por salvarte del error
Amale más cada día; dale de ti lo mejor.

138   Dulce Oración

DULCE HORA

Tr. J. B. Cabrera
William W. Walford   William B. Bradbury

1. Dulce oración, dulce oración,
   De toda influencia mundanal
   Elevas tú mi corazón, al tierno Padre Celestial.
   ¡Oh! cuántas veces tuve en ti
   Auxilio en ruda tentación,
   Y cuántos bienes recibí,
   Mediante ti, dulce oración,

2. Dulce oración, dulce oración,
   Al trono excelso de bondad
   Tú llevarás mi petición
   A Dios que escucha con piedad.
   Por fe espero recibir la gran divina bendición,
   Y siempre a mi Señor servir
   Por tu virtud, dulce oración.

3. Dulce oración, dulce oración,
   Que aliento y gozo al alma das,
   En esta tierra de aflicción
   Consuelo siempre me serás.
   Hasta el momento en que veré
   Las puertas francas de Sion,
   Entonces me despediré
   Feliz, de ti, dulce oración.

139 De Jesús El Nombre Guarda
PRECIOSO NOMBRE

Tr. T. M. Westrup
Lydia Baxter
William H. Doane

1. De Jesús el nombre guarda,
   Heredero del afán;
   Dulce hará tu copa amarga; tus afanes cesarán.

CORO:

   Suave luz, manantial, de esperanza, fe y amor;
   Sumo bien, celestial es Jesús el Salvador.

2. De Jesús el nombre estima;
   Que te sirva de broquel:
   Alma débil, combatida, hallarás asilo en él.

3. De Jesús el nombre ensalza,
   Cuyo sin igual poder
   Del sepulcro nos levanta, renovando nuestro ser.

140 Dios Bendiga Las Almas Unidas
CANA

Es traducción
Daniel Hall

1. Dios bendiga las almas unidas
   Por los lazos de amor sacrosanto,
   Y las guarde de todo quebranto
   En el mundo, de espinas erial,
   Que el hogar que a formarse comienza
   Con la unión de estos dos corazones,
   Goce siempre de mil bendiciones,
   Al amparo del Dios de Israel.

2. Que el Señor, con su dulce presencia,
Cariñoso estas bodas presida,
Y conduzca por sendas de vida
A los que hoy se prometen lealtad.
Les recuerde que nada en el mundo
Es eterno, que todo termina,
Y por tanto con gracia divina,
Cifrar deben la dicha en su Dios.

3. Que los dos que al Señor se aproximan
A prestarse su fe mutuamente,
Busquen siempre de Dios en la fuente
El secreto de dicha inmortal.
Y si acaso de duelo y tristeza
Se empañasen sus sendas un día,
En Jesús hallarán dulce guía,
Que otra senda les muestre mejor.

141 Paz, Paz, Cuán Dulce Paz

MARAVILLOSA PAZ

Tr. Vicente Mendoza
W. D. Cornell W. G. Cooper

1. En el seno de mi alma una dulce quietud
Se difunde embargando mi ser,
Una calma infinita que sólo podrán
Los amados de Dios comprender.

CORO:

¡Paz! ¡paz! cuán dulce paz
Es aquella que el Padre me da;
Yo le ruego que inunde por siempre mi ser,
En sus ondas de amor celestial.

2. Qué tesoro yo tengo en la paz que me dio
   Y en el fondo del alma ha de estar
   Tan segura, que nadie quitarla podrá
   Mientras miro los años pasar.

3. Esta paz inefable consuelo me da
   Descansando tan sólo en Jesús,
   Y ningunos peligros mi vida tendrá
   ¡Si me siento inundado en su luz!

4. Sin cesar yo medito en aquella ciudad
   Do al Autor de la paz he de ver,
   Y en que el himno más dulce que habré de cantar
   De su paz nada más ha de ser:

5. Alma triste que en rudo conflicto te ves,
   Sola y débil tu senda al seguir,
   Haz de Cristo el amigo, que fiel siempre es,
   ¡Y su paz tú podrás recibir!

142 ¡Oh Amor! Que No Me Dejarás

SANTA MARGARITA

Tr. Vicente Mendoza
George Matheson   Albert L. Peace

1. ¡Oh Amor! que no me dejarás,
   Descansa mi alma siempre en ti;
   Es tuya y tú la guardarás,
   Y en el océano de tu amor más rica al fin será.

2. ¡Oh Luz! que en mi sendero vas,
   Mi antorcha débil rindo a ti;
   Su luz apaga el corazón,
   Seguro de encontrar en ti más bello resplandor.

3. ¡Oh Gozo! que a buscarme a mí,
   Viniste con mortal dolor;
   Tras la tormenta el arco vi,
   Y ya el mañana, yo lo sé, sin lágrimas será.

4. ¡Oh Cruz! que miro sin cesar,
   Mi orgullo, gloria y vanidad;
   Al polvo dejo por hallar,
   La vida que en su sangre dio Jesús, mi Salvador.

143   Del Santo Amor De Cristo

NAYLOR

Tr. Vicente Mendoza
Mrs. C. H. Morris   Mrs. C. H. Morris

1. Del santo amor de Cristo que no tendrá su igual,
   De su divina gracia, sublime y eternal;
   De su misericordia, inmensa como el mar
   Y cual los cielos alta, con gozo he de cantar,

CORO:

    El amor de mi Señor,
    Grande y dulce es más y más;
    Rico e inefable, nada es comparable,
    Al amor de mi Jesús.

2. Cuando él vivió en el mundo la gente lo siguió,
   Y todas sus angustias en él depositó,
   Entonces bondadoso, su amor brotó en raudal
   Incontenible, inmenso, sanando todo mal.

3. El puso en las pupilas del ciego nueva luz,
   La eterna luz de vida que centellea en la cruz,

Y dio a las almas todas la gloria de su ser,
Al impartir su gracia, su espíritu y poder.

4. Su amor, por las edades del mundo es el fanal,
Que marca esplendoroso la senda del ideal;
Y el paso de los años, lo hará más dulce y más
Precioso al darle al alma, su incomparable paz.

144   Cristo Me Ama
CHINA

Es traducción
Anna B. Warner   Wm. B. Bradbury

1. Cristo me ama, bien lo sé, su palabra me hace ver,
Que los niños son de Aquel,
Quien es nuestro amigo fiel.

CORO:

Cristo me ama, Cristo me ama,
Cristo me ama, la Biblia dice así.

2. Cristo me ama, pues murió, y el cielo me abrió;
El mis culpas quitará,
Y la entrada me dará.

3. Cristo me ama es verdad y me cuida en su bondad,
Cuando muera, si soy fiel,
Viviré allá con él.

145   Mirad El Gran Amor
VICKERY

Tr. Enrique Turrall
Horatio Bonar   James McGranahan

1. Mirad el gran amor ¡Aleluya! ¡Aleluya!

De nuestro Salvador ¡Aleluya! ¡Aleluya!
Su trono él dejó, al mundo descendió,
Su sangre derramó por salvar al pecador.
¡Aleluya! ¡Aleluya! Demos gloria a Jesús;
¡Aleluya! ¡Aleluya! somos salvos por su cruz.

2. Luchemos con valor ¡Aleluya! ¡Aleluya!
En nombre del Señor ¡Aleluya! ¡Aleluya!
El diablo rugirá, el mundo se reirá,
El Salvador será con nosotros hasta el fin.
¡Aleluya! ¡Aleluya! confiemos en Jesús;
¡Aleluya! ¡Aleluya! venceremos por su cruz.

3. ¡Muy pronto volverá! ¡Aleluya! ¡Aleluya!
¡Qué gozo nos dará! ¡Aleluya! ¡Aleluya!
¡Gloriosa reunión! ¡eterna bendición!
Y grata comunión para siempre con Jesús.
¡Aleluya! ¡Aleluya! para siempre con Jesús;
¡Aleluya! ¡Aleluya! redimidos por su cruz.

146 Dios Os Guarde

DIOS OS GUARDE

Es traducción
Jeremiah E. Rankin　　　　　　　　　　William G. Tomer

1. Dios os guarde siempre en santo amor;
Hasta el día en que lleguemos
A la patria do estaremos,
Para siempre con el Salvador.

CORO:

Al venir Jesús nos veremos
A los pies de nuestro Salvador;

Reunidos todos seremos
Un redil con nuestro buen Pastor.

2. Dios os guarde siempre en santo amor;
En la senda peligrosa,
De esta vida tormentosa,
Os conserve en paz y sin temor.

3. Dios os guarde siempre en santo amor;
Os conduzca su bandera;
Y os esfuerce en gran manera
Con su Espíritu Consolador.

4. Dios os guarde siempre en santo amor;
Con su gracia él os sostenga,
Hasta que el Maestro venga
A fundar su reino en esplendor.

147   Sólo A Ti, Dios Y Señor

WORGAN o HIMNO PASCUAL

Pedro Castro

Henry Carey, en
Lyra Davídica, 1708

1. Sólo a ti, Dios y Señor, adoramos,
Y la gloria y el honor tributamos.
Sólo a Cristo, nuestra luz acudimos;
Por su muerte en la cruz revivimos.

2. Un Espíritu, no más, nos gobierna,
Y con él, Señor, nos das paz eterna;
El es fuego celestial, cuya llama,
En amor angelical nos inflama.

3. Disfrutamos tu favor solamente,
Por Jesús, fuente de amor permanente;

Sólo él nos libertó de la muerte:
Sólo él se declaró nuestro fuerte.

4. Sólo tú, oh Creador, Dios eterno,
Nos libraste del furor del infierno;
Y por esto con placer proclamamos,
Que sólo en tu gran poder confiamos.

148   Avívanos, Señor
WOODSTOCK
Tr. Enrique Turral
Fanny J. Crosby   William H. Doane

1. Avívanos, Señor, sintamos el poder
Del Santo Espíritu de Dios en todo nuestro ser.

CORO:

Avívanos, Señor, con nueva bendición;
Inflama el fuego de tu amor en cada corazón.

2. Avívanos, Señor, tenemos sed de ti;
La lluvia de tu bendición derrama ahora aquí.

3. Avívanos, Señor, despierta más amor,
Más celo y fe en tu pueblo aquí, en bien del pecador.

149   Habladme Más De Cristo
WILLIAMSPORT
Tr. Vicente Mendoza
J. M. Black   J. M. Black

1. Quiero que habléis de aquel grande amor
Que en el Calvario Dios nos mostró;

Quiero que habléis del buen Salvador,
¡Habladme más de Cristo!

CORO:

Quiero escuchar la historia fiel
De mi Jesús, mi Salvador;
Quiero vivir tan sólo por él,
¡Habladme más de Cristo!

2. Cuando me asalte la tentación
Y que sus redes tienda a mi pie
Quiero tener en él protección,
¡Habladme más de Cristo!

3. Cuando en la lucha falte la fe
Y el alma siente desfallecer
Quiero saber que ayuda tendré,
¡Habladme más de Cristo!

150 Grande Gozo Hay En Mi Alma
LUZ DEL SOL (SWENEY)

Es traducción
Eliza E. Hewitt   John R. Sweney

1. Grande gozo hay en mi alma hoy,
   Pues Jesús conmigo está;
   Y su paz, que ya gozando estoy
   Por siempre durará.

   CORO:

   Grande gozo, ¡cuán hermoso!
   Paso todo el tiempo bien feliz;
   Porque veo de Cristo la sonriente faz,
   Grande gozo siento en mí.

2. Hay un canto en mi alma hoy;
   Melodías a mi Rey;
   En su amor feliz y libre soy,
   y salvo por la fe.

3. Paz divina hay en mi alma hoy,
   Porque Cristo me salvó;
   Las cadenas rotas ya están,
   Jesús me libertó.

4. Gratitud hay en mi alma hoy,
   Y alabanzas a Jesús;
   Por su gracia a la gloria voy,
   Gozándome en la luz.

151   Acogida Da Jesús
NEUMEISTER

Tr. T. M. Westrup
Erdmann Neumeister   James McGranahan

1. Acogida da Jesús, créelo, pobre pecador,
   Al que en busca de la luz vague ciego y con temor.

CORO:

Volveremos a cantar, Cristo acoge al pecador.
Claro hacedlo resonar; Cristo acoge al pecador.

2. Ven, con él descansarás; ejercita en él tu fe;
   De tus males sanarás; a Jesús, tu amigo, ve.

3. Hazlo, porque así dirás: "Ya no me condenaré;
   Ya la ley no pide más; la cumplió Jesús, lo sé."

4. Acogerte prometió, date prisa en acudir,
   Necesitas como yo, vida; que él te hará vivir.

152 Jesús Es Mi Rey Soberano
MI REY Y MI AMIGO

Vicente Mendoza

Original de
Vicente Mendoza

1. Jesús es mi Rey soberano,
   Mi gozo es cantar su loor;
   Es Rey, y me ve cual hermano,
   Es Rey y me imparte su amor.
   Dejando su trono de gloria,
   Me vino a sacar de la escoria,
   Y yo soy feliz, y yo soy feliz por él.

2. Jesús es mi Amigo anhelado,
   Y en sombras o en luz siempre va
   Paciente y humilde a mi lado,
   Y ayuda y consuelo me da.
   Por eso constante lo sigo,
   Porque él es mi rey y mi amigo,
   Y yo soy feliz, y yo soy feliz por él.

3. Señor, ¿qué pudiera yo darte
   Por tanta bondad para mí?
   ¿Me basta seguirte y amarte?
   ¿Es todo entregarme yo a ti?
   Entonces acepta mi vida,
   Que a ti solo queda rendida,
   Pues yo soy feliz, pues yo soy feliz por ti.

153 Escuchad, Jesús Nos Dice
HARWELL

Tr. T. M. Westrup
Daniel March

Lowell Mason

1. Escuchad, Jesús nos dice:

"¿Quiénes van a trabajar?
Campos blancos hoy aguardan
Que los vayan a segar."
El nos llama cariñoso, nos constriñe con su amor;
¿Quién responde a su llamada:
"Héme aquí, yo iré, Señor?"

2. Si por tierras o por mares
No pudieres transitar,
Puedes encontrar hambrientos
En tu puerta que auxiliar;
Si careces de riquezas, lo que dio la viuda da;
Si por el Señor lo dieres,
El te recompensará.

3. Si como elocuente apóstol,
No pudieres predicar,
Puedes de Jesús decirles,
Cuánto al hombre supo amar;
Si no logras que sus culpas reconozca el pecador,
Conducir los niños puedes
Al benigno Salvador. Amén.

154 ¿Llevas Solo Tu Carga?
LAKEHURST

Vicente Mendoza   C. Austin Miles

1. ¿Has tratado de llevar tu carga?
Solo tú, solo tú,
¿No sabiendo que tendrás ayuda
Si acudieres al Señor Jesús?

CORO:

Si tengo cargas que solo debo llevar,

Paciente las alzo y acudo a mi Señor;
Si tengo cruces que nadie puede cargar.
Su ayuda siempre mi Señor me presta con amor.

2. Nunca olvides que al Calvario solo
   Fue Jesús, fue Jesús;
   Para darte salvación y vida
   Cuando solo sucumbió en la cruz.

3. Sólo en Cristo protección y ayuda
   Hallarás; hallarás;
   Lleva siempre a él tus cargas todas
   Que a ninguno rechazó jamás.

155 El Oro y la Plata no me Han Redimido
CALLE LA SALLE

Tr. G. P. Simmonds
James M. Gray   D. B. Towner

1. El oro y la plata no me han redimido,
   Mi ser del pecado no pueden librar;
   La sangre de Cristo es mi sola esperanza,
   Su muerte tan solo me pudo salvar.

CORO:

   Me redimió mas no con plata
   Me compró el Salvador
   Con oro no mas con su sangre
   Grande precio de su amor.

2. El oro y la plata no me han redimido,
   La pena terrible no pueden quitar;
   La sangre de Cristo es mi sola esperanza,
   Mi culpa su muerte la alcanza a borrar.

3. El oro y la plata no me han redimido,
   La paz no darán ellos al pecador;
   La sangre de Cristo es mi sola esperanza,
   Tan solo su muerte me quita el temor.

4. El oro y la plata no me han redimido,
   La entrada en los cielos no pueden comprar;
   La sangre de Cristo es mi sola esperanza,
   Su muerte rescate consiguió ganar.

156   Roca De La Eternidad

TOPLADY

Tr. T. M. Westrup
Augustus M. Toplady   Thomas Hastings

1. Roca de la eternidad, fuiste abierta tú por mí,
   Sé mi escondedero fiel, sólo encuentro paz en ti,
   Rico, limpio manantial, en el cual lavado fui.

2. Aunque sea siempre fiel, aunque llore sin cesar,
   Del pecado no podré justificación lograr;
   Sólo en ti teniendo fe deuda tal podré pagar.

3. Mientras haya de vivir, y al instante de expirar;
   Cuando vaya a responder en tu augusto tribunal,
   Sé mi escondedero fiel, roca de la eternidad.

157   Himno Vespertino

CHAUTAUQUA

Tr. Vicente Mendoza
Mary A. Lathbury   Wm. F. Sherwin, 1877

1. Nuestro sol se pone ya,

Todo en calma quedará; la plegaria levantad
Que bendiga la bondad de nuestro Dios.

CORO:

¡Santo, Santo, Santo, Señor Jehová!
Cielo y tierra de tu amor llenos hoy están, Señor;
¡Loor a ti!

2. ¡Oh Señor! tu protección dale hoy al corazón;
Dale aquella dulce paz
Que a los tuyos siempre das con plenitud.

3. ¡Oh Señor! que al descansar pueda en ti seguro estar,
Y mañana, mi deber
Pueda siempre fiel hacer en tu loor.

158   Alcancé Salvación
VILLE DE HAVRE

Tr. Pedro Grado
H. G. Spafford   Philip P. Bliss

1. De paz inundada mi senda ya esté
O cúbrala un mar de aflicción,
Mi suerte cualquiera que sea, diré:
"Alcancé, alcancé salvación."

CORO:

Alcancé salvación, alcancé, alcancé salvación.

2. Ya venga la prueba o me tiente Satán,
No amengua mi fe ni mi amor;
Pues Cristo comprende mis luchas, mi afán
Y su sangre obrará en mi favor.

3. Feliz yo me siento al saber que Jesús
   Libróme de yugo opresor,
   Quitó mi pecado, clavólo en la cruz.
   Gloria demos al buen Salvador.

4. La fe tornarase en gran realidad
   Al irse la niebla veloz,
   Desciende Jesús con su gran majestad,
   ¡Aleluya! estoy bien con mi Dios.

159   No Me Importan Riquezas

RICO TESORO

Tr. Pedro Grado
Mary A. Kidder   Frank M. Davis

1. No me importan riquezas de precioso metal,
   Si más rico tesoro puedo ir a gozar.
   En las páginas bellas de tu libro eternal,
   Dices, Cristo bendito, sí, mi nombre allí está.

CORO:

   ¡Oh, el libro precioso de tu reino eternal!
   Soy feliz para siempre, sí, mi nombre allí está.

2. Muchos son mis pecados cual la arena del mar,
   Mas tu sangre preciosa me los puede limpiar;
   Porque tú has prometido ¡Oh bendito Emanuel!
   Si tus culpas son negras blancas yo las haré.

3. ¡Oh ciudad deliciosa con mansiones de luz!
   Do triunfante el cristiano goza ya con Jesús;
   Do no entra el pecado. Ni tristeza, ni mal;
   Allí tengo mi herencia; sí, mi nombre allí está.

160 Guíame, Luz Divina
LUX BENIGNA

Tr. J. B. Cabrera
J. H. Newman, 1833
John B. Dykes

1. Divina luz, con tu esplendor benigno,
   Guarda mi pie;
   Densa es la noche y áspero el camino; mi guía sé.
   Harto distante de mi hogar estoy;
   Que al dulce hogar de las alturas voy.

2. Amargos tiempos hubo en que tu gracia
   No supliqué;
   De mi valor fiando en la eficacia, no tuve fe.
   Mas hoy deploro aquella ceguedad;
   Préstame, oh Luz, tu grata claridad.

3. Guiando tú, la noche es esplendente,
   Y cruzaré
   El valle, el monte, el risco y el torrente,
   Con firme pie,
   Hasta que empiece el día a despuntar,
   Y entre al abrigo de mi dulce hogar.

161 En Las Aguas De La Muerte
NETTLETON

Tr. Enrique Turrall
V. E. Thomann
Col. de John Wyath, 1812
Dr. Asahel Nettleton

1. En las aguas de la muerte, sumergido fue Jesús,
   Mas su amor no fue apagado
   Por sus penas en la cruz.
   Levantóse de la tumba, sus cadenas quebrantó,
   Y triunfante y victorioso a los cielos ascendió.

2. En las aguas del bautismo hoy confieso yo mi fe:
   Jesucristo me ha salvado y en su amor me gozaré;
   En las aguas humillantes a Jesús siguiendo estoy,
   Desde ahora para el mundo y el pecado muerto soy.

3. Yo que estoy crucificado, ¿cómo más podré pecar?
   Ya que soy resucitado, santa vida he de llevar;
   Son las aguas del bautismo mi señal de salvación,
   Y yo quiero consagrarme al que obró mi redención.

162   El Mundo Es De Mi Dios

TERRA PATRIS

Tr. J. Pablo Simón
Maltbie D. Babcock   Franklin L. Sheppard

1. El mundo es de mi Dios, su eterna posesión.
   Eleva a Dios su dulce voz la entera creación.
   El mundo es de mi Dios, trae paz así pensar.
   El hizo el sol, y el arrebol, la tierra, cielo y mar.

2. El mundo es de mi Dios; escucho alegre son
   Del ruiseñor que a su Señor eleva su canción.
   El mundo es de mi Dios, y en todo mi redor
   Las flores mil con voz sutil declaran fiel su amor.

3. El mundo es de mi Dios; jamás olvidaré
   Aunque infernal parezca el mal
   Mi Padre Dios es Rey.
   El mundo es de mi Dios, y al Salvador Jesús.
   Hara vencer por su poder por la obra de la cruz.
   Amén.

163 ¡Despertad, Oh Cristianos!
CONTRASTE

Pedro Grado   Melodía amer. tradnal

1. ¡Despertad, despertad, oh cristianos!
   Vuestro sueño funesto dejad,
   Que el cruel enemigo os acecha,
   Y cautivos os quiere llevar.
   ¡Despertad! las tinieblas pasaron,
   De la noche no sois hijos ya,
   Que lo sois de la luz y del día,
   Y tenéis el deber de luchar.

2. Despertad y bruñid vuestras armas,
   Vuestros lomos ceñid de verdad,
   Y calzad vuestros pies, aprestados
   Con el grato evangelio de paz.
   Basta ya de profundas tinieblas,
   Basta ya de pereza mortal
   Revestid, revestid vuestro pecho
   De la cota de fe y caridad.

3. La gloriosa armadura de Cristo
   Acudid con anhelo a tomar,
   Confiando que el dardo enemigo
   No la puede romper ni pasar.
   ¡Oh cristianos, antorcha del mundo!
   De esperanza el yelmo tomad.
   Embrazad de la fe el escudo
   Y sin miedo corred a luchar.

4. No temáis pues de Dios revestidos.
   ¿Qué enemigo venceros podrá.
   Si tomáis por espada la Biblia,
   La palabra del Dios de verdad?

En la cruz hallaréis la bandera.
En Jesús hallaréis Capitán,
En el cielo obtendréis la corona:
¡A luchar, a luchar, a luchar!

164 Del Culto El Tiempo Llega
AURELIA
Tr. El Cristiano   Samuel S. Wesley

1. Del culto el tiempo llega, comienza la oración.
   El alma a Dios se entrega: ¡Silencio y atención!
   Si al santo Dios la mente queremos elevar,
   Silencio reverente habremos de guardar.

2. Mil coros celestiales a Dios cantando están,
   A ellos los mortales sus voces unirán.
   Alcemos, pues, el alma con santa devoción,
   Gozando en dulce calma de Dios la comunión.

3. La Biblia bendecida, de Dios revelación,
   A meditar convida en nuestra condición.
   ¡Silencio! que ha llegado del culto la ocasión.
   Dios se halla a nuestro lado: ¡Silencio y devoción!

165 Firmes Y Adelante
SANTA GERTRUDIS
Tr. J. B. Cabrera
Sabine Baring-Gould   Arthur S. Sullivan

1. Firmes y adelante, huestes de la fe,
   Sin temor alguno, que Jesús nos ve.
   Jefe soberano, Cristo al frente va,
   Y la regia enseña, tremolando está.

CORO:

> Firmes y adelante, huestes de la fe,
> Sin temor alguno, que Jesús nos ve.

2. Al sagrado nombre de nuestro Adalid,
   Tiembla el enemigo y huye de la lid.
   Nuestra es la victoria, dad a Dios loor,
   Y óigalo el averno lleno de pavor.

3. Muévese potente, la iglesia de Dios;
   De los ya gloriosos marchamos en pos;
   Somos sólo un cuerpo, y uno es el Señor,
   Una la esperanza, y uno nuestro amor.

4. Tronos y coronas pueden perecer;
   De Jesús la Iglesia constante ha de ser;
   Nada en contra suya prevalecerá,
   Porque la promesa nunca faltará.

166   Hogar, Dulce Hogar
HOGAR

Es traducción
John J. Payne   Henry R. Bishop

1. Hogar de mis recuerdos, a ti volver anhelo,
   No hay sitio bajo el cielo más dulce que el hogar.
   Posara yo en palacios, corriendo el mundo entero,
   A todos yo prefiero mi hogar, mi dulce hogar.

CORO:

> ¡Mi hogar, mi dulce hogar,
> No hay sitio bajo el cielo más dulce que el hogar!

2. Allí la luz del cielo desciende más serena,

De mil delicias llena la dicha del hogar.
Allí las horas corren más breves y gozosas;
Allí todas las cosas recuerdan sin cesar.

3. Más quiero que placeres gozar en tierra extraña,
Volver a la cabaña de mi tranquilo hogar.
Allí mis pajarillos me alegran con sus cantos;
Allí con mil encantos está la luz de paz.

167   Maravillosa Gracia
STORD

Tr. R. F. Maes
Haldor Lillenas
                                        Haldor Lillenas

1. Maravillosa gracia. De Cristo rico don;
Que para describirla palabras vanas son.
Encuentro en ella ayuda, mi carga ya quitó,
Pues de Cristo divina gracia me alcanzó.

CORO:

De Jesús el Salvador maravillosa gracia
Insondable es cual el ancho mar,   el ancho mar.
Mi alma su sed allí puede calmar,   su sed calmar.
Don precioso, rico e inefable,
Libre es para todo pecador
¡Oh! ensalzad el nombre de Jesús el Salvador.

2. Maravillosa gracia. Unica salvación;
Hallo perdón en ella, completa redención.
El yugo del pecado de mi alma ya rompió,
Pues de Cristo divina gracia me alcanzó.

3. Maravillosa gracia. Cuán grande es su poder;
El corazón más negro blanco lo puede hacer.

Gloria del cielo ofrece, sus puertas ya me abrió,
Pues de Cristo divina gracia me alcanzó.

168 Hoy Venimos Cual Hermanos
DORRNANCE

Es traducción   Isaac B. Woodbury

1. Hoy venimos, cual hermanos,
   A la cena del Señor.
   Acerquémonos, cristianos, respirando tierno amor.

2. En memoria de su muerte
   Y la sangre que vertió,
   Celebremos el banquete que en su amor nos ordenó.

3. Recordando las angustias
   Que sufriera el Redentor,
   Dividida está nuestra alma entre el gozo y el dolor.

4. Invoquemos la presencia
   Del divino Redentor,
   Que nos mire con clemencia y nos llene de su amor.

169   Objeto De Mi Fe
OLIVET

Tr. T. M. Westrup
Ray Palmer   Lowell Mason

1. Objeto de mi fe, Divino Salvador,
   Propicio sé; Cordero de mi Dios,
   Libre por tu bondad
   Libre de mi maldad me quiero ver.

2. Consagra el corazón que ha de pertenecer

A ti no más; calmar, fortalecer,
Gracia comunicar,
Mi celo acrecentar te dignarás.

3. La senda al recorrer obscura y de dolor,
Me has de guiar; así tendré valor,
Así podré vivir,
Así podré morir en dulce paz.

4. Pues el camino sé de célica mansión,
Luz y solaz; bendito Salvador,
Tú eres esa verdad,
Vida, confianza, amor, mi eterna paz.

170   Lindas Manitas

OBEDIENCIA

Sra. E. E. Van D. de Edwards   Bishop W. Johns

1. Lindas las manitas son que obedecen a Jesús,
Lindos ojos son también los que están llenos de luz.

CORO:

Lindas son las manos que obedecen al Señor;
Lindos también los ojos, llenos de amor de Dios.

2. Lo que puedes tú hacer Cristo te lo exigirá;
Hazlo, pues, con gran placer,
Hazlo, y contento estarás.

3. Las manitas hechas son que le sirvan a Jesús;
También nuestro corazón debe por Cristo latir.

4. Y los labios para orar y alabar al Salvador;
Los piecitos han de andar listos en obras de amor.

171 ¡Aviva Tu Obra, Oh Dios!
FERGUSON

Tr. Alberto Midlane
Fanny J. Crosby

George Kingsley

1. ¡Aviva tu obra, oh Dios! Ejerce tu poder;
   Los muertos han de oír la voz
   Que hoy hemos menester.

2. A tu obra vida da; las almas tienen sed;
   Hambrientas de tu buen maná,
   Aguardan la merced.

3. Aviva tu labor: glorioso fruto dé;
   Mediante el gran Consolador aumente nuestra fe.

4. La fuente espiritual avive nuestro amor;
   Será tu gloria sin igual y nuestro el bien, Señor.

172 La Merced De Nuestro Padre
LUCES DE LA COSTA

Tr. J. N. de los Santos
Philip P. Bliss

Philip P. Bliss

1. La merced de nuestro Padre,
   Es un faro en su brillar,
   El nos cuida y nos protege con las luces de alta mar.

CORO:

   ¡Mantened el faro ardiendo!
   ¡Arrojad su luz al mar!
   Que si hay nautas pereciendo
   Los podréis así salvar.

2. Reina noche de pecado,

Ruge airada negra mar,
Almas hay que van buscando esas luces de alta mar.

3. Ten tu lámpara encendida
Que en la tempestad habrá
Algún náufrago perdido y tu luz le salvará.

173   ¡Líquido Sepulcro!

ZION

Tomás M. Westrup   Thomas Hastings

1. ¡Líquido sepulcro! emblema
Del de mi Señor al ver,
Es ingratitud que tema dar el lleno a mi deber;
A sus leyes yo me quiero someter,
A sus leyes yo me quiero someter.

2. Signo caro es la memoria
De su amor y de su cruz;
Ese amor será mi gloria en el reino de la luz;
Y es mi gloria sepultarme con Jesús,
Y es mi gloria sepultarme con Jesús.

3. Comunión con él teniendo,
Muera en cuanto a la maldad,
Bendiciones recibiendo, dicha pura y santidad;
Dando siempre pruebas de fidelidad,
Dando siempre pruebas de fidelidad.

174 Oh, Qué Amigo Nos Es Cristo

ERIE

Tr. Leandro Garza Mora
Joseph Scriven   Charles G. Converse

1. ¡Oh, qué amigo nos es Cristo!
   El llevó nuestro dolor,
   Y nos manda que llevemos todo a Dios en oración.
   ¿Vive el hombre desprovisto
   De paz, gozo y santo amor?
   Esto es porque no llevamos
   Todo a Dios en oración.

2. ¿Vives débil y cargado
   De cuidados y temor?
   A Jesús, refugio eterno, dile todo en oración.
   ¿Te desprecian tus amigos? Cuéntaselo en oración;
   En sus brazos de amor tierno
   Paz tendrá tu corazón.

3. Jesucristo es nuestro amigo
   De esto pruebas él nos dio
   Al sufrir el cruel castigo que el culpable mereció.
   Y su pueblo redimido hallará seguridad
   Fiando en este Amigo eterno
   Y esperando en su bondad.

175 Con Cristo Tengo

Tr. G. P. Simmonds   Folklore americano

Con Cristo tengo dulce comunión,
Gozo de amistad divina con él en mi corazón.

176 Lluvias De Gracia

LLUVIAS DE GRACIA

Es traducción
El Nathan
James McGranahan

1. Dios nos ha dado promesa:
   Lluvias de gracia enviaré,
   Dones que os den fortaleza:
   Gran bendición os daré.

CORO:
   Lluvias de gracia, lluvias pedimos, Señor
   Mándanos lluvias copiosas, lluvias del Consolador.

2. Cristo nos dio la promesa
   Del santo Consolador,
   Dándonos paz y pureza,
   Para su gloria y honor.

3. Muestra, Señor, al creyente
   Todo tu amor y poder,
   Tú eres de gracia la fuente,
   Llena de paz nuestro ser.

4. Obra en tus siervos piadosos
   Celo, virtud y valor,
   Dándonos dones preciosos,
   Dones del Consolador.

177 Dejo El Mundo Y Sigo A Cristo

DEJO EL MUNDO Y SIGO A CRISTO

Tr. Vicente Mendoza
Fanny J. Crosby
John R. Sweney

1. Dejo el mundo y sigo a Cristo

Porque el mundo pasará,
Mas su amor, amor bendito, por los siglos durará.

CORO:

¡Oh, qué gran misericordia!
¡Oh, de amor sublime don!
¡Plenitud de vida eterna,
Prenda viva de perdón!

2. Dejo el mundo y sigo a Cristo,
   Paz y gozo en él tendré,
   Y al mirar que va conmigo, siempre salvo cantaré.

3. Dejo el mundo y sigo a Cristo,
   Su sonrisa quiero ver,
   Como luz que mi camino haga aquí resplandecer.

4. Dejo el mundo y sigo a Cristo
   Acogiéndome a su cruz,
   Y después podré mirarle ¡cara a cara en plena luz!

178   Cristo, Mi Salvador

Cristo mi Salvador me guardará,
Me guardará, me guardará:
Cristo mi Salvador me guardará;
Siempre me guardará.

179   Cristo Está Buscando Obreros
TIEMPO DE SIEGA

Tr. Vicente Mendoza
J. O. Thompson   J. B. O. Clemm

1. Cristo está buscando obreros hoy

Que quieran ir con él;
¿Quién dirá: "Señor contigo voy,
Yo quiero serte fiel?"

CORO:

¡Oh! Señor, es mucha la labor,
Y obreros faltan ya;
Danos luz, ardiente fe y valor,
Y obreros siempre habrá.

2. Cristo quiere mensajeros hoy,
Que anuncien su verdad;
¿Quién dirá: "Señor, yo listo estoy,
Haré tu voluntad?"

3. Hay lugar si quieres trabajar,
De Cristo en la labor;
Puedes de su gloria al mundo hablar,
De su bondad y amor.

4. ¿Vives ya salvado por Jesús,
Su amor conoces ya?
¡Habla pues, anuncia que en la luz
De Cristo vives ya!

Nítido Rayo

RAYO DE SOL SERE

Tr. S. D. Athans
Nellie Talbot

E. O. Excell

1. Nítido rayo, por Cristo, yo quiero siempre ser,
En todo quiero agradarle, y hacerlo con placer.

CORO:

> Un nítido rayo, nítido rayo por Cristo,
> Un nítido rayo, nítido rayo seré.

2. A Cristo quiero llegarme, en mi temprana edad,
   Por siempre quiero amarle, y hacer su voluntad.

3. Nítido rayo en tinieblas, deseo resplandecer;
   Almas perdidas a Cristo, anhelo conducir.

4. Una mansión en el cielo, fue Cristo a preparar,
   Que el niño tierno y amante, en ella pueda entrar.

181   En El Templo

NORWALK

Tr. Alfredo y Olivia Lerín
Flora Kirkland   Howard E. Smith

1. En el templo se encontraba
   Un niñito muy feliz,
   Y sus padres lo buscaban con angustia y con amor.

CORO:

> Ese niño era Cristo en el templo del buen Dios,
> Y su rostro reflejaba de los cielos el fulgor.

2. Ese niño enseñaba
   A los sabios la verdad:
   Les hablaba de su obra y del Padre celestial.

3. En el templo se encontraba
   Jesucristo el Salvador:
   Anunciando a los hombres la divina salvación.

182 Escucha, Pobre Pecador

STOCKTON

Tr. H. G. Jackson
J. H. Stockton   J. H. Stockton

1. Escucha, pobre pecador, en Cristo hay perdón;
   Te invita hoy, tu Redentor, en él hay salvación.

CORO:

   Ven a Cristo, ven a Cristo, ven a Emanuel;
   Y la vida, vida eterna, hallarás en él.

2. Por redimirte el Salvador, su sangre derramó;
   Y en la cruz, con cruel dolor, tu redención obró.

3. Camino cierto es Jesús, ven y feliz serás,
   Irás a la mansión de luz, descanso hallarás.

4. Ven con el santo pueblo fiel, dejando todo mal;
   Así la paz de Dios tendrás, y gloria inmortal.

183 Al Cansado Peregrino

PRECIOSA PROMESA

Tr. C. B.
Nathaniel Niles   Philip P. Bliss

1. Al cansado peregrino
   Que en el pecho siente fe
   El Señor ha prometido:
   "Con mi brazo te guiaré.
   Con mi brazo, con mi brazo,
   Con mi brazo te guiaré";
   El Señor ha prometido:
   "Con mi brazo te guiaré";

2. Cuando sus lazos el mundo
   Arrojare ante tu pie,
   Te dirá Dios, tu refugio:
   "Con mi brazo te guiaré;
   Con mi brazo, con mi brazo,
   Con mi brazo te guiaré";
   Te dirá Dios, tu refugio:
   "Con mi brazo te guiaré."

3. Si tu esperanza se aleja
   Cual sombra de lo que fue,
   Oye atento la promesa:
   "Con mi brazo te guiaré.
   Con mi brazo, con mi brazo,
   Con mi brazo te guiaré";
   Oye atento la promesa:
   "Con mi brazo te guiaré."

4. Cuando la muerte a tu estancia
   Con afán golpeando esté,
   Ten consuelo en las palabras:
   "Con mi brazo te guiaré;
   Con mi brazo, con mi brazo,
   Con mi brazo te guiaré."
   Ten consuelo en las palabras:
   "Con mi brazo te guiaré."

184   Cerca De Ti, Señor

BETANIA

Tr. T. M. Westrup
Sarah F. Adams

Lowell Mason

1. Cerca de ti, Señor, quiero morar;
   Tu grande, tierno amor quiero gozar.

Llena mi pobre ser, limpia mi corazón,
Hazme tu rostro ver en comunión.

2. Pasos inciertos doy, el sol se va;
   Mas si contigo estoy, no temo ya.
   Himnos de gratitud ferviente cantaré,
   Y fiel a ti, Jesús, siempre seré.

3. Día feliz veré creyendo en ti,
   En que yo habitaré, cerca de ti.
   Mi voz alabará, tu dulce nombre allí,
   Y mi alma gozará, cerca de ti.

185 La Hermosura De Cristo

Tr. Ernesto Barocio
Albert Osborn   Tom Jones

La hermosura de Cristo deseo tener
De su amor y pureza reflejo ser.
Limpia mi corazón; toma de él posesión;
Tu hermosura, oh Jesús, podré así tener.

186 Años Mi Alma En Vanidad Vivió
CALVARIO (TOWNER)
Tr. G. P. Simmonds
Wm. R. Newell   Daniel B. Towner

1. Años mi alma en vanidad vivió,
   Ignorando a quien por mí sufrió,
   O que en el Calvario sucumbió el Salvador.

CORO:

Mi alma allí divina gracia halló

Dios allí perdón y paz me dio,
Del pecado allí me libertó el Salvador.

2. Por la Biblia miro que pequé,
Y su ley divina quebranté;
Mi alma entonces contempló con fe al Salvador.

3. Toda mi alma a Cristo ya entregué,
Hoy le quiero y sirvo como a Rey,
Por los siglos siempre cantaré al Salvador.

4. En la cruz su amor Dios demostró
Y de gracia al hombre revistió
Cuando por nosotros se entregó el Salvador.

187 Alma, Escucha A Tu Señor

HORTON

Es traducción
Anna L. Barbauld, 1792   Xavier Schnyder Von Wartensee

1. Alma, escucha a tu Señor, a Jesús el Salvador;
El te dice con amor: "¿Me amas tú, oh pecador?"

2. "Vine al mundo por tu amor: preso estabas; te libré;
Moribundo, te salvé; "¿Me amas tú, oh pecador?"

3. "Vives tú por mi dolor; de mi gracia gozarás;
Vida eterna así tendrás; "¿Me amas tú, oh pecador?"
Amén.

188   Piedad, Oh Santo Dios
WINDHAM

M. N. Hutchinson, Adapt.
Isaac Watts   Daniel Read

1. ¡Piedad, oh santo Dios, piedad!
   Piedad te implora el corazón,
   Oh, lávame de mi maldad
   Y dame gozo, paz, perdón.

2. Mis rebeliones graves son:
   Son todas sólo contra ti;
   Mas crea un nuevo corazón
   Y un nuevo espíritu en mí.

3. No quieres sacrificio más
   Que el humillado corazón;
   Mi ofrenda no despreciarás,
   Ya que eres todo compasión.

4. Oh, sálvame con tu poder;
   Que mi esperanza es sólo en ti;
   Temblando, aguardo tu querer,
   Sé compasivo hacia mí.
   Amén.

189   Dominará Jesús, El Rey
CALLE DUQUE

Tr. T. M. Westrup
Isaac Watts   John Hatton

1. Dominará Jesús, el Rey,
   En todo país que alumbra el sol;
   Los regirá su santa ley
   Y probaránse en su crisol.

2. Le ensalzarán en la canción
   Que eternamente elevarán;
   En nombre de él cada oración
   Cual un perfume suave harán.

3. Idólatras traerán su don;
   Delante de él se postrarán,
   Y los que contumaces son
   La tierra tristes lamerán.

4. Benéfico descenderá
   Rocío fertilizador;
   Del poderoso librará:
   Al que no tiene ayudador.
   Amén.

190   Cristo Su Preciosa Sangre

STEPHANOS

Es traducción
Esteban, Griego, 725-794   Henry W. Baker

1. Cristo su preciosa sangre en Calvario dio;
   Por nosotros pecadores, la vertió.

2. Con su sangre tan preciosa hizo redención;
   Y por eso Dios te brinda el perdón.

3. Es la sangre tan preciosa del buen Salvador,
   Lo que quita los pecados y el temor.

4. Sin la sangre es imposible que haya remisión,
   Por las obras no se alcanza salvación.
   Amén.

191 Cuando Brilla El Sol

LURA

Tr. A. P. Pierson
I. E. Reynolds

I. E. Reynolds

1. Cuando brilla el sol en mi corazón:
   Es Jesús mi amigo fiel;
   Si traidora llega la tentación:
   Es Jesús mi amigo fiel.

CORO:

   Es Jesús mi amigo fiel, nadie es semejante a él:
   El alivia mi pesar y me ayuda con bondad:
   Es Jesús mi amigo fiel.
   Amén.

2. Si rodeado estoy por la adversidad,
   Es Jesús mi amigo fiel;
   El me guardará por la eternidad:
   Es Jesús mi amigo fiel.

3. Al llegar el tiempo de mi partir
   Es Jesús mi amigo fiel;
   De su mano nunca podré salir:
   Es mi Jesús mi amigo fiel.

4. Gloria cantaré a mi Salvador:
   Es Jesús mi amigo fiel;
   Solo él es digno de todo honor:
   Es Jesús mi amigo fiel.

192   Mirad Al Salvador Jesús
PUERTA ENTREABIERTA

H. G. Jackson, Adapt.
Mrs. Lydia Baxter   Silas J. Vail

    1. Mirad al Salvador Jesús,
       El Príncipe benigno,
       Por mí muriendo en la cruz,
       Por mí, tan vil, indigno.

CORO:

       De amor la prueba hela aquí:
       El Salvador murió por mí
       Por mí, por mí, Jesús murió por mí.

    2. El sol su rostro encubrió
       Al ver su agonía;
       La dura peña se partió;
       ¿Lo oyes, alma mía?

    3. Y yo también al ver la cruz,
       Por ella soy vencido;
       Mi corazón te doy, Jesús,
       A tu amor rendido.

193   Dulces Momentos
CONSOLACION (WEBBE)

Tr. J. B. Cabrera
James Allen, 1757   Samuel Webbe

    1. ¡Dulces momentos consoladores,
       Los que me paso junto a la cruz!
       Allí sufriendo crueles dolores,
       Miro al Cordero, Cristo Jesús.

2. Miro sus brazos de amor abiertos,
   Que convidan a ir a él.
   Y haciendo suyos mis desaciertos,
   Por mí sus labios gustan la hiel.

3. De sus heridas la viva fuente,
   De pura sangre veo manar;
   Que salpicando mi impura frente,
   La infame culpa logra borrar.

4. Miro su angustia ya terminada,
   Hecha la ofrenda de la expiación;
   Su noble frente mustia, inclinada,
   Y consumada mi redención.

5. ¡Dulces momentos, ricos en dones,
   De paz y gracia, de vida y luz!
   Sólo hay consuelos y bendiciones,
   Cerca de Cristo, junto a la cruz.

194   ¡Oh Célica Jerusalén!
SANTA CRUZ

Tr. T. M. Westrup   J. F. Wade, Adapt. 1847
Bernardo de Cluny, Siglo XII   Mendelssohn-Bartholdy

1. ¡Oh célica Jerusalén! ¡Oh! ¿cuándo te veré?
   Tus glorias que por fe se ven ¡Oh! ¿cuándo gozaré?

2. Deseada patria celestial, ajena de dolor,
   A los que agobia aquí el mal, consolará tu amor.

3. Sin sombra te contemplaré, hay vida y luz en ti;
   Cual astro resplandeceré eternamente allí.

4. Del cristalino manantial de vida beberé;
   Del árbol de la eternidad gozoso comeré.

5. Al Rey de gloria, mi Jesús, allí veré reinar;
Mi alma llenará de luz en esa Sion sin par.

195   Refugio De Este Pecador

DUNDEE

T. M. Westrup

William Franc, en
Salterio Escocés, 1615

1. Refugio de este pecador, iré, Jesús, a ti;
En las riquezas de tu amor, acuérdate de mí.

2. Confieso que culpable soy, confieso que soy vil;
Por ti, empero, salvo estoy seguro en tu redil.

3. Auxíliame, Señor Jesús, libértame del mal;
En mí derrama de tu luz, bellísimo raudal.

4. En toda mi necesidad escucha mi clamor.
Revísteme de santidad, y cólmame de amor.

196   Tu Reino Amo

SANTO TOMAS

Epigmenio Velasco, Adapt.
Timothy Dwight, 1800

G. F. Handel, en
Psalmody de A. Williams

1. Tu reino amo, ¡oh Dios! Tu casa de oración,
Y al pueblo que en Jesús halló completa redención.

2. Tu iglesia, mi Señor, su templo, su ritual,
La iglesia que guiando estás con mano paternal.

3. Por ella mi oración, mis lágrimas, mi amor,
Solicitud, cuidado, afán, por ella son, Señor.

4. Un gozo sin igual me causa en ella estar,
   Y andando aquí, su comunión anhelo disfrutar.

5. Yo sé que durará, oh Dios, cual tu verdad;
   Y victoriosa, llegará hasta la eternidad.

197   Santo Espíritu De Dios

GUIA

G. P. Simmonds, Adapt.
Marcus M. Wells   Marcus M. Wells

1. Santo Espíritu de Dios,
   Guía fiel de mi alma sé;
   Vence mi debilidad,
   Guarda mi inseguro pie.
   Vuelve en gozo mi dolor tu divino y dulce hablar.
   Paz divina en mi alma das y me invitas al hogar.

2. Eres siempre Amigo fiel
   En la tierra y en el mar;
   Pues contigo no hay temor
   Ni a las sombras ni al pesar.
   Cuando tema el corazón, cuando ruja tempestad,
   Viene a mí tu invitación, 'vamos juntos al hogar'.

3. Pronto el día de dolor
   Para siempre pasará;
   Por ti, fiel Consolador,
   Mi alma al cielo entrando irá.
   Mientras oiga yo tu voz no hay por qué temer vagar,
   Pues me llamas con amor, 'hijo, vamos al hogar'.

198   Cristo Llama

GALILEA

Tr. J. L. Santiago Cabrera
Cecil F. Alexander
                                Wm. H. Jude, 1874

1. Cristo llama del tumulto de este mundo pecador;
   Cada día su voz llama "ven, cristiano a tu Señor".

2. En tristezas y alegrías Cristo, puedo oir tu voz
   Que reclama con instancia mi sincera devoción.

3. Cristo llama. Por tu gracia hazme oir tu voz, Señor;
   Que obediente a tu llamado hoy te sirva con amor.
   Amén.

199   Desciende, Espíritu De Amor

SANTA INES

J. B. Cabrera, Adapt.
Isaac Watts.
                                   John B. Dykes

1. Desciende, Espíritu de amor, paloma celestial,
   Promesa fiel del Salvador, de gracia manantial.

2. Aviva nuestra escasa fe, y danos tu salud;
   Benigno guíe nuestro pie por sendas de virtud.

3. Consuela nuestro corazón, y habita siempre en él:
   Concédele el precioso don de serte siempre fiel.

4. Derrama en pródigo raudal la vida, gracia y luz;
   Y aplícanos el eternal rescate de la cruz.

5. Al Padre sea todo honor, y al Hijo sea también
   Y al celestial Consolador, eternamente. Amén.

200   Ven A Cristo, Ven Ahora

VEN A CRISTO

Pedro Castro   John Fawcett

1. Ven a Cristo, ven ahora, ven así cual estás;
   Y de él sin demora el perdón obtendrás.

2. Cree y fija tu confianza en su muerte por ti:
   El gozo alcanza quien lo hiciere así.

3. Ven a Cristo, con fe viva, piensa mucho en su amor;
   No dudes reciba al más vil pecador.

4. El anhela recibirte, y hacerte merced;
   Las puertas abrirte al eterno placer.

201   Jesús De Los Cielos

CUANDO VENGA

J. B. Cabrera, Adapt.
W. O. Cushing   Dr. George F. Root

1. Jesús de los cielos al mundo bajó,
   En busca de joyas que amante compró.

CORO:

    Los niños salvados serán como el sol,
    Brillando en la gloria del rey Salvador.

2. Angustias y muerte, y horrible aflicción
   Costaron las joyas que amante compró.

3. Su hermosa diadema de eterno esplendor,
   La adornan las joyas que amante compró.

4. Los niños y niñas que van al Señor,
   Son todos, las joyas que amante compró.

5. Venid, pues, alegres al buen Redentor;
   El quiere las joyas que amante compró.

202   Oigo Hablar Dios Mío

AUN A MI

Tr. T. M. Westrup
Elizabeth Codner

Wm. B. Bradbury

1. Oigo hablar Dios mío, de lluvias
   Que por todas partes caen,
   Con que tus labores riegas
   Que a los tuyos vida traen.

CORO:

Aun a mí, aun a mí, no me niegues vida a mí.
Amén.

2. No me omitas, Dios y Padre,
   Pecador indigno soy,
   Y pudieras despreciarme,
   Pero arrepentido estoy.

3. No me omitas, compasivo,
   Hazme tuyo, oh Salvador;
   Llamas ahora y yo te pido
   Llames a este pecador.

4. No me omitas, Paracleto,
   Que haces a los ciegos ver
   Lo de Cristo y cuán completo
   De su amor es el poder.

5. No me omitas, compadece,
   Y une a ti mi corazón;
   Salva a un pobre que perece;
   No me niegues el perdón.

203 Subid Al Monte

Tr. A. P. Pierson
Ruth D. Crawford   Ruth D. Crawford

Subid al monte de la transfiguración,
Alcemos nuestros ojos hacia el Señor.
Venciendo la maldad, la duda y tentación
Marchemos victoriosos sin temor.

204 Cuando Sea Tentado
PENITENCIA

Tr. Vicente Mendoza
James Montgomery, 1834   Spencer Lane

1. Cuando sea tentado, Cristo, ven a mí,
   Que no ceda nunca a la tentación,
   Y con sus halagos yo te deje a ti,
   Al abismo yendo de la confusión.

2. Al cruzar el mundo, me fascinará
   Con riquezas vanas y falaz placer,
   Mas entonces, Cristo, mi alma a ti vendrá
   A buscar ayuda, gracia, luz, poder.

3. Si la prueba enviares a mi vida aquí
   El dolor, la pena, luto y aflicción,
   Haz que nunca dude que vendrás a mí,
   Y que tú lo cambias todo en bendición.

4. Cuando el fin de todo ya cercano esté
   Y acabados mire lucha, afán, dolor;
   Cuando al polvo vuelva lo que polvo fue,
   ¡En tu paz eterna guárdame, Señor!

205   Al Bello Hogar
VAMOS AL HOGAR

Tr. T. M. Westrup
Mrs. E. W. Griswold   P. P. Bliss

1. Al bello hogar, allí a morar,
   De todo mal exentos,
   A descansar sin un pesar, vamos con pasos lentos.

CORO:

    Por la mansión feliz que nos invita
    El corazón cristiano fiel palpita.

2. Encontrarán los que allí van
   Las calles de oro puro,
   Gloria y solaz, eterna paz, el don de Dios seguro.

3. Los que partís, los que dormís,
   Y los de triste endecha,
   La vista alzad, tenéis ciudad; seguid la vía estrecha.

206   Tocad Trompeta Ya
LENOX

Tr. Guillermo H. Rule
Charles Wesley, 1750   Lewis Edson

1. Tocad trompeta ya, alegres en Sion;
   Al mundo proclamad la eterna redención.

CORO:

"Este es el año de bondad,
Volved a vuestra libertad,
Volved a vuestra libertad."

2. A Cristo predicad; decid que ya murió,
   Y con su potestad la muerte destruyó.

3. Vosotros que el favor del cielo despreciáis,
   Ved que por el amor de Cristo lo alcanzáis.

4. Llamadles con amor; id, ofrecedles paz.
   Es tarde, apresurad; que vuelvan a su faz.

207 Bendecido El Gran Manantial

MAS BLANCO QUE LA NIEVE

Tr. T. M. Westrup
E. R. Latta
H. S. Perkins

1. ¡Bendecido el gran manantial
   Que de sangre Dios nos mostró!
   ¡Bendecido el Rey que murió;
   Su pasión nos libra del mal!
   Lejos del redil de mi Dueño
   Víme mísero, pequeño, vil.
   El Cordero sangre vertió;
   Me limpia sólo este raudal.

CORO:

Sé que sólo así me emblanqueceré.
Láveme en su sangre Jesús y nívea blancura me dé.

2. La punzante insignia llevó;
   En la cruz dejó de vivir;

Grandes males quiso sufrir;
No en vano empero, sufrió.
Al gran manantial conducido
Que de mi maldad ha sido fin,
"Lávame" le pude decir,
Y nívea blancura me dio.

3. Padre, de ti lejos vagué.
Extravióse mi corazón;
Como grana mis culpas son;
No con agua limpio seré.
A tu fuente magna acudí,
Tu promesa creo buen Jesús,
La eficaz virtud de tu don
La nívea blancura me dé.

208   Cristo El Señor
¡OH, CUANTO AMA!

Es traducción
Marianne Nunn   Hubert P. Main

1. Un amigo hay más que hermano, Cristo el Señor,
Quien llevó en su cuerpo humano nuestro dolor.
Este amigo, moribundo, padeciendo por el mundo,
Demostró su amor profundo. ¡Dadle loor!

2. Conocerle es vida eterna, Cristo el Señor;
Todo aquel que quiera, venga al Redentor.
Por nosotros él derrama vida suya, pues nos ama,
Y a su lado a todos llama. ¡Dadle loor!

3. Hoy, ayer y por los siglos, Cristo el Señor
Es el mismo fiel amigo; ven, pecador.
Es maná en el desierto, nuestro guía, nuestro puerto,
Es su amor el mismo cielo. ¡Dadle loor!

209 Luchando Estáis

SE ESTA LUCHANDO

Tr. E. R.
Mrs. C. H. Morris   Mrs. C. H. Morris

1. Luchando estáis, aun suena la trompeta hoy,
   Llamando a los soldados a la lid;
   A Jesucristo con valor decid: "Yo voy",
   Y él os dirá: "¡Venid, oh sí, venid!"

CORO:

   La lucha sigue, oh cristianos,
   Y brazo a brazo lucharéis;
   En Jesucristo seguid confiando,
   Y por la fe en él venceréis;
   La lucha sigue, oh, cristianos,
   Sed fieles y en Jesús confiad;
   La lucha siempre, seguid hermanos,
   Y la victoria esperad.

2. Luchando estáis, soldados del Señor Jesús,
   Luchando estáis, en contra de Satán;
   Es Jesucristo nuestra fortaleza y luz,
   Y él también es nuestro Capitán.

3. Luchando estáis, confiados en Jesús marchad,
   Haciendo huir al enemigo vil,
   Y Jesucristo nuestro Jefe amante y fiel,
   Sostén será de todos en la lid.

210 Hoy Mismo
HOY

Tr. T. M. Westrup
Samuel F. Smith
Lowell Mason

1. Hoy mismo el Salvador diciendo está:
   "Ven, triste pecador, no yerres ya."

2. Hoy pide el Salvador tu corazón.
   ¿Despreciarás su amor y compasión?

3. Hoy protección te da si quieres ir;
   Te amaga tempestad, vas a morir.

4. Hoy cede a su poder sin contristar
   Su Espíritu y merced con más pecar.

211 Francas Las Puertas
¿Y TU? ¿Y YO?

Tr. T. M. Westrup
G. M. J.
James McGranahan

1. Francas las puertas encontrarán,
   Unos sí, otros no;
   De alguien las glorias sin fin serán:
   ¿Y tú? ¿y yo? ¿y tú? ¿y yo?
   Calles de oro, mar de cristal,
   Pleno reposo, perfecto amor,
   Unos tendrán celestial hogar:
   ¿Y tú? ¿y yo? ¿y tú? ¿y yo?

2. Fieles discípulos de Jesús,
   Unos sí, otros no;
   Logran corona en vez de cruz:
   ¿Y tú? ¿y yo? ¿y tú? ¿y yo?

Mora el Rey en gloriosa luz,
Con él no puede haber dolor,
De alguien es esta beatitud:
¿Y tú? ¿y yo? ¿y tú? ¿y yo?

3. Llegan a tiempo pasando bien,
Unos sí, otros no;
Estos las puertas cerradas ven:
¿Y tú? ¿y yo? ¿y tú? ¿y yo?
Ciegos y sordos hoy nada creen,
Tarde lamentarán tal error,
El que desdeñan será su Juez:
¿Y tú? ¿y yo? ¿y tú? ¿y yo?

4. Son herederos del porvenir,
Unos sí, otros no;
Los que procuran por Dios vivir:
¿Y tú? ¿y yo? ¿y tú? ¿y yo?
Cuando concluya la dura lid,
En compañía del Salvador,
Alguien será sin cesar feliz:
¿Y tú? ¿y yo? ¿y tú? ¿y yo?

212 Sol De Mi Ser

HURSLEY

Tr. T. M. Westrup
John Keble, 1820

Arr. por Wm. H. Monk, 1861
P. Ritter, 1792

1. Sol de mi ser, mi Salvador,
Contigo vivo sin temor;
No quieras esconder jamás
De mí la gloria de tu faz.

2. Al blando sueño al entregar

Mi cuerpo para descansar,
Pensando en ti me acordaré
Dijiste, "Te protegeré."

3. Tu bendición, al despertar
Concédeme, y al transitar,
Cual peregrino, a tu mansión,
Alcance paz y salvación.

213 ¡Oh Quién Pudiera Andar Con Dios!

MANOAH

Tr. T. M. Westrup y otros

En Col. de H. W. Greatrex, 1851
Franz J. Haydn

1. ¡Oh! quién pudiera andar con Dios,
    Su dulce paz gozar,
    Volviendo a ver de nuevo el sol de santidad y amor.

2. ¡Oh! tiempo aquel en que lo vi,
    ¡Beatífica visión!
    Su fiel acento de amor oyó mi corazón.

3. Aquellas horas de solaz,
    ¡Cuán caras aún me son!
    Del mundo halagos no podrán suplir su falta, no.

4. Paloma santa, vuelve a mí,
    ¡Oh, Paracleto, ven!
    Pues odio ya el pecado vil con que te contristé.

214 La Cruz Excelsa Al Contemplar
HAMBURGO

Tr. W. T. Millham
Isaac Watts

Canto llano gregoriano
Arr. por Lowell Mason

1. La cruz excelsa al contemplar
   Do Cristo allí por mí murió,
   De todo cuanto estimo aquí,
   Lo más precioso es su amor.

2. ¿En qué me gloriaré, Señor?
   Si no en tu sacrosanta cruz.
   Las cosas que me encantan más,
   Ofrezco a ti, Señor Jesús.

3. De su cabeza, manos, pies,
   Preciosa sangre allí corrió;
   Corona vil de espinas fue
   La que Jesús por mí llevó.

4. El mundo entero no será
   Dádiva digna de ofrecer.
   Amor tan grande y sin igual
   En cambio exige todo el ser. Amén.

215 Bellas Canciones Perennes
KELLEY

Tr. T. M. Westrup y otros
Wm. F. Sherwin

Wm. F. Sherwin

1. Bellas canciones perennes, voces de lira y laúd,
   Digan con suaves murmullos
   "Dios ya nos da la salud."
   Hasta los tiempos postreros, cantos de paz y amor
   Y loores a Dios en lo alto tributa la gratitud.

2. Célico alcázar construye su gran fidelidad:
   Bajo sus bóvedas reinan misericordia y paz.
   Pacto que mira a su electo siervo David, el fiel,
   De cuya posteridad santa el reino sin fin será.

3. Pueblo feliz el que sabe de su venida el son;
   Luz de su rostro le irradia, vívido el corazón.
   Eres, Señor, de los tuyos el refulgente sol,
   De fe, sacratísimo centro, el óptimo galardón.

216 Te Necesito Cristo

NECESIDAD

Tr. G. P. Simmonds
Annie S. Hawks

Robert Lowry

1. Te necesito ya, bendito Salvador,
   Me infunde dulce paz tu tierna voz de amor.

CORO:

   Te necesito Cristo, sí, te necesito,
   Con corazón contrito acudo a ti.

2. Te necesito ya, tú no me dejarás;
   Yo siempre venceré si tú conmigo estás.

3. Te necesito ya, tu santa voluntad,
   Y tus promesas mil en mí cumple en verdad.

4. Te necesito ya, santísimo Señor;
   Tuyo hazme nada más, bendito Salvador.

217 ¡Cuán Dulce El Nombre De Jesús!

ZERAH

Tr. J. Cabrera
John Newton

Lowell Mason

1. ¡Cuán dulce el nombre de Jesús
   Es para el hombre fiel!
   Consuelo, paz, vigor, salud, encuentra siempre en él.
   Consuelo, paz, vigor, salud,
   Encuentra siempre en él.

2. Al pecho herido fuerzas da,
   Y calma el corazón;
   Del alma hambrienta es cual maná,
   Y alivia su aflicción.
   Del alma hambrienta es cual maná,
   Y alivia su aflicción.

3. Tan dulce nombre es para mí,
   De dones plenitud;
   Raudal que nunca exhausto vi de gracia y de salud.
   Raudal que nunca exhausto vi de gracia y de salud.

4. Jesús, mi amigo y mi sostén,
   ¡Bendito Salvador!
   Mi vida y luz, mi eterno bien, acepta mi loor.
   Mi vida y luz, mi eterno bien,
   Acepta mi loor.

5. Si es pobre ahora mi cantar,
   Cuando en la gloria esté
   Y allá te pueda contemplar, mejor te alabaré.
   Y allí te pueda contemplar,
   Mejor te alabaré.

218   Cristo, Al Morir, Tu Amor
TODO POR JESUS

Tr. G. P. Simmonds
Sylvanus D. Phelps   Robert Lowry

1. Cristo, al morir, tu amor me diste a mí,
   No quiero detener nada de ti.
   Mi alma se inclina ya, sus votos pagará,
   Ofrendas te dará: todo por ti.

2. Hoy tú rogando estás, Cristo, por mí;
   Mi débil fe, Señor, espera en ti.
   La cruz yo llevaré, tu amor declararé,
   Himnos te cantaré: todo por ti.

3. ¡Oh! dame un corazón fiel cual tu ser,
   Que cada día, ¡Oh Dios! me puedas ver
   Tu gracia declarar, bondades practicar,
   Y al pecador buscar: todo por ti.

4. Cuanto poseo y soy tu don es, sí;
   Mientras que viva yo lo doy a ti;
   Mi alma a ti al fin irá, salva te mirará,
   Siempre jamás será todo por ti.

219   Por La Justicia De Jesús
LA ROCA SOLIDA

Tr. T. M. Westrup
Edward Mote   Wm. B. Bradbury

1. Por la justicia de Jesús, la sangre que por mí vertió,
   Alcánzase perdón de Dios
   y cuanto bien nos prometió;
   Que sólo él rescata sé;
   Segura base es de mi fe, segura base es de mi fe.

2. Así turbada no veré mi paz, su incomparable don,
   Aunque un tiempo oculto esté
   me dejará su bendición.
   En mí no puede haber jamás
   Ninguna base real de paz, ninguna base real de paz.

3. En la tormenta es mi sostén el pacto que juró y selló.
   Su amor es mi supremo bien,
   su amor que mi alma redimió.
   La peña eterna que me da,
   Base única que durará, base única que durará.

220 ¡Oh! Yo Quiero Andar Con Cristo
LAFAYETTE

Tr. H. C. Ball
Charles F. Weigle   Charles F. Weigle

1. ¡Oh! yo quiero andar con Cristo,
   Quiero oir su tierna voz,
   Meditar en su palabra y cumplir su voluntad.
   Consagrar a él mi vida, mis dolores y afán;
   Y algún día con mi Cristo, gozaré la claridad.

CORO:

   ¡Oh, sí, yo quiero andar con Cristo!
   ¡Oh, sí, yo quiero vivir con Cristo!
   ¡Oh, sí, yo quiero servir a Cristo!
   Quiero serle un testigo fiel.

2. ¡Oh! yo quiero andar con Cristo,
   El es mi ejemplo fiel;
   En la Biblia yo lo leo, y yo sé que es la verdad.
   Cristo era santo en todo, el Cordero de la cruz,
   Y yo anhelo ser cristiano, seguidor de mi Jesús.

3. ¡Oh! yo quiero andar con Cristo,
   De mi senda él es la luz,
   Dejaré el perverso mundo para ir al Salvador.
   Este mundo nada ofrece, Cristo ofrece salvación;
   Y es mi única esperanza vida eterna hallar con Dios.

221   La Nueva Proclamad
CONSOLADOR

Tr. Vicente Mendoza
Wm. J. Kirkpatrick   Wm. J. Kirkpatrick

1. La nueva proclamad doquier el hombre esté,
   Doquier haya aflicción, miserias y dolor;
   Cristianos, anunciad que el Padre nos envió
   El fiel Consolador.

CORO:

   El fiel Consolador el fiel Consolador
   Que Dios nos prometió, al mundo descendió;
   Doquier que el hombre esté, decid que vino ya
   El fiel Consolador.

2. La noche ya pasó, y al fin brilló la luz
   Que vino a disipar las sombras del terror;
   Así del alma fue aurora celestial
   El fiel Consolador.

3. El es quien da salud y plena libertad
   A los que encadenó el fiero tentador;
   Los rotos hierros hoy dirán que vino ya
   El fiel Consolador.

4. ¡Oh grande, eterno amor! Mi lengua débil es
   Para poder hablar del don que recibí,

Al renovar en mí la imagen celestial
El fiel Consolador.

222   Si Cristo Conmigo Va

PITMAN

Tr. H. C. Ball
C. Austin Miles   C. Austin Miles

1. Ya sea en el valle do el peligro esté,
O que en la luz gloriosa de paz habite yo,
A mi Jesús diré: "Tu voluntad haré",
Si Cristo me guía doquiera yo iré.

CORO:

Si Cristo conmigo va, yo iré,
Yo no temeré, con gozo iré, conmigo va;
Es grato servir a Jesús, llevar la cruz;
Si Cristo conmigo va, yo iré.

2. Si al desierto quiere Jesús que vaya yo
Llevando buenas nuevas de santa salvación,
Si allí en dura lid, mi campo señaló,
A Cristo yo sigo, sin más dilación.

3. Aunque mi parte sea mi dura cruz llevar,
Diré a mis hermanos también su gran poder,
Contento quedaré, mi luz haré brillar,
Testigo de Cristo, doquiera yo iré.

4. La voluntad de Cristo yo quiero obedecer,
Pues en la Santa Biblia encuentro mi saber,
Y con su gran poder al mundo venceré,
Si él va conmigo, doquiera yo iré.

223   Ama A Tus Prójimos

RESCATE

Tr. P. H. Goldsmith
Fanny J. Crosby

William H. Doane

1. Ama a tus prójimos, piensa en sus almas,
   Díles la historia del tierno Señor;
   Cuida del huérfano, hazte su amigo;
   Cristo le es Padre y fiel Salvador.

   CORO:

   Salva al incrédulo, mira el peligro;
   Dios le perdonará, Dios le amará.

2. Aunque recházanle, tiene paciencia
   Hasta que puédales dar la salud;
   Venle los ángeles cerca del trono;
   Vigilaránles con solicitud.

3. Dentro del corazón triste, abatido,
   Mora el Espíritu de Salvación,
   Dándole el ánimo para salvarse,
   Llévalo al Maestro con abnegación.

4. Salva a tus prójimos, Cristo te ayuda,
   Fuerza de Dios será tuya en verdad;
   El te bendecirá en tus esfuerzos,
   Con él disfrutarás la eternidad.

224   Ama El Pastor Las Ovejas

PARQUE WINTER

Tr. Epigmenio Velasco
Mary B. Wingate   Wm. J. Kirkpatrick

1. Ama el pastor las ovejas,
   Con un amor paternal;
   Ama el pastor su rebaño, con un amor sin igual,
   Ama el pastor a las otras, que descarriadas están,
   Y conmovido las busca, por donde quiera que van.

CORO:

   Por el desierto errabundas, vense sufrir penas mil,
   Y al encontrarlas en hombros,
   Llévalas tierno al redil.

2. Ama el pastor sus corderos,
   Amalos tierno el pastor;
   A los que a veces, perdidos, se oyen gemir de dolor;
   Ved al pastor conmovido, por los collados vagar,
   Y los corderos en hombros, vedlo llevando al hogar.

3. Ama las noventa y nueve,
   Que en el aprisco guardó;
   Ama las que descarriadas por el desierto dejó
   "¡Oh, mis ovejas perdidas! clama doliente el pastor
   ¿Quiénes vendrán en mi ayuda,
   Para salvarlas, Señor?"

4. Son delicados tus pastos,
   Y quietas tus aguas son;
   Henos aquí ¡oh Maestro! danos hoy tu comisión;
   Haznos obreros fervientes,
   Llénanos de un santo amor
   Por las ovejas perdidas, de tu redil, buen Señor.

225 Venid, Pastorcillos
ME ESCONDO YO EN TI

Tr. F. Martínez de la Rosa
Ira D. Sankey
                                    Ira D. Sankey

1. Venid, pastorcillos, venid a adorar
   Al Rey de los cielos que nace en Judá.
   Sin ricas ofrendas podemos llegar,
   Que el niño prefiere la fe y la bondad.

2. Un rústico techo abrigo le da,
   Por cuna un pesebre, por templo un portal;
   En lecho de pajas incógnito está
   Quien quiso a los astros su gloria prestar.

3. Hermoso lucero le vino a anunciar,
   Y magos de Oriente buscándole van;
   Delante se postran del Rey de Judá,
   De incienso, oro y mirra tributo le dan.

226 Del Trono Celestial
SACRIFICIO

Sebastián Cruellas
                                    J. E. White

1. Del trono celestial al mundo descendí,
   Sed y hambre padecí cual mísero mortal.
   Y todo fue por ti, por ti, ¿qué has hecho tú por mí?
   Y todo fue por ti, por ti, ¿qué has hecho tú por mí?

2. Por darte la salud sufrí, pené, morí,
   Tu sustituto fui en dura esclavitud.
   Y todo fue por ti, por ti, ¿qué has hecho tú por mí?
   Y todo fue por ti, por ti, ¿qué has hecho tú por mí?

3. Del Padre celestial completa bendición,

La eterna salvación, la dicha perennal,
Las doy de gracia a ti, a ti, ¿y aún huyes tú de mí?
Las doy de gracia a ti, a ti, ¿y aún huyes tú de mí?

4. Los lazos de Satán quebranta, pecador,
Y el néctar de mi amor tus labios probarán.
No dudes, ven a mí, a mí: ¡Jesús, me rindo a ti!
No dudes, ven a mí, a mí: ¡Jesús, me rindo a ti!

227   En Todo Recio Vendaval

ASILO (HASTINGS)

Tr. T. M. Westrup
Hugh Stowell   Thomas Hastings

1. En todo recio vendaval,
   En todo amenazante mal,
   Inexpugnable asilo es él,
   Propiciatorio para el fiel.

2. Jesús su bálsamo de paz
   En el que busque allí su faz
   Derrama y glorifica aquel
   Propiciatorio para el fiel.

3. Para el humilde corazón
   Que eleva al cielo su oración,
   Son las bondades del Señor
   Propiciatorio de su amor.

4. Los fieles todos uno son,
   Y están en dulce comunión;
   Es el santuario que la da
   Propiciatorio de Jehová.

228 La Voz De Cristo Os Habla
VUELTA

Ernesto Barocio　　　　　　　　　　　　　　　William Stone

1. La voz de Cristo os habla, oíd:
   ¡Volved a Dios!
   Se acerca vuestra vida al fin:
   ¡Volved a Dios!

CORO:

　Volved a Dios;
　Volved, volved a Dios, volved.
　Se acerca vuestra vida al fin: ¡Volved a Dios!

2. Habéis pecado, ¿lo olvidáis?
   ¡Volved a Dios!
   Vuestro pecado os hallará:
   ¡Volved a Dios!

3. Su ley hollasteis veces mil:
   ¡Volved a Dios!
   Mas él perdón os da: venid:
   ¡Volved a Dios!

4. En Jesucristo fe tened:
   ¡Volved a Dios!
   No hay salvación sino por él:
   ¡Volved a Dios!

229 Salvador, Mi Bien Eterno
JUNTO A TI

Tr. T. M. Westrup
Fanny J. Crosby　　　　　　　　　　　　　　　Silas J. Vail

1. Salvador, mi bien eterno, más que vida para mí,

En mi fatigosa senda tenme siempre junto a ti.
Junto a ti, junto a ti, junto a ti, junto a ti;
En mi fatigosa senda tenme siempre junto a ti.

2. No me afano por placeres, ni renombre busco aquí;
Vengan pruebas o desdenes,
Tenme siempre junto a ti.
Junto a ti, junto a ti, junto a ti, junto a ti;
Vengan pruebas o desdenes,
Tenme siempre junto a ti.

3. No te alejes en el valle de la muerte, sino allí,
Antes y después del trance tenme siempre junto a ti.
Junto a ti, junto a ti, junto a ti, junto a ti;
Antes y después del trance tenme siempre junto a ti.

230   ¡Santo! ¡Santo! ¡Santo!
ADORACION

T. González Valle

1. ¡Santo! ¡Santo! ¡Santo!
Tu gloria llena cielo y tierra
¡Hosanna, hosanna, gloria a Dios!
Te bendecimos, te adoramos,
Glorificamos tu nombre, oh Dios.
¡Oh Rey del cielo, oye clemente
Nuestra ferviente y humilde voz!

2. ¡Santo! ¡Santo! ¡Santo!
Tu gloria llena cielo y tierra
¡Hosanna, hosanna, gloria a Dios!
No veas del hombre la falta impía;
Mira a tu Hijo, mi Redentor.
Ferviente entonces el alma mía
Pueda alabarte con todo amor.

3. ¡Santo! ¡Santo! ¡Santo!
   Tu gloria llena cielos y tierra
   ¡Hosanna, hosanna, gloria a Dios!
   Dignos seamos de bendecirte;
   Limpias las almas de todo mal.
   Cielos y tierra cantan tu nombre;
   ¡Oh Dios, oh Padre, Rey celestial!

231   ¡Aleluya!
VICTORIA

Tr. del inglés Ernesto Barocio   Wm. H. Monk, Adapt.
Tr. del latín Francis Pott   Giovanni P. da Palestrina, 1525

¡Aleluya! ¡Aleluya! ¡Aleluya!

1. La ruda lucha terminó:
   Fue Cristo en ella vencedor;
   De triunfo el canto comenzó. ¡Aleluya!

2. La muerte en Cristo se ensañó;
   Mas sus cadenas destrozó:
   ¡Resucitó! ¡Resucitó! ¡Aleluya!

3. Tres días fueron de dolor,
   De luto y desesperación.
   Hoy vive y reina el Salvador. ¡Aleluya!

4. ¿Dónde está, oh muerte, tu aguijón?
   ¿Dónde, oh sepulcro, tu poder?
   Vencidos sois por Cristo el Rey. ¡Aleluya!

5. Para librarnos del temor
   De muerte y de condenación.
   Resucitó nuestro Señor. ¡Aleluya!
   Amén.

232   Oí La Voz Del Salvador

VOX DILECTI

Es traducción
Horatio Bonar, 1846   John B. Dykes, 1868

1. Oí la voz del Salvador
   Decir con tierno amor:
   "¡Oh ven a mí, descansarás,
   Cargado pecador!"
   Tal como fui, a mi Jesús,
   Cansado yo acudí,
   Y luego dulce alivio y paz
   Por fe de él recibí.

2. Oí la voz del Salvador
   Decir: "Venid, bebed;
   Yo soy la fuente de salud,
   Que apaga toda sed."
   Con sed de Dios, del vivo Dios,
   Busqué a mi Emanuel,
   Lo hallé, mi sed él apagó,
   Y ahora vivo en él.

3. Oí su dulce voz decir:
   "Del mundo soy la luz;
   Miradme a mí y salvos sed;
   Hay vida por mi cruz."
   Mirando a Cristo, luego en él
   Mi norte y sol hallé;
   Y en esa luz de vida,
   Yo por siempre viviré.

233 En Jesús Mi Esperanza Reposa
ESPERANZA

Anónimo   Melodía española

1. En Jesús mi esperanza reposa,
   Mi consuelo tan sólo es Jesús,
   Ya mi vida por él es gloriosa
   Cual gloriosa es su muerte de cruz.
   Alma triste que al cielo te elevas,
   Palpitando en suspiros de amor,
   En Jesús tu esperanza renueva,
   Porque en él se templó tu dolor.
   En Jesús tu esperanza renueva,
   Porque en él se templó tu dolor.

2. Yo sufrí mil pesares del mundo,
   Y la dicha del alma perdí,
   Era acíbar mi llanto profundo,
   Era inmenso el dolor que sentí.
   Pero luego en Jesús la mirada,
   Aunque desfalleciendo fijé,
   Y mi alma quedó consolada,
   Porque en él mis venturas hallé.
   Y mi alma quedó consolada,
   Porque en él mis venturas hallé.

234 El Conflicto De Los Siglos
LA JOLLA

Tr. Vicente Mendoza
Charles H. Marsh

Charles H. Marsh

1. Somos aliados de las huestes de Jesús,
   Que por siglos sin cejar,
   Con ardiente fe fueron con la cruz

Este mundo a transformar.
¡Nobles heraldos de una vida superior
Se enfrentaron con el mal,
Y jamás cediendo al deshonor
Su pugna fue inmortal!

CORO:

El conflicto de los siglos es
El que libra el Salvador,
Y jamás el mal puede en su altivez
Abatir nuestra fe y valor,
¡Sostenidos, pues, por esa fe que a victoria cierta va,
Cuando caiga el mal, e impotente esté,
Nuestra lucha cesará!

2. Fueron videntes que en sus éxtasis de luz
   Irradiaron claridad,
   Y pudieron ver, sólo por la cruz
   Una salva humanidad.
   ¡Mártires fueron que en sublime abnegación
   Dieron todo a su Señor,
   Y obedientes siendo a la Visión
   Cayeron con valor!

3. ¡Vamos con ellos el conflicto a sostener,
   Inspirados en su ardor,
   Y su misma fe, nuestra habrá de ser,
   Como nuestro es ya su honor.
   Es una lucha que jamás tendrá su igual
   Y es forzoso continuar
   Hasta el día que el Jefe celestial
   Nos mande descansar!

235 ¿Qué Significa Ese Rumor?

ROBINSON

J. B. Cabrera Theodore E. Perkins

1. ¿Qué significa ese rumor?
   ¿Qué significa ese tropel?
   ¿Quién puede un día y otro así
   La muchedumbre conmover?
   Responde el pueblo en alta voz:
   "Pasa Jesús de Nazaret."
   Responde el pueblo en alta voz:
   "Pasa Jesús de Nazaret."

2. ¿Quién es, decid, aquel Jesús
   Que manifiesta tal poder?
   ¿Por qué a su paso la ciudad
   Se agolpa ansiosa en torno de él?
   Lo dice el pueblo, oíd su voz:
   "Pasa Jesús de Nazaret."
   Lo dice el pueblo, oíd su voz:
   "Pasa Jesús de Nazaret."

3. Jesús, quien vino acá a sufrir
   Angustia, afán, cansancio y sed;
   Y dio consuelo, paz, salud,
   A cuantos viera padecer.
   Por eso alegre el ciego oyó:
   "Pasa Jesús de Nazaret"
   Por eso alegre el ciego oyó:
   "Pasa Jesús de Nazaret."

4. Aun hoy se acerca el buen Jesús,
   Dispuesto a hacernos mucho bien,
   Y amante llama a nuestro hogar
   Y quiere en él permanecer.

Se acerca, sí, ¿no oís su voz?
"Pasa Jesús de Nazaret."
Se acerca, sí, ¿no oís su voz?
"Pasa Jesús de Nazaret."

5. Los que sufrís tribulación,
Venid, descanso y paz tendréis;
Los que extraviados camináis
De Dios la gracia poseeréis.
Si sois tentados, helo aquí:
"Pasa Jesús de Nazaret."
Si sois tentados, helo aquí:
"Pasa Jesús de Nazaret."

6. Mas si su gracia rechazáis,
Su amor mirando con desdén,
Entristecido marchará,
Y luego en vano clamaréis.
"Es tarde ya" dirá la voz,
"Pasó Jesús de Nazaret."
"Es tarde ya" dirá la voz,
"Pasó Jesús de Nazaret."

236 Cristo Es Mi Dulce Salvador

ELIZABETH

Tr. S. D. Athans
Will L. Thompson

Will L. Thompson

1. Cristo es mi dulce Salvador,
Mi bien, mi paz, mi luz,
Mostróme su infinito amor, muriendo en dura cruz.
Cuando estoy triste encuentro en él
Consolador y amigo fiel;
Consolador, amigo fiel, es Jesús.

2. Cristo es mi dulce Salvador,
   Su sangre me compró;
   Con sus heridas y dolor, perfecta paz me dio.
   Dicha inmortal allá tendré,
   Con Cristo siempre reinaré,
   Dicha inmortal allá tendré, con Jesús.

3. Cristo es mi dulce Salvador,
   Mi eterno Redentor,
   ¡Oh! nunca yo podré pagar la deuda de su amor;
   Le seguiré, pues, en la luz,
   No temeré llevar su cruz,
   No temeré llevar la cruz, de Jesús.

4. Cristo es mi dulce Salvador,
   Por él salvado soy;
   La roca de la eternidad, en quien seguro estoy;
   Gloria inmortal allá tendré,
   Con Cristo siempre reinaré,
   Gloria inmortal allá tendré con Jesús.

237   Venid, Cantad de Gozo

GENESEO

T. M. Westrup   James McGranahan

1. Venid, cantad de gozo en plenitud,
   Y dad loor al que su sangre dio,
   Y luego en ella nos lavó,
   De nuestra lepra nos limpió,
   Y así librónos de la esclavitud.

   CORO:

   El nos libró de culpabilidad,
   Y nos limpió para la eternidad;

Con ángeles del cielo él nos igualó;
Precioso Salvador, el que por nos murió.

2. El Dios de amor que vino acá a sufrir,
   Llevando en sí por nos la maldición,
   Y en vez de eterna perdición
   Nos proporciona salvación,
   Que sin él nadie puede conseguir.

3. Honor y gloria en todo su esplendor
   Serán el fin del que siga a Jesús;
   Que tome en pos de él su cruz,
   Y guiado siempre por su luz,
   Reciba el sello de su Salvador.

238   Cual Mirra Fragante
EDIMBURGO

Tr. H. M.
Edward L. White   Edward L. White

1. Cual mirra fragante que exhala su olor
   Y ricos perfumes esparce al redor,
   Tu nombre ¡oh Amado! a mi corazón
   Lo llena de gozo, transpórtalo a Sion.

CORO:

Aleluya, Aleluya al Cordero de Dios:
Aleluya al Amado, al bendito Jesús.

2. Cual voz amigable que al triste viador
   En bosque perdido le inspira valor,
   Tu nombre me anima y me hace saber
   Que ofreces piadoso, rescate a mi ser.

3. Cual luz que brillando del alto fanal,

Al nauta en la noche señala el canal,
Tu nombre esparciendo benéfica luz,
Al cielo me lleva, bendito Jesús.

239   Es Jesucristo La Vida, La Luz

PASTOR ENVIADO

Pedro Grado, Adapt.
A. N.
                                      E. E. Hasty

1.. Es Jesucristo la vida, la luz;
 El nos demuestra la felicidad;
 Mártir sublime que muere en la cruz
 Por darnos libertad.

CORO

 El es Pastor, enviado y divino Emanuel;
 El me conduce por sendas de paz
 Como su oveja fiel.

2. Quita del alma la incredulidad;
 Limpia las manchas de mi corazón;
 Es su carácter la suma bondad,
 Nos tiene compasión.

3. Fuente preciosa de gracia y salud,
 Crisol que limpia de toda maldad;
 Feliz quien toma de su plenitud
 Y de su santidad.

240   El Llorar No Salva
NINGUNO SINO CRISTO

Tr. T. M. Westrup
Robert Lowry   Robert Lowry

1. El llorar no salva; aunque corra por mi faz
   Llanto amargo en profusión, no me lavará jamás;
   El llorar no salva.
   Lágrimas y vida dio, precio inmenso de mi paz,
   Quien del cielo descendió, es Jesús quien salva.

2. Obras no me salvan; cuanto yo pudiera hacer
   Es del todo ineficaz, pues no me hace renacer,
   Obras no me salvan.
   Vida nueva tengo en él, quien la ley de Dios cumplió,
   Quien en Gólgota expiró; es Jesús quien salva.

3. Aplazar no salva; delinquí, perdido estoy;
   Oigo del amor la voz, muere mi alma si no voy;
   Aplazar no salva.
   Por mi bien se apresuró Cristo en quien confío yo:
   El con mi maldad cargó; es Jesús quien salva.

241 Al Calvario Sólo Jesús Ascendió
RUMBO A LA CRUZ

Tr. Vicente Mendoza
Jessie Brown Pounds   Charles H. Gabriel

1. Al Calvario sólo Jesús ascendió
   Llevando pesada cruz,
   Y al morir en ella al mortal dejó
   Un fanal de gloriosa luz.

CORO:

    La cruz sólo me guiará, la cruz sólo me guiará;

A mi hogar de paz y eterno amor
La cruz sólo me guiará.

2. En la cruz el alma tan sólo hallará
   La fuente de inspiración;
   Nada grande y digno en el mundo habrá
   Que en la cruz no halle aprobación.

3. Yo por ella voy a mi hogar celestial,
   El rumbo marcando está;
   En mi obscura vida será el fanal
   Y a su luz mi alma siempre irá.

242 Soy Feliz En El Servicio Del Señor

AL SERVICIO DEL REY

Tr. Enrique Sánchez
A. H. Ackley
B. D. Ackley

1. Soy feliz en el servicio del Señor,
   Muy alegre, tan alegre;
   Tengo paz, contentamiento y amor,
   En servir al Salvador.

CORO:

En servir al Salvador, en servirle con amor;
¡Cuán alegre yo me siento, en servir a mi Señor!

2. Soy feliz en el servicio del Señor,
   Muy alegre, tan alegre;
   Hoy dedico mis talentos al Señor,
   Serviré al Salvador.

3. Soy feliz en el servicio del Señor,

Muy alegre, tan alegre;
En la lucha nunca faltará el valor
Que me da el Salvador.

4. Soy feliz en el servicio del Señor,
Muy alegre, tan alegre;
En la noche va conmigo el buen Pastor,
Cuando sirvo al Salvador.

243 Diré A Cristo Todas Mis Pruebas
ORWIGSBURGO

Tr. G. P. Simmonds
Elisha A. Hoffman   Elisha A. Hoffman

1. Diré a Cristo todas mis pruebas,
Solo yo no las puedo llevar;
En mis angustias Cristo me ayuda,
El de los suyos sabe cuidar.

CORO:

Diré a Cristo, diré a Cristo,
No puedo yo mi carga llevar;
Diré a Cristo, diré a Cristo;
Pues él tan sólo puede ayudar.

2. Diré a Cristo toda mi angustia,
¡Cuán bondadoso amigo y tan fiel!
Me librará si yo se lo pido,
Disipará mis angustias él.

3. He menester de un Salvador fuerte
Quien con mis cuitas pueda cargar;
Diré a Cristo, pues me convida,
Cristo me quiere en todo auxiliar.

4. ¡Cuánto este mundo al mal me seduce!
   Pues mi alma siempre tentada está;
   Diré a Cristo y él la victoria
   Sobre este mundo me otorgará.

244   Dime La Historia De Cristo
HISTORIA DE CRISTO
Tr. G. P. Simmonds
Fanny J. Crosby
John R. Sweney

1. Dime la historia de Cristo
   Grábala en mi corazón;
   Dime la historia preciosa:
   ¡Cuán melodioso es su son!
   Di como cuando nacía ángeles con dulce voz
   "Paz en la tierra", cantaron,
   "Y en las alturas gloria a Dios."

CORO:

    Dime la historia de Cristo
    Grábala en mi corazón;
    Dime la historia preciosa, ¡cuán melodioso es su son!

2. Dime del tiempo en que a solas
   En el desierto se halló;
   De Satanás fue tentado mas con poder le venció.
   Dime de todas sus obras, de su tristeza y dolor,
   Pues sin hogar, despreciado
   Anduvo nuestro Salvador.

3. Di cuando crucificado
   El por nosotros murió;
   Di del sepulcro sellado; di cómo resucitó.
   En esa historia tan tierna miro las pruebas de amor,

Mi redención ha comprado
El bondadoso Salvador.

245   A Sion Caminamos

MARCHANDO A SION

Tr. Vicente Mendoza
Isaac Watts   Robert Lowry

1. Los que aman al Señor eleven su canción,
   Que en dulces notas de loor,
   Que en dulces notas de loor,
   Ascienda a su mansión, ascienda a su mansión.

CORO:

    A Sion caminamos, nuestra mansión, la gloriosa,
    Cantando todos marchamos
    De Dios a la bella mansión.

2. Que callen los que a Dios no anhelen conocer,
   Mas canten todos a una voz,
   Mas canten todos a una voz,
   Los hijos del gran Rey, los hijos del gran Rey.

3. En Sion disfrutaréis, la gracia del Señor,
   Desde hoy ofrece que tendréis,
   Desde hoy ofrece que tendréis,
   Del trono en derredor, del trono en derredor.

4. Cantemos con fervor dejando de llorar,
   Vayamos libres de temor,
   Vayamos libres de temor,
   Al más feliz hogar, al más feliz hogar.

246   Cual Pendón Hermoso
REGIO PENDON

Tr. Enrique Turral
El Nathan   James McGranahan

1. Cual pendón hermoso despleguemos hoy
   La bandera de la cruz,
   La verdad del Evangelio, el blasón
   Del soldado de Jesús.

CORO:

    Adelante, adelante, en pos de nuestro Salvador.
    Nos da gozo y fe nuestro Rey, adelante con valor.

2. Prediquemos siempre lo que dice Dios
   De la sangre de Jesús,
   Cómo limpia del pecado al mortal
   Y le compra la salud.

3. En el mundo proclamemos con fervor
   Esta historia de la cruz,
   Bendigamos sin cesar al Redentor,
   Quien nos trajo paz y luz.

4. En el cielo nuestro cántico será
   Alabanzas a Jesús;
   Nuestro corazón allí rebosará
   De amor y gratitud.

247   Como María En Betania
ATENDED, ATENDED

Alejandro Cativiela   Samuel W. Beazley

    1. Como María en Betania
       Junto a los pies del Señor,

Las que adoramos al Cristo,
Hoy escuchamos su voz.
¡Cuán placentero es mirarle,
de corazón alabarle,
Vivificar nuestras almas
Al fuego de su amor!

CORO:

¡Venid, sí, venid! ¡orad, sí, orad!
¡Recibamos del Señor gozo, paz, poder!
¡Luchad por Jesús, hablad de su amor!
¡No permitáis que se pierdan el niño y la mujer!
Amén.

2. En nuestro hogar cada día
Huésped hagamos de honor
A Jesucristo, y vivamos
De su presencia al calor.
Hijos, esposos y hermanos
Siempre a su luz mantengamos:
Trozo del cielo será nuestro hogar,
Gracias al Señor.

3. ¡Cuántos hogares indignos
Del dulce nombre de hogar!
¡Cuántos se ven desgarrados
Bajo el imperio del mal!
Quiere el Señor que le demos
La vida que poseemos:
¡A esos que sufren, llevemos
La eterna felicidad!

248   El Hijo Del Altísimo
LE ALABARE

Tr. T. M. Westrup
E. P. Hammond   George C. Stebbins

1. El Hijo del Altísimo sufrir la muerte quiso
   Por pecadores míseros que hermanos suyos hizo.

CORO:

   ¡Qué a gusto canto! Todo el tiempo canto;
   Canto, canto, sí; canto sin cesar.

2. Con incesante júbilo entono mil cantares;
   Cristo enjugó mis lágrimas, cesaron mis pesares.

3. El bello poema célico de Cristo es la memoria,
   La página evangélica, y sorprendente historia.

249   Suenen Dulces Himnos
CAMPANAS CELESTIALES

J. B. Cabrera, Adapt.
W. O. Cushing   Dr. George F. Root

1. ¡Suenen dulces himnos gratos al Señor,
   Y oiganse en concierto universal!
   Desde el alto cielo baja el Salvador
   Para beneficio del mortal.

CORO:

   ¡Gloria! ¡gloria sea a nuestro Dios!
   ¡Gloria! sí, cantemos a una voz.
   Y el cantar de gloria, que se oyó en Belén,
   Sea nuestro cántico también.

2. Montes y collados fluyan leche y miel,
   Y abundancia esparzan y solaz.
   Gócense los pueblos, gócese Israel,
   Que a la tierra viene ya la paz.

3. Salte de alegría lleno el corazón,
   La abatida y pobre humanidad;
   Dios se compadece viendo su aflicción,
   Y le muestra buena voluntad.

4. Lata en nuestros pechos noble gratitud
   Hacia quien nos brinda redención;
   Y a Jesús el Cristo, que nos da salud,
   Tributemos nuestra adoración.

250 Es Promesa De Dios A Los Fieles
ASTABULA

Tr. T. M. Westrup
P. P. Bliss
P. P. Bliss

1. Es promesa de Dios a los fieles salvar;
   Nos invita benigno la vida a gozar.

CORO:

¡Aleluya! fe tengo, voluntad abrigando
De seguir a Jesús mi Maestro y Señor.
¡Aleluya! soy suyo; ya por nada me apuro,
Salvo el grato deber de vivir en su amor.

2. Reconozco que lucha muy larga y tenaz
   Es preciso sostenga quien busque esa paz.

3. No camino yo solo sin norte ni luz;
   Ni consuelo me falta cargando mi cruz.

4. En el cielo por siglos sin fin viviré;
   Con millares de salvos, feliz cantaré.

251   Arrolladas Las Neblinas
DISIPADAS LAS NEBLINAS

Tr. T. M. Westrup
Mrs. Annie H. Baker   Ira D. Sankey

1. Arrolladas las neblinas
   Ante el brillo y esplendor
   De las sierras y las rías, a la luz y amor del sol;
   Del Señor el arco viendo, de promesas la señal,
   Con amigos verdaderos gozaremos claridad.

CORO:

   Como nos conocerán, llegaremos a tener
   Pleno y recto entendimiento,
   Paz, tranquilidad, placer;
   Justamente juzgaremos sin las nieblas del ayer.

2. Caminar atribulados
   Contemplando el porvenir,
   Es sombrío, duro y largo en la soledad sufrir.
   Mas la voz, "venid, benditos",
   A las penas fin pondrá;
   En la aurora allá reunidos, tras las nieblas claridad.

3. Todos, dicha rebosando,
   Del gran solio en derredor,
   Entre amantes y amados,
   Recta y santa comprensión;
   Do los redimidos cantan su rescate sin cesar,
   Tras de augusta cara el velo, gozaremos claridad.

252 Un Fiel Amigo Hallé

TODO POR JESUS

Es traducción Robert Lowry

1. Un fiel amigo hallé: mi buen Jesús;
   Su amor no perderé: mi buen Jesús.
   Si amigos y solaz, aquí no encuentro más,
   Me ofrece eterna paz, mi buen Jesús.

2. Dichoso yo seré: mi buen Jesús;
   El sostendrá mi fe: mi buen Jesús.
   El me socorrerá, su brazo cerca está,
   Y gracia me dará, mi buen Jesús.

3. El mundo pasará: mi buen Jesús;
   El día final vendrá: mi buen Jesús.
   ¡Oh, qué placer sin par!
   Allí a mi Rey mirar,
   Su gloria celebrar, mi buen Jesús.

253 Juventud Cristiana

VIA MILITARIS

Tr. T. M. Westrup
Wm. G. Tarrant, 1853 Adam Geibel

1. Juventud cristiana, no dejéis pasar
   Vuestra primavera, vuestra bella edad;
   Os espera la honra si vencéis al mal;
   Ora, vela y obra, esto es lo ideal.

CORO:

Nunca te gloríes; gloria da a Dios,
Permanece humilde, sigue al Salvador.
Amén.

2. Cuanto os ennoblezca, procuradlo hoy;
   Para toda ofrenda da a Dios lo mejor;
   Dad cabida todos al inmenso bien;
   Paz, pureza y gozo hallarás en él.

3. Del amor divino célica es la luz,
   Faro bendecido, astro de salud.
   Dios sin fin derrama para salvación,
   Luz en cada alma, celestial calor.

254   Debo Ser Fiel
PEEK

Tr. J. T. Ramírez
Howard A. Walter

Joseph Yates Peek

1. Debo ser fiel por los que en mí confían,
   El alma pura siempre guardaré;
   Fuerza tendré para sufrir las pruebas,
   Y con valor el mal vencer podré,
   Y con valor el mal vencer podré.

2. Amigo fiel seré del desvalido,
   Sin premio alguno hacer el bien sabré;
   Como soy frágil debo ser humilde,
   Y alta la frente alegre llevaré,
   Y alta la frente alegre llevaré.
   Amén.

255 Todas Las Promesas Del Señor Jesús
PROMESAS

Tr. Vicente Mendoza
R. Kelso Carter

R. Kelso Carter

1. Todas las promesas del Señor Jesús,

Son apoyo poderoso de mi fe;
Mientras luche aquí buscando yo su luz.
Siempre en sus promesas confiaré.

CORO:

Grandes, fieles,
Las promesas que el Señor Jesús ha dado,
Grandes, fieles,
En ellas para siempre confiaré.

2. Todas sus promesas para el hombre fiel,
El Señor en sus bondades, cumplirá,
Y confiado sé que para siempre en él,
Paz eterna mi alma gozará.

3. Todas las promesas del Señor serán,
Gozo y fuerza en nuestra vida terrenal;
Ellas en la dura lid nos sostendrán,
Y triunfar podremos sobre el mal.

256   No Hay Amigo Como Cristo
NO HAY AMIGO COMO CRISTO

Tr. Ernesto Barocio
M. J. Babbitt   M. J. Babbitt

1. No hay amigo como Cristo:
Cuanto necesito da;
Me salvó y fiel me guarda; ningún bien me negará.

CORO:

A él mi vida he confiado: por su gracia venceré.
Sé que salva y que me guarda, y a vivir con él iré.

2. Todo bien encuentro en Cristo:

Salvación, descanso, paz;
Me dirige en el camino, y me escuda contra el mal.

3. Nunca dejaré de amarle:
Mi lugar tomó en la cruz:
Suyo soy y espero verle, en el reino de la luz.

257   Vivo Por Cristo

VIVIENDO

Tr. George P. Simmonds
Thomas O. Chisholm   C. Harold Lowden

1. Vivo por Cristo, confiando en su amor,
Vida me imparte, poder y valor;
Grande es el gozo que tengo por él,
Es de mi senda Jesús guía fiel.

CORO:

¡Oh Salvador bendito! me doy tan sólo a ti,
Porque tú en el Calvario te diste allí por mí;
No tengo más Maestro, yo fiel te serviré,
A ti me doy, pues tuyo soy de mi alma eterno Rey.

2. Vivo por Cristo, murió pues por mí;
Siempre servirle yo quisiera aquí;
Porque me ha dado tal prueba de amor
Quiero rendirme por siempre al Señor.

3. Vivo por Cristo doquiera que esté,
Ya por su ayuda sus obras haré;
Pruebas hoy llevo con gozo y amor,
Pues veo en ellas la cruz del Señor.

4. Vivo sirviendo, siguiendo al Señor;

Quiero imitar a mi buen Salvador.
Busco a las almas hablándoles de él,
Y es mi deseo ser constante y fiel.

258   La Bondadosa Invitación

CALVINO

Tr. Ernesto Barocio
Elizabeth Reed
                                                 J. Calvin Bushby

1. La bondadosa invitación
   Acepta de tu Salvador;
   No cierres, no, tu corazón; ¡Oh, sé salvo hoy!

CORO:

   Sí; sé salvo hoy; Sí; sé salvo hoy;
   Ven, pecador y sé salvo hoy.

2. Quizá de un nuevo día la luz
   Jamás tus ojos mirarán;
   Ven, pecador, ¡ven a Jesús! ¡Oh, sé salvo hoy!

3. ¡Con cuánto amor te llama! Ven
   Al que por ti en la cruz murió.
   ¿Podrás aún rebelde ser? ¡Oh, sé salvo hoy!

4. Jamás desecha al pecador
   Que a él acude por perdón;
   Confía; en él hay salvación. ¡Oh, sé salvo hoy!

259   Si Hay Valor Y Fe

SI RECTO SE MANTIENE TU CORAZON

Tr. Vicente Mendoza
Lezzie DeArmond   B. D. Ackley

1. Si en tu senda las nubes, agolparse ves,
   No vaciles por ello, ni flaqueen tus pies;
   Cada nube que venga, no podrá traer,
   Más que pruebas que pasan, si hay valor y fe.

CORO:

   Si hay valor y fe, si hay valor y fe,
   En la más obscura noche, siempre hay luz.
   Si hay valor y fe, si hay valor y fe;
   Gozo y paz traerá la lucha, si hay valor y fe.

2. Si es tu vida una carga, de cuidados mil,
   Olvidado de todo, te podrás sentir;
   Si tu ayuda acudieres, a llevar doquier,
   Esto endulza la vida, si hay valor y fe.

3. Pon en alto los ojos, sin dudar jamás,
   Que en las lides del mundo, vencedor saldrás;
   Que si hay flores y encantos, tras invierno cruel,
   Trae encantos la vida, si hay valor y fe.

260   Me Niega Dios

ALGUN DIA ESCLARECIDO QUEDARA

Tr. Ernesto Barocio
Lida S. Leech   Adam Geibel

1. Me niega Dios, no sé por qué,
   Lo que alcanzar tanto anhelé,

No puedo el plan divino ver;
Más tarde lo he de comprender.

CORO:

Lucha y dolor han de pasar,
Y en su presencia me veré;
El con su luz me alumbrará
Y entonces lo comprenderé.

2. Del infinito amor sondear
No puedo la profundidad,
¿Probarme quiere Dios? Tal vez
Más tarde me dirá por qué.

3. Su gracia basta, bien lo sé;
Si débil soy potente es él;
Me seguirán su amor y bien
Y vencedor por él seré.

261   No Habrá Sombras
SOMBRAS

Tr. Vicente Mendoza
Robert Harkness   Robert Harkness

1. No habrá sombras en el valle de la muerte
Cuando cese de la vida el batallar,
Y escuchemos del Señor el llamamiento
Ya llevándonos con él a descansar.

CORO:

Sombras, nada de sombras,
Al dejar el mundo de dolor;
Sombras, nada de sombras
Cuando al cielo llegue vencedor.

2. Al dejarnos los que amamos no habrá sombras,
   Si su fe depositaron en Jesús,
   Porque irán para vivir por las edades
   Con quien quiso redimirlos en la cruz.

3. Cuando venga por los suyos no habrá sombras,
   Pues su gloria y majestad la destruirán,
   Y las huestes redimidas con su jefe,
   A las célicas mansiones entrarán.

262   Dame La Fe De Mi Jesús
SANTA CATALINA

V. Mendoza, Adap.
Frederick W. Faber
                                            Henri F. Hemy

1. Dame la fe de mi Jesús,
   La fe bendita del Señor,
   Que al afligido dé la paz,
   La fe que salva de temor;
   Fe de los santos galardón,
   Gloriosa fe de salvación.

2. Dame la fe que trae poder,
   De los demonios vencedor;
   Que fieras no podrán vencer,
   Ni dominarla el opresor,
   Que pueda hogueras soportar
   Premio de mártir alcanzar.

3. Dame la fe que vencerá,
   En todo tiempo, mi Jesús;
   Dame la fe que fijará
   Mi vista en tu divina cruz;
   Que pueda proclamar tu amor.
   Tu voluntad hacer, Señor.

4. Dame la fe que da el valor,
   Que ayuda al débil a triunfar,
   Que todo sufre con amor,
   Y puede en el dolor cantar,
   Que pueda el cielo escalar,
   O aquí con Cristo caminar.

263   Ven A El, Pecador
VEN HOY

Tr. Vicente Mendoza
R. L. Blowers   R. L. Blowers

1. ¿De Jesús no escuchas tierno llamamiento:
   "Ven a mí, pecador?"
   Quiere darte su perdón, paz y contento,
   Ven a él, pecador.

CORO:

    Te llama con un tierno acento,
    Tu vida quiere redimir;
    Oye del Señor el tierno llamamiento:
    "Ven a mí, ven a mí."

2. De tus penas pronto puedes olvidarte,
   Ven a él, ven a él;
   Porque de ellas Cristo puede alivio darte,
   Ven a él, ven a él.

3. Sólo él puede pleno gozo concederte,
   Ven a él, ven a él;
   En odiosa cruz por ello vio la muerte,
   Ven a él, ven a él.

4. No su voz de amor escuches con desprecio,
   Ven a él, ven a él;

Por tu salvación pagó divino precio,
Ven a él, ven a él.

264 ¡Dios Eterno! En Tu Presencia
FABEN

T. M. Westrup, Adapt.
Richard Mant
John Henry Wilcox

1. ¡Dios eterno! en tu presencia
   Nuestros siglos horas son,
   Y un segundo la existencia
   De la actual generación.
   Mas el hombre que a tu lado
   Quiere ya volar con fe,
   En su curso prolongado
   Lento el tiempo siempre ve.

2. Otro año ha fenecido
   Que la vida ya acortó.
   Y el descanso apetecido
   Poco más se aproximó.
   Gracias mil por tus mercedes
   Hoy tu iglesia, Dios, te da,
   Y pues todo tú lo puedes,
   Tu poder nos sostendrá.

3. Tú proteges las familias
   Visitando cada hogar.
   ¡Oh Señor! si nos auxilias
   ¿Qué nos puede aquí faltar?
   Por doquier que te ame el hombre
   y te sirva haciendo bien.
   Haz que sea tu santo nombre
   Ensalzado siempre ¡Amén!

265 ¡Oh Gran Dios!

GUIA FIEL

Pedro Castro, Adapt.
Marcus M. Wells   Marcus M. Wells

1. ¡Oh gran Dios! yo soy un vil, miserable pecador,
   Que falté mil veces mil a la ley de mi Señor;
   Que tus sendas olvidé, y tu amor menosprecié.

2. En mi alma no hay verdad, y mi pobre corazón
   Por su grande iniquidad lleno está de confusión;
   He perdido mi vigor y fallezco de dolor.

3. Ten ¡oh Dios! piedad de mí, que debilitado estoy;
   Dame, por amor de ti, la salud que busco hoy;
   No me dejes perecer. Ven mi cárcel a romper. Amén.

266 Del Trono Santo En Derredor

PATMOS

Es traducción
Mrs. Anne H. Shepherd, 1841   H. E. Mathews, 1854

1. Del trono santo en derredor
   Niñitos mil están,
   Que rescatados del Señor allí gracias le dan:
   Cantan: "¡Gloria, gloria,
   Aleluya al Santo Dios!"

2. ¿Cómo al mundo superior,
   Aquella Sion sin par
   En donde todo es paz y amor, pudieron ya llegar?
   Cantan: "¡Gloria, gloria,
   Aleluya al Santo Dios!"

3. Porque el Señor su sangre dio

En precio de expiación;
Con ella los purificó por grande compasión,
Cantan: "¡Gloria, gloria
Aleluya al Santo Dios!"

4. Buscaron ellos a Jesús,
Su nombre amando aquí:
Y ahora ya en clara luz, su rostro ven allí,
Cantan: "¡Gloria, gloria,
Aleluya al Santo Dios!"

5. Ropaje blanco de esplendor
Cada uno viste allí;
Están allá con el Señor, eternamente así,
Cantan: "¡Gloria, gloria,
Aleluya al Santo Dios!

267   Aunque Soy Pequeñuelo

DIOS ME MIRA

Es traducción   J. W. Bischoff

1. Aunque soy pequeñuelo, me mira el santo Dios,
El oye desde el cielo mi humilde y tierna voz.

2. Me de su alto asiento, mi nombre sabe, sí,
Y cuanto pienso y siento conoce desde allí.

3. El mira a cada instante lo que hago, bien o mal,
Pues todo está delante de su ojo paternal.

268 ¿Quién A Cristo Quiere?

¿QUIEN A CRISTO SEGUIRA?

Tr. J. S. Paz
Eliza E. Hewitt
Wm. J. Kirkpatrick

1. ¿Quién a Cristo quiere de hoy en más seguir,
   Su pendón alzando, yendo a combatir?
   ¿Quién le quiere humilde siempre aquí servir,
   Siempre obedecerle, darle su existir?

CORO:

   ¿Quién seguirle quiere? ¿quién responderá
   Al buen Redentor: "Heme aquí, yo iré"?
   ¿Quién doquier que fuere tras su huella irá?
   ¿Quién dirá al Señor: "Yo te seguiré"?

2. ¿Quién seguirle quiere con profundo amor,
   Dándole la gloria, dándole el honor,
   De su noble causa siendo defensor,
   Y en su santa viña fiel trabajador?

3. ¿Quién seguirle quiere sin vacilación,
   A su seno huyendo de la tentación,
   Sin dudar confiando en su protección,
   Y gozando siempre de su bendición?

269 ¡Oh Pastor Divino Escucha!

SEGUR

Autor desconocido
J. P. Holbrook

1. ¡Oh Pastor divino escucha!
   Los que en este buen lugar,
   Como ovejas, congregados, te venimos a buscar.

Cristo llega, Cristo llega
  Tu rebaño a apacentar.

2. Al perdido en el pecado,
  Su peligro harás sentir:
  Llama al pobre seducido, déjale tu voz oir.
  Al enfermo, al enfermo,
  Pronto dígnate acudir.

3. Guía al triste y fatigado
  Al aprisco del Señor
  Cría al tierno corderito a tu lado, buen Pastor,
  Con los pastos, con los pastos
  De celeste y dulce amor.

4. ¡Oh Jesús, escucha el ruego
  Y esta humilde petición!
  Ven a henchir a tu rebaño de sincera devoción.
  Cantaremos, cantaremos
  Tu benigna protección.

270 Promesas Oí De Mi Buen Señor
SU AMOR CONQUISTO MI CORAZON

Tr. A. P. Pierson
J. P. Scholfield   J. P. Scholfield

1. Promesas oí de mi buen Señor
  Que dieron confianza y valor,
  Calmaron mis penas; y sin dudar
  Su gracia pude mirar.

CORO:

  Su amor me salvó, por gracia la vida me dio;
  Limpió él mi ser, me dio su poder, su amor me salvó.

Su amor me salvó, por gracia la vida me dio:
Y anhela mi alma ser fiel
A la ley de mi soberano Rey.

2. Con gozo me rindo a mi buen Jesús:
Mi guía, mi faro y mi luz;
En pruebas o en luchas tendré valor:
Me anima siempre el Señor.

3. Cantando la gloria del Salvador
Diré su mensaje de amor,
Pues él es mi Amigo, Pastor y Luz:
¡Invicto Rey es Jesús!

271   Bello Amor, Divino, Santo
ORACION VESPERTINA

T. M. Westrup   G. C. Stebbins

1. Bello amor, divino, santo,
Célica Revelación,
Mora en mí, de bien colmando
Tan humilde habitación.

2. Cristo amante, compasivo,
Tu infinita caridad
Trae perfecto regocijo
E interior tranquilidad.

3. Ven, libertador potente;
Mira a todos con favor;
Vuelve pronto, y mora siempre
En tu templo el corazón.

4. Haz tu nueva criatura
Fiel, oh Dios, y sin borrón;
Patentiza la obra tuya,
Tu perfecta salvación. Amén.

272   Imploramos Tu Presencia
SAN SILVESTRE

J. B. Cabrera   John B. Dykes

1. Imploramos tu presencia,
   Santo Espíritu de Dios,
   Vivifique tu influencia nuestra débil fe y amor.

2. Da a las mentes luz divina,
   Y tu gracia al corazón;
   Nuestro pecho a Dios inclina en sincera adoración.

3. Que del Dios bendito tenga
   Nuestro culto aceptación,
   Sobre nuestras almas venga en raudales bendición.

273   En Cristo Feliz Es Mi Alma
YO SOY FELIZ EN EL

Tr. Epigmenio Velasco
E. O. Excell   E. O. Excell

1. En Cristo feliz es mi alma.
   Precioso es su celeste don:
   Su voz me devuelve la calma,
   Su faz me anticipa el perdón.

CORO:

   Yo soy feliz en él. Yo soy feliz en él;
   El gozo y la paz inundan mi ser.
   Pues yo soy feliz en él.

2. Mucho antes que yo, él buscóme;
   Me atrajo a su amado redil.
   De amor en sus brazos llevóme
   Do hay dichas y encantos a mil.

3. Su amor paternal me circunda,
   Su gracia conforta mi ser;
   Su Espíritu Santo me inunda
   De un noble y extraño poder.

4. A él seré un día semejante.
   Dejando este cuerpo mortal;
   Y mientras, discípulo amante
   Ser quiero hasta el día final.

274   Amigo Hallé

¡SALVO!

Tr. Ernesto Barocio
J. P. Scholfield   J. P. Scholfield

1. Amigo hallé que no tiene igual;
   Jamás faltó a su amor;
   Me libertó de mi grave mal.
   Salvarte puede, pecador.

CORO:

¡Salvo por su poder! ¡Vida con él tener!
¡Es la canción de mi corazón, porque salvo soy!

2. De día en día su protección
   Me da potente y fiel;
   Ya no me espanta la tentación;
   Mi senda sigo fiado en él.

3. Cuitado y pobre Jesús me halló,
   Y se apiadó de mí;
   "Por ti", me dijo, "he muerto yo;
   Hay vida eterna para ti."

275   Deja Al Salvador Entrar

DEJA AL SALVADOR ENTRAR

Es traducción   Charles H. Gabriel

1. ¿Temes que en la lucha no podrás vencer?
   ¿Con densas tinieblas has de contender?
   Abre bien la puerta de tu corazón,
   Deja al Salvador entrar

CORO:

    Deja al Salvador entrar,
    Deja al Salvador entrar;
    Abre bien la puerta de tu corazón,
    Y entrará el Salvador.

2. ¿Es tu fe muy débil en la obscuridad?
   ¿Son tus fuerzas pocas contra la maldad?
   Abre bien la puerta de tu corazón,
   Deja al Salvador entrar.

3. ¿Quieres ir gozándote en la senda aquí?
   ¿Quieres que el Señor te utilice a ti?
   Abre bien la puerta de tu corazón,
   Deja al Salvador entrar.

276   Cariñoso Salvador

REFUGIO

Tr. T. M. Westrup
Charles Wesley, 1740   Joseph P. Holbrook, 1864

1. Cariñoso Salvador, huyo de la tempestad,
   A tu seno protector, fiándome de tu bondad.
   Sálvame, Señor Jesús, de las olas del turbión,

Hasta el puerto de salud,
Guía mi pobre embarcación.

2. Otro asilo ninguno hay; indefenso acudo a ti;
Mi necesidad me trae, porque mi peligro vi.
Solamente en ti, Señor,
Puedo hallar consuelo y luz;
Vengo con ferviente amor, a los pies de mi Jesús.

3. Cristo, encuentro todo en ti, y no necesito más;
Caído, me pusiste en pie: débil, ánimo me das;
Al enfermo das salud,
Das la vista al que no ve;
Con amor y gratitud; tu bondad ensalzaré.

277 Cuando Mis Luchas Terminen Aquí

CANTO DE GLORIA

Tr. Vicente Mendoza
Charles H. Gabriel   Charles H. Gabriel

1. Cuando mis luchas terminen aquí
Y ya seguro en los cielos esté,
Cuando al Señor mire cerca de mí,
¡Por las edades mi gloria será!

CORO:

¡Esa será gloria sin fin,
Gloria sin fin, gloria sin fin!
Cuando por gracia su faz pueda ver,
¡Esa mi gloria sin fin ha de ser!

2. Cuando por gracia yo pueda tener
En sus mansiones morada de paz,

Y que allí siempre su faz pueda ver,
¡Por las edades mi gloria será!

3. Gozo infinito será contemplar,
Todos los seres que yo tanto amé,
Mas la presencia de Cristo gozar,
¡Por las edades mi gloria será!

278   La Peña Fuerte
JESUS ES LA PEÑA

Tr. T. M. Westrup
V. J. C.
Ira D. Sankey

1. La Peña fuerte, el santo Dios
Nos guarda de la tempestad;
Busquemos, pues, su protección:
Nos guarda de la tempestad.

CORO:

En tierra calurosa Jesús nos da
Su sombra, sí, su sombra, sí;
Jesús es el peñasco que sombra da;
Nos guarda de la tempestad.

2. De día templa el gran calor;
Nos guarda de la tempestad;
Da paz de noche en derredor;
Nos guarda de la tempestad.

3. Procelas surjan con furor;
Nos guarda de la tempestad;
Albergue ofrécenos su amor;
Nos guarda de la tempestad.

4. La Peña de mi corazón

Nos guarda de la tempestad:
En cada amarga tentación
Nos guarda de la tempestad.

279 Cantar Nos Gusta Unidos
COMPAÑERISMO
J. B. Cabrera

1. Cantar nos gusta unidos, cantar nos gusta unidos,
   Acordes y a una voz,
   A nuestro eterno Padre, a nuestro eterno Padre,
   Y a su Hijo el Salvador.
   ¡Cuán bueno es, cuán bueno es,
   Cuán bueno es cantar juntos!
   ¡Cuán bueno es, cuán bueno es,
   Cuán bueno loar a Dios!

2. Orar nos gusta unidos, orar nos gusta unidos
   Con santa devoción
   A Cristo, que nos haga, a Cristo, que nos haga
   Aceptos en su amor.
   ¡Cuán bueno es, cuán bueno es,
   Cuán bueno es orar juntos!
   ¡Cuán bueno es, cuán bueno es,
   Cuán bueno loar a Dios!

3. Leer nos gusta unidos, leer nos gusta unidos
   La fiel revelación
   Que alumbra nuestros pasos,
   Que alumbra nuestros pasos.
   Con claro resplandor.
   ¡Cuán bueno es, cuán bueno es,
   Cuán bueno es leer juntos!

¡Cuán bueno es, cuán bueno es,
Cuán bueno loar a Dios!

4. Estar nos gusta unidos, estar nos gusta unidos
En fe y adoración,
Gozando las delicias, gozando las delicias
Del día del Señor.
¡Cuán bueno es, cuán bueno es,
Cuán bueno es estar juntos!
¡Cuán bueno es, cuán bueno es,
Cuán bueno loar a Dios!

280   Te Cuidará El Señor

MARTIN

Tr. Ernesto Barocio
Civilla D. Martin   W. Stillman Martin

1. Nunca desmayes en todo afán
Te cuidará el Señor.
Sus fuertes alas te cubrirán; te cuidará el Señor.
Te cuidará el Señor: no te verás solo jamás;
Velando está su amor: Te cuidará el Señor.

2. Cuando flaqueare tu corazón
Te cuidará el Señor.
En tus conflictos y tentación te cuidará el Señor.
Te cuidará el Señor: no te verás solo jamás;
Velando está su amor: te cuidará el Señor.

3. De sus riquezas te proveerá;
Te cuidará el Señor.
Jamás sus bienes te negará, te cuidará el Señor.
Te cuidará el Señor: no te verás solo jamás;
Velando está su amor: Te cuidará el Señor.

4. Qué pruebas vengan, no importa, no;
   Te cuidará el Señor.
   Tus cargas todas en Cristo pon, te cuidará el Señor.
   Te cuidará el Señor: No te verás solo jamás;
   Velando está su amor: te cuidará el Señor.

281   Dílo A Cristo

DILO A CRISTO

Es traducción
J. E. Rankin, D. D.   E. S. Lorenz

1. Cuando estás cansado y abatido,
   Dílo a Cristo, dílo a Cristo;
   Si te sientes débil, confundido.
   Dílo a Cristo el Señor.
   Dílo a Cristo, dílo a Cristo
   El es tu amigo más fiel;
   No hay otro amigo como Cristo, dílo tan sólo a él.

2. Cuando estás de tentación cercado,
   Mira a Cristo, mira a Cristo;
   Cuando rugen huestes de pecado,
   Mira a Cristo el Señor.
   Mira a Cristo, mira a Cristo,
   él es tu amigo más fiel;
   No hay otro amigo como Cristo, dílo tan sólo a él.

3. Si se apartan otros de la senda,
   Sigue a Cristo, sigue a Cristo;
   Si acrescienta en torno la contienda,
   Sigue a Cristo el Señor.
   Sigue a Cristo, sigue a Cristo,

El es tu amigo más fiel;
No hay otro amigo como Cristo, dílo tan sólo a él.

4. Cuando llegue la final jornada,
   Fía en Cristo, fía en Cristo;
   Te dará en el cielo franca entrada,
   Fía en Cristo el Señor.
   Fía en Cristo, fía en Cristo,
   El es tu amigo más fiel;
   No hay otro amigo como Cristo, dílo tan sólo a él.

282 Pasando Por El Mundo

COLEMAN

Tr. A. P. Pierson
B. B. McKinney
B. B. McKinney

1. Pasando por el mundo cruel
   Que siembra en los hombres hiel;
   Viviendo activo, puro y fiel;
   Mi anhelo es andar cual Jesús.

CORO:

   Que en mí puedan ver a Jesús,
   Que en mí puedan ver a Jesús;
   Contando la historia de su gran amor,
   Que en mí puedan ver a Jesús.

2. Un libro abierto anhelo ser:
   Que en mí todos puedan ver
   Que Cristo ya cambió mi ser;
   Que en mí puedan ver a Jesús.

3. Ser cual Jesús es mi deber;
   Su gracia y amor tener.

Obrar con celo hasta vencer;
Yo anhelo vivir cual Jesús.

4. Allá en la célica mansión
   Oiré celestial canción
   De quienes tienen redención,
   Por nuestro divino Jesús.

283   Soberana Bondad

OMNIPOTENCIA

T. M. Westrup   Chas. Edw. Pollock

1. Soberana bondad, condesciende
   Hasta mí mientras pasa mi afán;
   A mi espíritu falta un albergue
   Que tus alas no más me darán.

CORO:

Muy allá del azul
Firmamento te ensalcen, mi Dios;
Llena esté de la luz de tu gloria la vasta creación.

2. Clamaré al Altísimo y Fuerte,
   Cuyos fines se cumplen en mí;
   Contra quien me impropera a valerme
   El socorro enviará que pedí.

3. Entre leones el alma y con quienes
   Echan llamas, en paz dormiré,
   Cuya lengua es espada, y sus dientes
   Lanzas, flechas, que no temeré.

284 Tenebroso Mar, Undoso
HIMNO AUSTRIACO

Tr. Ramón Bon
Miralles
Franz J. Haydn

1. Tenebroso mar, undoso, vas surcando, pecador;
   Y al presagio del naufragio se acrecienta tu temor.
   ¿Ves no lejos los reflejos
   De una amiga, blanca luz?
   Ese bello, fiel destello es el faro de la cruz.

2. Deseado puerto amado, fuente viva de salud,
   En ti el alma dulce calma goza libre de inquietud.
   ¿Qué es el mundo? Foco inmundo;
   De él me quiero retirar,
   Y el tranquilo, grato asilo de los justos disfrutar.

3. Sólo ansío, Cristo mío, revestirme de tu amor,
   Adorarte, y acatarte cual humilde servidor.
   Roca fuerte que la muerte
   Ni los siglos destruirán;
   De los fieles los laureles en tu cumbre lucirán.

285 Lejos De Mi Padre Dios
CERCA DE LA CRUZ

Es traducción
Fanny J. Crosby
Wm. H. Doane

1. Lejos de mi Padre Dios por Jesús fui hallado,
   Por su gracia y por su amor solo fui salvado.

CORO:

En Jesús, mi Señor, sea mi gloria eterna;
El me amó y me salvó, en su gracia tierna.

2. En Jesús, mi Salvador, pongo mi confianza;
   Toda mi necesidad, suple en abundancia.

3. Cerca de mi buen Pastor, vivo cada día;
   Toda gracia en su Señor, halla el alma mía.

4. Guárdame, Señor Jesús, para que no caiga;
   Como un sarmiento en la vida, vida de ti traiga.

286   A Tu Puerta Cristo Está

ABRELE

Tr. G. P. Simmonds
J. B. Atkinson   E. O. Excell

1. A tu puerta Cristo está; ¡Abrele!
   Mucho tiempo tiene allá ¡Abrele!
   Abre ahora al buen Señor,
   Hijo es, pues, del Dios de amor,
   Abre ya a tu Salvador; ¡Abrele!

2. Ríndele tu corazón; ¡Abrele!
   Y tendrás la salvación; ¡Abrele!
   Fiel amigo él te será,
   Siempre te defenderá,
   Y hasta el fin te guardará; ¡Abrele!

3. ¿No oyes tú su dulce voz? ¡Abrele!
   ¡Oh! recibe ya a tu Dios; ¡Abrele!
   A la puerta aún está,
   Gozo te restaurará,
   Y tu ser le adorará; ¡Abrele!

4. A este huésped abre ya; ¡Abrele!
   El contigo cenará; ¡Abrele!
   Cierto, te dará el perdón,

Y por fin en su mansión.
Gozarás eterno don; ¡Abrele!

287 En Presencia Estar De Cristo

CARA A CARA

Tr. Vicente Mendoza
Mrs. Frank A. Breck
Grant Colfax Tullar

1. En presencia estar de Cristo,
   Ver su rostro, ¿qué será?
   Cuando al fin en pleno gozo
   ¿Mi alma le contemplará?

CORO:

¡Cara cara espero verle más allá del cielo azul,
Cara a cara en plena gloria he de ver a mi Jesús!

2. Sólo tras obscuro velo,
   Hoy lo puedo aquí mirar,
   Mas ya pronto viene el día,
   Que su gloria ha de mostrar.

3. Cuánto gozo habrá con Cristo
   Cuando no haya más dolor,
   Cuando cesen los peligros
   Y ya estemos en su amor.

4. Cara a cara, ¡cuán glorioso
   Ha de ser así vivir!
   ¡Ver el rostro de quien quiso
   Nuestras almas redimir!

288   Todos Los Que Tengan Sed

JESUS SALVA

T. M. Westrup, Adapt.
Priscilla J. Owens   Wm. J. Kirkpatrick

1. Todos los que tengan sed beberán, beberán;
   Vengan cuantos pobres hay: comerán, comerán;
   No malgasten el haber; compren verdadero pan.
   Si a Jesús acuden hoy, gozarán, gozarán.

2. Si le prestan atención, les dará, les dará
   Parte en su pactado bien, eternal, eternal,
   Con el místico David, Rey, Maestro, Capitán
   De las huestes que al Edén llevará, llevará.

3. Como baja bienhechor sin volver, sin volver,
   Riego que las nubes dan, ha de ser, ha de ser,
   La Palabra del Señor, productivo, pleno bien,
   Vencedora al fin será por la fe, por la fe.

289   Por Ti Estamos Hoy Orando

¿POR QUE NO AHORA?

Tr. Ernesto Barocio
El Nathan   Charles C. Case

1. Por ti estamos hoy orando:
   Sabes que eres pecador,
   Y tu Dios te está llamando.
   Ven, hermano, al Salvador.

CORO:

     A Jesús ven hoy, ven;
     No lo aplaces, por tu bien.
     A Jesús, ven hoy, ven; no lo aplaces, por tu bien.

2. De tu hogar te has alejado,
   ¿Y un día más vas a perder?
   Su bondad has despreciado:
   Debes hoy a él volver.

3. En el mundo no has hallado
   Para tu alma gozo y paz;
   Ven a Cristo, y a su lado
   Todo bien disfrutarás.

4. A Jesús di tus pecados,
   Amplio es en perdonar.
   Fía en él, que a sus amados
   Siempre fiel sabrá guardar.

290   Niños, Joyas De Cristo
ESTRELLITAS

Tr. H. C. Ball
J. S. Fearis   J. S. Fearis

1. Los niños son de Cristo, él es su Salvador,
   Son joyas muy preciosas, comprólas con su amor.

CORO:

   Joyas, joyas, joyas, joyas del Salvador,
   Están en esta tierra, cual luz y dulce amor.

2. Los niños son tesoros, pues que del cielo son,
   Luz refulgente esparcen, en horas de aflicción.

3. Los niños son estrellas, de grata claridad,
   Quiere Jesús que anuncien al mundo su verdad.

4. Los niños son de Cristo, por ellos él vendrá;
   Y con él para siempre, dichosos vivirán.

291   Preste Oídos El Humano

VINIENDO ESTOY

J. B. Cabrera, Adapt.
Helen R. Young   Ira D. Sankey

1. Preste oídos el humano
   A la voz del Salvador;
   Regocíjese el que siente
   El pecado abrumador.
   Ya resuena el evangelio, de la tierra en ancha faz;
   Y de gracia ofrece al hombre
   El perdón, consuelo y paz.

2. Vengan todos los que sufren,
   Los que sienten hambre o sed,
   Los que débiles se encuentran
   De este mundo a la merced:
   En Jesús hay pronto auxilio, hay hartura y bienestar,
   Hay salud y fortaleza cual ninguno puede dar.

3. Vengan cuantos se acongojan
   Por lograr con qué vestir,
   Y a su afán tan sólo rinden
   Servidumbre hasta el morir:
   Un vestido hay más precioso, blanco, puro y eternal;
   Es Jesús quien da a las almas ese manto celestial.

4. ¿Por qué en rumbo siempre incierto
   Vuestra vida recorréis?
   A Jesús venid, mortales,
   Que muy cerca le tenéis:
   El es vida en tierra y cielo, y el exceso de su amor
   Os mejora la presente y os reserva otra mejor.

292   Mi Salvador En Su Bondad
ME LEVANTO

Tr. Vicente Mendoza
Charlotte G. Homer   Charles H. Gabriel

1. Mi Salvador en su bondad,
   Al mundo malo descendió;
   Y de hondo abismo de maldad, el mi alma levantó.

CORO:

    Seguridad me dio Jesús,
    Cuando su mano me tendió;
    Estando en sombra, a plena luz,
    En su bondad, me levantó.

2. Su voz constante resistí,
   Aunque él amante me llamó,
   Mas su palabra recibí, y fiel me levantó

3. Tortura cruel sufrió por mí,
   Cuando la cruz él escaló;
   Tan sólo así salvado fui, y así me levantó.

4. Que soy feliz, yo bien lo sé.
   Con esta vida que él me dio;
   Mas no comprendo aún por qué, Jesús me levantó.

293 ¡Qué Grata La Historia De Cristo!
HUTCHINSON

T. M. Westrup   Charles H. Gabriel

1. ¡Qué grata la historia del Cristo!
   Asombran sus hechos de amor;

Murió por nosotros culpables;
Sin culpa ninguna sufrió.

CORO:

Del ínclito Cristo la historia
No tiene, no tiene su igual;
En la gloria gozando, estarla cantando
Será mi más grato solaz.

2. El vino de la gloria excelsa
   Perdón por su sangre a donar.
   Redime, recoge, renueva;
   A todos nos puede salvar.

3. Piadoso, que nunca se cansa
   Su grey al redil devolver;
   Más débil que mala la juzga,
   Si quiere su voz atender.

4. Cual río fluyendo su afecto,
   Los bienes sin límite da,
   Y basta su pronto socorro,
   Pues limpio por él estoy ya.

294 De Mi Tierno Salvador Cantaré

ENCONTREMONOS ALLI

Es traducción   Wm. J. Kirkpatrick

1. De mi tierno Salvador cantaré el inmenso amor,
   Gloriaréme en el favor de Jesús;
   De tinieblas me llamó, de cadenas me libró.
   De la muerte me salvó, mi Jesús.

CORO:

> ¡Mi Jesús! ¡Mi Jesús!
> ¡Cuan precioso es el nombre de Jesús!
> Con su sangre me limpió, de su gozo me llenó,
> De su vida me dotó, mi Jesús.

2. ¡Oh, qué triste condición del impío corazón!
   Me salvó de perdición, mi Jesús.
   Del pecado, el perdón; de la ruina, salvación;
   Por tristeza, bendición, dio Jesús.

3. En el mundo al vagar, solitario sin hogar,
   No sabía que dulce paz da Jesús.
   Mas las lágrimas de ayer, han pasado, y placer
   Ya comienzo a tener, en Jesús.

4. De lo falso a su verdad, de lo inmundo a santidad,
   Ya me trajo la bondad de Jesús.
   Hechos fuertes en virtud, de su perennal salud;
   Himnos dad de gratitud a Jesús.

295   Vagaba Yo En Obscuridad
LUZ DE SOL

Tr. S. D. Athans y otros
J. W. Van DeVenter   W. S. Weeden

1. Vagaba yo en obscuridad mas veo ya a Jesús,
   Y por su amor y su verdad yo vivo en plena luz.

CORO:

> Gozo y luz hay en mi alma hoy,
> Gozo y luz hay, ya que salvo soy;
> Desde que a Jesús ví, y a su lado fui,
> He sentido el gozo de su amor en mí.

2. Las nubes y la tempestad no encubren a Jesús;
   Y en medio de la obscuridad me gozo en su luz.

3. Andando en la luz de Dios encuentro plena paz;
   Voy adelante sin temor dejando el mundo atrás.

4. Veréle pronto tal cual es raudal de pura luz;
   Y eternamente gozaré, a causa de su cruz.

296   Venid, Adoremos
ADESTE FIDELES

Tr. del inglés J. B. Cabrera   En 'Cantus Diversi', 1757
Anon. del latín, Siglo XVIII   De J. F. Wade

1. Venid, fieles todos, a Belén marchemos,
   De gozo triunfantes, henchidos de amor,
   Y al Rey de los cielos humilde veremos.

CORO:

    Venid, adoremos, venid, adoremos,
    Venid, adoremos a Cristo el Señor.

2. El que es Hijo eterno, del eterno Padre,
   Y Dios verdadero que al mundo creó,
   Del seno virgíneo nació de una madre.

3. En pobre pesebre yace reclinado,
   Al hombre ofreciendo eternal salvación,
   El santo Mesías, el Verbo humanado.

4. Cantad jubilosas, celestes criaturas;
   Resuenen los cielos con vuestra canción
   ¡Al Dios bondadoso, gloria en las alturas!

5. Jesús, celebramos tu bendito nombre

Con himnos solemnes de grato loor;
Por siglos eternos adórete el hombre.

297 Yo Quiero Trabajar Por El Señor

YO QUIERO SER OBRERO

Tr. Pedro Grado
Isaiah Baltzell

Isaiah Baltzell

1. Yo quiero trabajar por el Señor,
   Confiando en su palabra y en su amor,
   Quiero yo cantar y orar,
   Y ocupado siempre estar en la viña del Señor.

CORO:

   Trabajar y orar
   En la viña, en la viña del Señor;
   Sí, mi anhelo es orar, y ocupado siempre estar
   En la viña del Señor.

2. Yo quiero cada día trabajar,
   Y esclavos del pecado libertar;
   Conducirlos a Jesús,
   Nuestro guía, nuestra luz en la viña del Señor.

3. Yo quiero ser obrero de valor,
   Confiando en el poder del Salvador,
   El que quiera trabajar,
   Hallará también lugar, en la viña del Señor.

298 — Hallé Un Buen Amigo

SALVACIONISTA

Tr. Enrique Turral
Charles W. Fry

Melodía inglesa
Arr. por Wm. S. Hays

1. Hallé un buen amigo, mi amado Salvador,
   Contaré lo que él ha hecho para mí;
   Hallándome perdido e indigno pecador,
   Me salvó y hoy me guarda para sí.
   Me salva del pecado, me guarda de Satán:
   Promete estar conmigo hasta el fin; (¡Aleluya!)
   El consuela mi tristeza, me quita todo afán:
   ¡Grandes cosas Cristo ha hecho para mí!

2. Jesús jamás me falta, jamás me dejará,
   Es mi fuerte y poderoso protector;
   Del mundo me separo y de la vanidad,
   Para consagrar mi vida al Señor.
   Si el mundo me persigue, si sufro tentación,
   Confiando en Cristo puedo resistir; (¡Aleluya!)
   La victoria me es segura y elevo mi canción:
   ¡Grandes cosas Cristo ha hecho para mí!

3. Yo sé que Jesucristo muy pronto volverá,
   Y entre tanto me prepara un hogar
   En la casa de mi Padre, mansión de luz y paz,
   Do el creyente fiel con él ha de morar;
   Llegándome a la gloria, ningún pesar tendré,
   Contemplaré su rostro siempre allí;
   Con los santos redimidos gozoso cantaré;
   ¡Grandes cosas Cristo ha hecho para mí!

299   Lámpara En Mi Senda Es
LA BIBLIA

Tr. Ernesto Barocio
B. Barton   E. O. Excell

1. Lámpara en mi senda es,
   La Biblia de mi Dios;
   Fuente en la cual su ardiente sed apagará el viador.

CORO:

   Hermosa luz, siempre mi guía sé,
   Hasta que con Cristo en el cielo esté.

2. Del alma el alimento es, maná, divino pan;
   Guía del viajero, carta fiel del reino celestial.

3. El testamento es de Jesús revelación de Dios.
   Sin ella nadie tiene luz ni alcanza salvación.

4. Haz que yo pueda comprender, Señor, tu voluntad,
   Y en tu palabra fe tener, tus leyes acatar.

300   Aramos Nuestros Campos
DRESDEN

Tr. Ernesto Barocio
Matthias Claudius   Johann A. P. Schulz

1. Aramos nuestros campos, y luego el sembrador
   En ellos la simiente esparce con amor.
   Pero es de Dios la mano que la hace germinar,
   Calor y lluvia dando a todos por igual.

CORO:

   Cuanto bien tenemos procede del Creador.
   Su nombre load, y gracias dad por su infinito amor.

2. El Hacedor Supremo de cuanto existe es él
   Su aroma da a las flores y a las abejas miel.
   Las aves alimenta, de peces puebla el mar,
   Y a cada hijo suyo da el cotidiano pan.

3. Te damos gracias, Padre, por cuanto bien nos das:
   Las flores y los frutos, salud, y vida y pan.
   Nada hay con que paguemos lo que nos da tu amor,
   Sino nuestro sincero y humilde corazón.

301   Cristo, Tu Voluntad

JEWETT

Tr. J. B.   Carl María Von Weber
Benjamín Schmolck, alemán   Arr. por J. P. Holbrook, 1862

1. Cristo, tu voluntad se haga siempre en mí;
   Confiado en tu bondad ya resignado estoy;
   En medio de dolor, o en medio de la paz,
   Me rodeará tu amor, y nada temeré.

2. Cristo, tu voluntad haré sin vacilar;
   Líbrame de maldad, y dame sumisión.
   Lloraste tú también, por eso a ti vendré;
   ¡Oh Salvador, mi bien, sé mi consolador!

3. Cristo, tu voluntad mía será también;
   Sirviendo con lealtad hasta el fin viviré.
   No quiero señalar mi senda, sino en ti,
   Sin cuitas descansar, y hacer tu voluntad.

302 ¡Rey Soberano Y Dios!

TRINIDAD (HIMNO ITALIANO)

Tr. G. Paúl S.
Anónimo
Felice de Giardini

1. ¡Rey Soberano y Dios!
   Te ensalza nuestra voz en fiel loor;
   Rey nuestro siempre sé, y haz que tu santa ley
   La guarde fiel tu grey, oh Dios de amor.

2. ¡Oh Verbo celestial!
   Tu espada sin igual da protección;
   A tu obra cuidarás, y la protegerás,
   Sobre ella mandarás tu santa unción.

3. ¡Santo Consolador!
   Del alma inspirador, oye la voz
   De nuestra petición, que eleva el corazón,
   Pidiendo bendición del santo Dios.

4. ¡Oh santo y trino Dios!
   Atiende a nuestra voz, prez y loor;
   Haz que en la eternidad cantemos tu bondad,
   Tu gloria y majestad en santo amor.

303 Jesús Busca Voluntarios

VOLUNTARIOS

Tr. Vicente Mendoza
Charles H. Gabriel
Charles H. Gabriel

1. Jesús está buscando voluntarios hoy,
   Que a la ruda lucha luego puedan ir;
   ¿Quién está dispuesto a escuchar su voz
   Siendo voluntario listo a combatir?

CORO:

De Cristo voluntario tú puedes ser,
Otros ya se alistan, hazlo tú;
Cristo es nuestro Jefe, no hay porqué temer,
¿Quieres ser un voluntario de Jesús?

2. Nos cercan las tinieblas densas del error,
Vamos sobre abismos hondos de maldad,
Y para destruirlas llama el Salvador
Muchos voluntarios que amen la verdad.

3. La lucha es contra el vicio, la pereza, el mal,
Contra la ignorancia de la Ley de Dios;
Es una campaña que no tiene igual,
¿Quieres ir a ella de Jesús en pos?

4. El triunfo significa que domine el bien,
Que los hombres se amen, y que la verdad
Reine en las conciencias, siendo su sostén,
Y ha de ser si ayudas una realidad.

304 Allí La Puerta Abierta Está

PUERTA ENTREABIERTA

Tr. Ramón Bon
Mrs. Lydia Baxter
Silas J. Vail

1. Allí la puerta abierta está,
Su luz es refulgente,
La cruz se mira más allá,
Señal de amor ferviente.

CORO:

¡Oh cuánto me ama Dios a mí!

La puerta abierta está por mí,
   Por mí, por mí, si quiero entrar así.

2. Si tienes fe, avanza tú,
   La entrada es franca ahora;
   Si quieres palma, ten la cruz,
   Señal de eterna gloria.

3. Pasando el río, más allá,
   En celestial pradera,
   El premio de la cruz está:
   ¡Eterna primavera!

305   Mi Anhelo
LO QUE FALTABA

Tr. Hiram Duffer
Richard Baker   Richard Baker

1. Yo siento en mi alma un intenso anhelo
   de conocer mejor a mi Señor;
   Aunque yo sé que él siempre está muy cerca
   Quiero que more en mi corazón.

CORO:

   Cristo, ¡anhelo verte! te ruego mores en mi corazón.
   Toma mi vida, haz que sea tuya,
   Y guíame por tu bendito amor.

2. Tengo un anhelo de andar con Cristo;
   Anhelo asirme de la mano de él;
   Quiero saber que él me guiará por siempre,
   y que su gran poder me guarda fiel.

3. Si no conoces tú a este Cristo;

te falta de la vida lo mejor;
Oh hazlo hoy tu Salvador y Guía
Y gozarás la dicha de su amor.

306   Es Cristo De Su Iglesia

AURELIA

Tr. J. Pablo Simón
Samuel J. Stone   Samuel S. Wesley

1. Es Cristo de su Iglesia el fundamento fiel,
   Por agua y la Palabra hechura es ella de él;
   Su esposa para hacerla del cielo descendió,
   El la compró con sangre cuando en la cruz murió.

2. De todo pueblo electa, perfecta es en unión;
   Ella una fe confiesa, Cristo es su salvación;
   Bendice un solo nombre, la Biblia es su sostén,
   Con paso firme avanza con gracia y todo bien.

3. En medio de su lucha y gran tribulación
   La paz eterna espera con santa expectación;
   Pues Cristo desde el cielo un día llamará,
   Su Iglesia invicta, entonces, con él descansará.

4. Con Dios, aquí en la tierra, mantiene comunión,
   Y con los ya en el cielo forma una sola unión;
   Oh, Dios, haz que en sus pasos podamos caminar,
   Que al fin contigo, oh Cristo, podamos habitar.

307 La Gloria De Cristo

ME ES PRECIOSO

Tr. Vicente Mendoza
Charles H. Gabriel

Charles H. Gabriel

1. La gloria de Cristo el Señor cantaré,
   Pues llena mi vida de gozo y de paz;
   Callar los favores que de él alcancé,
   Mi labio no puede jamás.

CORO:

   Es todo bondad para mí,
   Con él nada puedo desear,
   Pues todos mis altos deseos aquí,
   Tan sólo él los puede llenar.

2. En horas de angustia conmigo él está,
   Y puedo escuchar su dulcísima voz,
   Que me habla, y su paz inefable me da,
   La paz infinita de Dios.

3. Si a rudos conflictos me mira que voy,
   Me deja hasta el fin a mí solo luchar,
   Mas pronto, si ve que cediendo ya estoy,
   Socorro me viene a prestar.

4. También cuando gozo lo miro llegar,
   Y entonces mi dicha la aumenta el Señor,
   Ya llena mi copa, la veo rebosar,
   Con todos sus dones de amor.

308   Alguna Vez Ya No Estaré

SALVO POR GRACIA

Tr. Tomás García
Fanny J. Crosby
                                                            Geo. C. Stebbins

1. Alguna vez ya no estaré
   En mi lugar en esta grey,
   Mas, ¡cuán feliz despertaré
   En el palacio de mi Rey!

CORO:

    Yo le veré, y en dulce amor,
    Iré a vivir con él allí,
    Y le diré: "Mi buen Señor,
    Por gracia yo salvado fui."

2. Alguna vez la muerte atroz
   Vendrá, mas cuándo no lo sé;
   Pero esto sé: con mi buen Dios
   Un sitio yo feliz tendré.

3. Alguna vez yo, como el sol,
   Mi ocaso y fin tendré también;
   Mas me dirá mi buen Señor:
   "Mi siervo fiel, conmigo ven."

4. En día feliz que espero yo,
   Con mi candil ardiendo ya,
   Las puertas me abrirá el Señor;
   Y mi alma a él con gozo irá.

309 Canten Del Amor De Cristo

GLORIA

Tr. H. C. Ball
Eliza E. Hewitt

Emily D. Wilson

1. Canten del amor de Cristo,
   Ensalzad al Redentor;
   Tributadle, santos todos,
   Grande gloria y loor.

CORO:

   Cuando estemos en gloria,
   En presencia de nuestro Redentor,
   A una voz la historia,
   Diremos del gran Vencedor.

2. La victoria es segura,
   A las huestes del Señor;
   ¡Oh, pelead con la mirada
   Puesta en nuestro Protector!

3. El pendón alzad, cristianos,
   De la cruz, y caminad;
   De triunfo en triunfo,
   Siempre firmes avanzad.

4. Adelante en la lucha,
   ¡Oh, soldados de la fe!
   Nuestro el triunfo, ¡oh escucha
   Los clamores! ¡Viva el Rey!

310 Del Señor En La Presencia
EN LO INTIMO DE SU PRESENCIA

Tr. Ernesto Barocio y otros
Ellen Lakshmi Goreh, India

Geo. C. Stebbins

1. Del Señor en la presencia
   Mi alma oculta quiere estar.
   ¡Cuán preciosas las lecciones
   Son que aprendo en tal lugar!
   No me abate pena alguna; de cuidados libre estoy;
   Porque a este asilo huyo cuando asoma el tentador,
   Cuando asoma el tentador.

2. Cuando mi alma está cansada,
   Desfallece o tiene sed.
   Allí encuentra fresca sombra
   Y agua viva que beber.
   Tengo allí con mi Maestro santa y dulce comunión.
   ¡Horas gratas! Los consuelos que me da inefables son,
   Que me da inefables son.

3. A él mis dudas comunico,
   Mis pesares y ansiedad.
   ¡Cuán pacientemente escucha,
   Y remedio a mi alma da!
   Me consuelo y me reprende, como fiel amigo que es,
   Con dulzura, que son tantos los pecados que en mí ve,
   Los pecados que en mí ve.

4. ¿No quisieras disfrutar de
   la presencia del Señor?
   Al abrigo de su sombra
   Hallarás paz y perdón;
   Prosiguiendo tu camino tras la dulce comunión;
   La imagen divinal será en ti realidad,
   En ti realidad.

311 Ven, Pecador

GONZALEZ

Modesto González Modesto González

1. Si estás tú triste, débil, angustiado;
   Si estás cansado ya de tu pecar,
   Oye a Jesús, que dice hoy a tu lado:
   "Ven, pecador, te haré yo descansar."

   CORO:

   Sí, sí venid, Jesús refugio ofrece
   Al pecador cansado de pecar.
   Oye su voz, no temas te desprecie;
   "Ven, pecador, te haré yo descansar."

2. ¿Eres muy malo? ¿tienes mil pecados?
   Cristo perdona, oye su llamar;
   Vino a salvar a tristes, a malvados:
   "Ven, pecador, te haré yo descansar."

3. Si aquí este mundo malo te aborrece,
   Te ama Jesús, ¿por qué ya más desear?
   Amor eterno y puro hoy te ofrece:
   "Ven, pecador, te haré yo descansar."

4. Sólo Jesús, sólo él puede salvarte;
   No hay otro nombre a quien puedas clamar;
   Tranquilidad, paz, gozo quiere darte:
   "Ven, pecador, te haré yo descansar."

5. Jesús te ofrece hogar donde él existe,
   Pues mil moradas fuese a preparar;
   No le desprecies, óyele, él insiste:
   "Ven, pecador, te haré yo descansar."

312   Nuestra Fortaleza

CAMINO A LA GLORIA

Tr. Epigmenio Velasco
Alberto Midlane
                                Ira D. Sankey

1. Nuestra fortaleza, nuestra protección,
   Nuestro fiel socorro, nuestro paladión,
   Nuestro gran refugio. Nuestra salvación,
   Es el Dios que adora nuestro corazón.

CORO:

   Nuestra fortaleza. Nuestra protección,
   Es el Dios que adora nuestro corazón.

2. A la voz tan sólo de su voluntad
   Túrbanse los mares en su majestad;
   Tiembla la montaña, todo es vanidad,
   Al vibrar su acento por la inmensidad.

3. Que otros en sus fuerzas quieran descansar,
   O en las que este mundo les prometa dar.
   Nunca todas ellas se han de comparar
   Con la que podemos en el cielo hallar.

313   Brilla En El Sitio Donde Estés

BRILLA EN EL SITIO

Tr. Vicente Mendoza
Ina Duley Ogdon
                             Charles H. Gabriel

1. Nunca esperes el momento de una grande acción,
   Ni que pueda lejos ir tu luz;
   De la vida a los pequeños actos da atención,
   Brilla en el sitio donde estés.

CORO:

Brilla en el sitio donde estés,
Brilla en el sitio donde estés,
Puedes con tu luz algún perdido rescatar,
Brilla en el sitio donde estés.

2. Puedes en tu cielo alguna nube disipar,
   Haz a un lado tu egoísmo cruel;
   Aunque sólo un corazón pudieres consolar,
   Brilla en el sitio donde estés.

3. Puede tu talento alguna cosa descubrir
   Do tu luz podrá resplandecer;
   De tu mano el pan de vida puede aquí venir,
   Brilla en el sitio donde estés.

314 Por Cristo, De Los Reyes Rey
ATLANTA

Tr. Ernesto Barocio
W. Stillman Martin
W. Sillman Martin

1. Por Cristo, de los reyes Rey,
   Lucharemos con valor, por la verdad y por el bien
   Contra todo mal y error
   En incesante batallar de los fieles la legión
   De triunfo en triunfo avanzará:
   Fuertes, invencibles son

CORO:

Luchando con valor; venciendo por la fe,
Hasta que gloria y honor el mundo a Cristo dé.
Luchando con valor; venciendo por la fe,
Hasta que gloria y honor el mundo a Cristo dé.

2. Con manos firmes empuñad
   Vuestra espada que en la lid todo enemigo abatirá,
   Pues alcanza el alma a herir.
   Satán vencido ha de ser; su dominio acabará,
   Y sus cautivos a los pies
   Del invicto Rey vendrán.

3. El Capitán al frente va
   De las huestes de la fe, pues su promesa cumplirá:
   "Con vosotros estaré."
   Sigamos fieles su pendón; no nos canse el batallar:
   Corona cada vencedor,
   De Jesús recibirá.

315   Ven, Espíritu Eterno

OTOÑO

Es traducción
S. P. Craver
                        F. H. Bartholemon

1. Ven, Espíritu eterno, tráenos la gratitud
   De su mérito vicario, del dolor la plenitud
   Que sufrió el Ser divino para nuestra redención,
   Renueva la memoria, danos fe en el corazón.

2. Ven, testigo de su muerte, ven, divino Inspirador,
   Que sintamos tu presencia, y apreciemos tu valor;
   Ven, aplícanos la sangre del divino Redentor;
   Y que Cristo en nosotros, sea constante morador.

3. Que imitemos tus gemidos, suspirando en oración;
   Que miremos las heridas seña de la aflicción
   Del que hemos traspasado; que lo veamos con dolor,
   Y la sangre rociada recibamos con amor.

316   Tu Vida, Oh Salvador
TODO POR JESUS

Tr. Ernesto Barocio
S. D. Phelps, 1862   Robert Lowry

1. Tu vida, oh Salvador diste por mí,
   Y nada quiero yo negarte a ti.
   Rendida mi alma está; servirte ansía ya,
   Y algún tributo dar de amor a ti.

2. Al Padre sin cesar ruegas por mí.
   Y en mi debilidad confío en ti.
   Quiero mi cruz llevar, tu nombre declarar,
   Y algún canto entonar de amor a ti.

3. A estar conmigo ven; vive tú en mí;
   Y cada día haré algo por ti.
   Al pobre algún favor; curar algún dolor
   Salvar un pecador, algo por ti.

4. Cuanto yo tengo y soy lo entrego a ti;
   ¡En gozo o aflicción tuyo hasta el fin!
   Y cuando vea tu faz, do no hay pecado más,
   Aún me dejarás servirte a ti.

317   Cristo Viene
REGENT SQUARE

Tr. G. P. Simmonds
Charles Wesley   Henry Smart

1. Con las nubes viene Cristo
   Que una vez por nos murió;
   Santos miles cantan himnos
   Al que en la cruz triunfó.
   ¡Aleluya! ¡Aleluya! Cristo viene y reinará.

2. Todos al gran Soberano
   Le verán en majestad;
   Los que le crucificaron
   Llorarán su indignidad,
   Y con llanto, y con llanto al Mesías mirarán.

3. Las señales de su muerte
   En su cuerpo llevará;
   Y la Iglesia ya triunfante
   Al Rey invicto aclamará,
   Y con gozo, y con gozo sus insignias mirará.

4. Que te adoren todos, todos.
   Digno tú eres ¡oh Señor!
   En tu gloria y en justicia
   Reinarás ¡Oh Salvador!
   ¡Aleluya! ¡Aleluya! Para siempre reinarás.

318   ¡Sé Un Héroe!

¡SE UN HEROE!

Tr. J. Palacios
Adam Craig   Charles H. Gabriel

1. De la vida en el turbión ¡Sé un héroe!
   En tu angustia y confusión, ¡sé un héroe!
   Alza intrépido el pendón, y con noble majestad.
   Lucha en prez de la verdad ¡sé un héroe!

CORO:

    ¡Sé un héroe! Ten confianza en el Señor
    ¡Sé un héroe! El te ampara bienhechor.
    Id, soldados, a pelear con indómito valor
    Hasta el triunfo conquistar ¡sé un héroe!

2. Hay contrarios por doquier ¡sé un héroe!
   Mas con Cristo ¿a qué temer? ¡Sé un héroe!
   Batallando sin ceder entre luz y obscuridad
   Lucha fiel por la verdad ¡sé un héroe!

3. Si a tu hermano ves caer ¡sé un héroe!
   Vive presto al bien hacer; ¡sé un héroe!
   Por Jesús es tu deber su palabra proclamar,
   Sus bondades alabar ¡sé un héroe!

319   ¡Cuán Firme Cimiento!

ADESTE FIDELES

Tr. Vicente Mendoza   J. F. Wade, en
"K" en "Selection", Rippon   "Cantus Diversi", 1751

1. ¡Cuán firme cimiento se ha dado a la fe,
   De Dios en su eterna palabra de amor!
   ¿Qué más él pudiera en su libro añadir,
   Si todo a sus hijos lo ha dicho el Señor?
   ¿Si todo a sus hijos lo ha dicho el Señor?

2. No temas por nada, contigo yo soy;
   Tu Dios yo soy solo, tu ayuda seré;
   Tu fuerza y firmeza en mi diestra estarán,
   Y en ella sostén y poder te daré.
   Y en ella sostén y poder te daré.

3. No habrán de anegarte las ondas del mar,
   Si en aguas profundas te ordeno salir;
   Pues siempre contigo en angustias seré,
   Y todas tus penas podré bendecir.
   Y todas tus penas podré bendecir.

4. La llama no puede dañarte jamás,
   Si en medio del fuego te ordeno pasar;

El oro de tu alma más puro será,
Pues sólo la escoria se habrá de quemar.
Pues sólo la escoria se habrá de quemar.

5. Al alma que anhele la paz que hay en mí,
Jamás en sus luchas la habré de dejar;
Si todo el infierno la quiere perder,
¡Yo nunca, no, nunca, la puedo olvidar!
¡Yo nunca, no, nunca, la puedo olvidar!

320 Suenan Melodías En Mi Ser
MELODIA DE AMOR

Tr. S. D. Athans
Elton M. Roth   Elton M. Roth

1. Mi Dios me envió del cielo un canto
Melodioso, arrobador;
Lo cantaré con gozo y gratitud,
Con muy dulce y tierno amor.

CORO:

Suenan melodías en mi ser,
De un canto celestial, sonoro, angelical;
Suenan melodías en mi ser
De un dulce canto celestial.

2. Amo a Jesús que en el Calvario
Mis pecados ya borró,
Mi corazón se inflama en santo amor,
Que en mi ser él derramó

3. Será mi tema allá en la gloria.
Del gran trono en derredor,
Cantar por siempre con los ángeles
Alabanzas al Señor.

321 Si Feliz Quieres Ser

VEN A CRISTO

Abraham Fernández Cosme C. Cota

1. Si feliz quieres ser, ven a Cristo,
   Cuando tengas tristeza y dolor;
   Hallarás a Jesús siempre listo
   Para darte consuelo y amor.

CORO:

   Si feliz quieres ser, ven a Cristo.
   Y dichosa tu alma será;
   Que siguiendo al valiente Caudillo,
   Siempre, siempre del mal triunfarás.

2. Si feliz quieres ser, ven a Cristo,
   Ni la muerte que infunde terror
   Causará leve espanto a tu alma,
   Si ilumina tu senda el Señor.

3. Si feliz quieres ser, ven a Cristo,
   Y reposo bendito hallarás;
   ¡Oh! cuán dulce es la voz que te llama:
   Ven, si quieres la dicha gozar.

322 De Mil Arpas Y Mil Voces

HARWELL

Es traducción
Thomas Kelley Lowell Mason

1. Por mil arpas y mil voces se alcen notas de loor.
   Cristo reina, el cielo goza,
   Cristo reina, el Dios de amor.

Ved, su trono ocupa ya, solo el mundo regirá;
¡Aleluya! ¡aleluya! ¡aleluya! Amén.

2. Rey de gloria, reine siempre tu divina potestad;
   Nadie arranque de tu mano
   Los que son tu propiedad.
   Dicha tiene aquel que está destinado a ver tu faz.
   ¡Aleluya! ¡aleluya! ¡aleluya! Amén.

3. Apresura tu venida en las nubes, ¡oh Señor!
   Nuevos cielos, nueva tierra,
   Danos, Cristo, por tu amor.
   Aureas arpas de tu grey "gloria" entonen a su Rey.
   ¡Aleluya! ¡aleluya! ¡aleluya! Amén.

323   Mi Vida Di Por Ti
KENOSIS

Tr. S. D. Athans
Frances R. Havergal   Phillip P. Bliss

1. Mi vida di por ti, mi sangre derramé,
   Por ti inmolado fui, por gracia te salvé;
   Por ti, por ti inmolado fui, ¿qué has dado tú por mí?
   Por ti, por ti inmolado fui,
   ¿Qué has dado tú por mí?

2. Mi celestial mansión, mi trono de esplendor,
   Dejé por rescatar al mundo pecador;
   Si todo yo dejé por ti, ¿qué dejas tú por mí?
   Si todo yo dejé por ti,
   ¿Qué dejas tú por mí?

3. Reproches, aflicción, y angustias yo sufrí,
   La copa amarga fue que yo por ti bebí;
   Reproches yo por ti sufrí, ¿qué sufres tú por mí?

Reproches yo por ti sufrí,
¿Qué sufres tú por mí?

4. De mi celeste hogar, te traigo el rico don,
Del Padre, Dios de amor, la plena salvación;
Mi don de amor te traigo a ti,
¿Qué ofreces tú por mí?
Mi don de amor te traigo a ti,
¿Qué ofreces tú por mí?

324   Cual Eco De Angélica Voz

DULCE PAZ

Tr. Ernesto Barocio
Peter H. Billhorn   Peter H. Billhorn

1. Cual eco de angélica voz
Que canta del cielo el amor,
Hoy mi alma repite: "Me dio
Paz verdadera el Señor."

CORO:

¡Paz! ¡dulce paz! ¡Don de mi buen Salvador!
Y nadie quitarme podrá la paz de mi corazón.

2. Por Cristo la paz hecha fue;
Muriendo mi deuda pagó.
Acepto ya su obra por fe;
¡Hay paz en mi corazón!

3. Abunda en mi corazón paz;
Sirviendo fielmente a mi Rey;
Es leve su yugo y jamás
Injusta o grave su ley.

4. Si en él permanezco y soy fiel,
   No habrá tentación ni dolor,
   Ni prueba que me haga perder
   La paz de mi corazón.

325   Con Gran Gozo Y Placer

¡BIENVENIDO!

Enrique Turral   J. R. Murry

1. Con gran gozo y placer nos volvemos hoy a ver;
   Nuestras manos otra vez estrechamos.
   Se contenta el corazón ensanchándose de amor:
   Todos a una voz a Dios gracias damos.

CORO:

   ¡Bienvenido! ¡Bienvenido!
   Los hermanos hoy aquí nos gozamos en decir:
   ¡Bienvenido! ¡Bienvenido!
   Al volvernos a reunir, ¡bienvenido!

2. Hasta aquí Dios te ayudó, ni un momento te dejó,
   Y a nosotros te volvió, ¡bienvenido!
   El Señor te acompañó, su presencia te amparó,
   Del peligro te guardó, ¡bienvenido!

3. Dios nos guarde en este amor,
   Para que de corazón,
   Consagrados al Señor, le alabemos
   En la eterna reunión do no habrá separación,
   Ni tristeza ni aflicción. ¡Bienvenido!

326 Abre Mis Ojos A La Luz
SCOTT

Tr. S. D. Athans
Clara H. Scott

Clara H. Scott

1. Abre mis ojos a la luz,
   Tu rostro quiero ver, Jesús;
   Pon en mi corazón tu bondad,
   Y dame paz y santidad,
   Humildemente acudo a ti.
   Porque tu tierna voz oí;
   Mi guía sé, Espíritu Consolador.

2. Abre mi oído a tu verdad,
   Yo quiero oir con claridad;
   Bellas palabras de dulce amor,
   ¡Oh mi bendito Salvador!
   Consagro a ti mi frágil ser,
   Tu voluntad yo quiero hacer.
   Llena mi ser, Espíritu Consolador.

3. Abre mis labios para hablar,
   Y a todo el mundo proclamar
   Que tú viniste a rescatar
   Al más perdido pecador.
   La mies es mucha, ¡oh, Señor!
   Obreros faltan de valor;
   Heme aquí, Espíritu Consolador.

4. Abre mi mente para ver
   Más de tu amor y gran poder;
   Dame tu gracia para triunfar,
   Y hazme en la lucha vencedor.
   Sé tú mi escondedero fiel,
   Y aumenta mi valor y fe;
   Mi mano ten, Espíritu Consolador.

5. Abre las puertas que al entrar
   En el palacio celestial,
   Pueda tu dulce faz contemplar
   Por toda la eternidad.
   Y cuando en tu presencia esté.
   Tu santo nombre alabaré;
   Mora en mí, Espíritu Consolador.

327   De Haberme Revelado

EL NATHAN

Tr. T. M. Westrup y otros
El Nathan   James McGranahan

1. De haberme revelado
   Su gracia el porqué,
   Por qué fui rescatado tan malo, no lo sé.

CORO:

   Porque sé a quién yo he creído,
   Y estoy seguro que podrá siempre
   Guardar lo que le he confiado hasta aquel día final.

2. De haberme impartido
   Tan salvadora fe
   Que tanta paz me ha traído, el cómo no lo sé.

3. De la obra del Espíritu
   Por quien de ver eché
   Mi culpa y quien me salva el cómo no lo sé.

4. Qué bienes y qué pruebas
   De Dios recibiré
   Los días que me restan sin verle no lo sé.

5. Que vuelva Cristo en gran poder
   Tranquilo esperaré,
   Que duerma en él, o vivo aún le encuentre, no lo sé.

328   El Llamamiento De Cristo
LAS NUEVAS LLEVAD

S. D. Athans   C. Austin Miles

1. Sobre el tumultuoso ruido mundanal,
   Se oye el llamamiento de Cristo a trabajar.
   De Cristo oíd la voz,
   (De Cristo oíd la voz.)

CORO:

    La voz de Cristo os ordena: las nuevas llevad.
    Con el glorioso evangelio el mundo alumbrad.
    Entre nosotros, doquier estemos, será nuestro Rey;
    Marchemos, pues, resueltos,
    Con valor, sí, con valor y fe.

2. De lejanas tierras nos llaman sin cesar;
   Almas oprimidas, su yugo a destrozar.
   De Cristo oíd la voz,
   (De Cristo oíd la voz.)

3. Es la mies muy grande, obreros faltan ya;
   ¿Quién al llamamiento de Cristo acudirá?
   De Cristo oíd la voz,
   (De Cristo oíd la voz.)

4. "Id por todo el mundo", la orden Cristo da,
   Id, y el evangelio a todos anunciad.
   De Cristo oíd la voz,
   (De Cristo oíd la voz.)

329   En Una Cruz Mi Salvador

CALVARIO (SWENEY)

Ernesto Barocio, Adapt.
W. M'K Darwood   John R. Sweney

1. En una cruz mi Salvador
   Por mi maldad su vida dio:
   Tan grande fue su amor por mí;
   ¡Por mí, que soy tan pobre y vil!

CORO:

   ¡Cuán grande amor, Calvario, en ti
   Mi Salvador mostró por mí!
   Con gratitud lo ensalzaré,
   Que vida y luz de mi alma es él.

2. Perdón hallé gratuito en él,
   Y libertad mediante fe.
   Mi posesión eterna es
   Jesús, ¿qué más desear podré?

3. De mi canción tema será
   Mientras vivir me deje acá,
   Que me salvó de mi maldad
   En una cruz al expirar.

4. Y cuando sin cuidados ya
   Esté con él en gloria y paz,
   Emplearé la eternidad
   Su inmenso amor en alabar.

330 Manos Pequeñas Tengo Listas

DE JESUS TODO SOY

T. M. Westrup
W. A. Ogden

1. Manos pequeñas tengo listas,
   Una lengüita sin saber,
   Dos orejitas escuchando,
   Voz infantil para aprender.

   CORO:

   De Jesús todo soy en la aurora de mi vida;
   A seguir pronto estoy, ¿cuál es mi deber?

2. Ojos pequeños tengo abiertos
   Para mirar lo de Jesús;
   Tengo dos pies pequeños que andan
   Rumbo al eterno hogar de Dios.

3. Un corazón pequeño y débil,
   Una sola alma que salve él,
   Vida sólo una, es de él entera,
   Un pobre pequeñito fiel.

331 No Tengo Méritos

SOLO PECADOR

Tr. Ernesto Barocio
James M. Gray
D. B. Towner

1. No tengo méritos; yo bien lo sé;
   Cristo salvóme mediante la fe.
   ¡Fuera jactancia! La gloria le doy;
   Tan sólo por gracia me salvó.

CORO:

>Cristo por gracia me salvó:
>Cristo por gracia me salvó:
>Esta es la historia, es suya la gloria.
>Cristo por gracia me salvó.

2. Necio y rebelde al pecado serví;
   Lejos anduvo de Dios, me perdí;
   Cristo buscóme; me halló, y con amor
   Tan sólo por gracia me salvó.

3. Lloraba y gemía, mas ¿qué valor
   Tienen las lágrimas de un pecador?
   ¿Cómo mirar puede el rostro de Dios?
   Tan sólo por gracia me salvó.

4. Quiero mi historia contar: soy feliz;
   Amo a Jesús: dio su vida por mí.
   Ven, pecador, a Jesús, como yo.
   Tan sólo por gracia me salvó.

332   Alégrate Alma Feliz

REGIA MANSION

S. D. Athans   T. B. Barratt

1. Anhelo en las regias mansiones morar,
   Do reina mi Salvador;
   Escucho los ecos de un dulce cantar
   De triunfo y de gran loor.

CORO:

>A mi Supremo Rey, alegre cantaré,
>Mis ojos han de ver la playa celestial;

Feliz y salvo soy, y caminando voy,
Con júbilo a mi eterno hogar.

2. Por senda escarpada quizá habré de andar,
El mundo me olvidará,
Mas en las riberas del límpido mar
Los santos me esperan ya.

3. Gloriosa esperanza, inefable la paz
Que siento en mi corazón;
¡Cuán dulce es tener comunión y solaz
Con Dios en adoración!

4. Eleva tu vista y contempla a Jesús,
Sé fiel a tu Rey y Señor;
Los nítidos rayos que emite la cruz
Te envuelvan en su esplendor.

333 Placer Verdadero Es Servir

RECOMPENSA

Tr. Ernesto Barocio
Frank C. Huston

Frank C. Huston

1. Placer verdadero es servir al Señor;
No hay obra más noble, ni paga mejor.
Servirle yo quiero, con fe y con amor;
Servirle prometo desde hoy.

CORO:

¡Servir a Jesús! ¡Servirle con fe!
¡Qué paga tan rica tendré!
No importa que sufra; sufrió él por mí.
Sirviendo a Jesús soy feliz.

2. Diré la verdad: le seré siempre fiel;
   No importa que todo lo pierda por él.
   Riquezas eternas en Cristo tendré.
   Desde hoy sólo a él serviré.

3. El odio del mundo por él sufriré;
   Pesada la carga sin duda será.
   Mas sé que su gracia no me ha de faltar.
   ¡A Cristo hasta el fin serviré!

334   ¡Resucitó! La Nueva Dad

¡RESUCITO!

Tr. Ernesto Barocio
Elsie Duncan Yale   J. Lincoln Hall

1. ¡Resucitó! La nueva dad
   Al mundo, que su muerte vio;
   Tomó en la cruz nuestro lugar,
   Mas del sepulcro revivió.

CORO:

   ¿Por qué buscáis al Cristo aquí?
   Entre los muertos ya no está.
   No le lloréis; cantad, reíd,
   Y proclamad: ¡El Cristo vive y reina ya!

2. Viéronle tristes sepultar
   Cuantos en él tuvieron fe;
   Toda esperanza muerta ya,
   Creyeron sepultar con él.

3. Mas el sepulcro no logró
   En sus prisiones retener

Al Cristo Rey, que vencedor
Fue del infierno y su poder.

4. ¡Resucitó! ya no tendrá
Sombras la tumba para el fiel.
Aunque muriere, vivirá
El que creyere sólo en él.

335   La Tierna Voz Del Salvador
MEDICO DE AMOR

Tr. Pedro Castro
William Hunter   John H. Stockton

1. La tierna voz del Salvador
Nos habla conmovida.
Oíd al Médico de amor, que da a los muertos vida.

CORO:

Nunca los hombres cantarán,
Nunca los ángeles en luz,
Nota más dulce entonarán que el nombre de Jesús.

2. Cordero manso ¡gloria a ti!
Por Salvador te aclamo;
Tu dulce nombre es para mí la joya que más amo.

3. La amarga copa de dolor,
Jesús, fue tu bebida,
En cambio das al pecador el agua de la vida.

4. "Borradas ya tus culpas son,"
Su voz hoy te pregona;
Acepta, pues, la salvación, y espera la corona.

5. Y cuando al cielo del Señor

Con él nos elevemos,
Arrebatados en su amor su gloria cantaremos.

336   Sentir Más Grande Amor
MAS AMOR POR TI

Tr. Ernesto Barocio
Elizabeth Prentiss
Wm. H. Doane

1. Sentir más grande amor por ti, Señor;
   Mi anhelo es, mi oración que elevo hoy.
   Dame esta bendición: sentir por ti, Señor,
   Más grande amor, más grande amor.

2. Busqué mundana paz y vil placer;
   No quiero hoy nada más que tuyo ser.
   ¡Oh qué felicidad, sentir por ti, Señor,
   Creciente amor, creciente amor!

3. Que venga la aflicción. Dolor también;
   Tus mensajeros son para mi bien,
   A ti me acercarán, y así sentir me harán
   Mi amor crecer, mi amor crecer.

4. Tu nombre al expirar invocaré,
   ¡Contigo iré a morar! ¡Tu faz veré!
   Y por la eternidad pensando en tu bondad,
   Más te amaré, más te amaré.

337   Tuve Un Cambio
TUVE UN CAMBIO

Tr. A. P. Pierson
Alfred H. Ackley
Alfred H. Ackley

1. Tuve un cambio cuando dije a Cristo:

Ven, Jesús, y mora siempre en mí.
Mis cadenas fueron todas rotas.
Fui lavado en fuente carmesí.

CORO:

Al ser salvo tuve un cambio
En mi corazón, en mi corazón.
Al ser salvo tuve un cambio:
Cambio en mi corazón.

2. Tuve un cambio que es inexplicable,
Es una experiencia personal:
El Señor Jesús entró y el gozo
Que yo siento es gloria celestial.

3. Tuve un cambio en el camino triste,
La esperanza inunda ya mi ser:
Los temores fueron disipados;
Me llenó de fe y de gran poder.

4. Tuve un cambio nuevo en mi vida,
Nuevos horizontes puedo ver.
Mis anhelos hoy son celestiales,
En su senda andar es mi placer.

338 El Borró De Mi Ser La Maldad

ARROLLADOS

Tr. A. P. Pierson
W. D. K.

Arr por R. R. Brown

El borró de mi ser la maldad,
Mis pecados en la cruz él llevó;
El borró de mi ser la maldad,
Con su sangre carmesí me lavó.
Mis pecados borró en raudal carmesí.

El borró de mi ser la maldad,
Me lavó, me limpió y me salvó.

339   En La Célica Morada
MEMORIAS TERRENAS

Tr. T. M. Westrup
W. P. Mackay, Médico   James McGranahan

1. En la célica morada de las cumbres del Edén,
   Donde cada voz ensalza al Autor de todo bien,
   ¿El pesar recordaremos, y la triste nublazón,
   Tantas luchas del Espíritu con el débil corazón?

CORO:

    Sí, allí será gratísimo en el proceder pensar
    Del Pastor fiel y benéfico que nos ayudó a llegar.

2. Oración, deberes, penas, vías que anduvimos ya,
   Poseyendo las riquezas que Jesús nos guarda allá.
   ¿La memoria retendremos, a cubierto de dolor,
   Del camino largo, aspérrimo,
   Con sus luchas, su temor?

3. La bondad con que nos mira sin cansarse cuando ve
   Poco fruto en nuestra vida, y tan débil nuestra fe,
   ¿Nos acordaremos de ella en aquel dichoso hogar
   De eternal aurora espléndida e inefable bienestar?

340   Su Amor Me Levantó
SEGURIDAD

Tr. S. D. Athans
James Rowe   Howard E. Smith

1. Lejos de mi dulce hogar, vagaba yo sin Dios,

A través de tierra y mar, sin esperanza y paz;
Mas el tierno Salvador, viéndome en aflicción,
Por su infinito amor me levantó.

CORO:

Su grande amor me levantó.
De densa obscuridad me libertó;
Su grande amor me levantó.
De densa obscuridad me libertó.

2. Todo entrego a mi Jesús siempre le seguiré;
He tomado ya la cruz y el mundo atrás dejé.
Tan excelso y grande amor requiere la canción,
Y el servicio fiel de cada corazón.

3. Ven a él, ¡oh! pecador, no te rechazará;
Con ternura el buen Pastor hoy te recibirá;
Tus pecados borrará, gozo tendrás sin par,
Gracia y fuerza te dará para triunfar.

341   Al Frente De La Lucha
PROM

Tr. S. D. Athans
Mrs. C. H. Morris   Mrs. C. H. Morris

1. ¡A luchar, a luchar! en las huestes del Señor,
Seguiré siempre en pos del caudillo Salvador;
La divina armadura conmigo llevaré;
Marcharé siempre al frente de la lucha.

CORO:

Oye el paso firme de las huestes,
Que van marchando de triunfo en triunfo;
Oye el paso firme de las huestes

Que a victoria cierta van.
Voy adelante con estas huestes,
Que nos guía el Dios Omnipotente,
Voy adelante con estas huestes,
Me hallaré siempre al frente de la lucha.

2. Con la enseña de amor y de plena salvación,
Alentado por la fe, marcharé junto al pendón,
Y por más que esta lid sea dura y sin cuartel
Me hallaré siempre al frente de la lucha.

3. Si no te has alistado en las huestes del Señor,
Hazlo hoy con lealtad; que te llama el Salvador.
Ten valor, fe y tesón; que te espera galardón,
Ven, marchemos al frente de la lucha.

342   Dulzura, Gloria, Majestad

MAITLAND

T. M. Westrup   George N. Allen, 1852

1. Dulzura, gloria, majestad, diadema eterna son
De Cristo; de sus labios caen consuelo, paz, amor.

2. En cualidades superior al ángel y al amor tal
Es bello sin comparación; suprema es su bondad.

3. Yo que le soy deudor sin fin, en vez de un corazón
Si mil tuviera, estos mil llevárale mi amor.

343   Siembra Que Hicimos
¿QUE SE COSECHARA?

Tr. T. M. Westrup
Emily S. Oakley   Philip P. Bliss

1. Siembra que hicimos del alba al nacer,
   Siembra que hicimos subido ya el sol,
   Siembra que tarde del día vio caer,
   Siembra que cubre nocturno telón.
   ¡Ay! ¿qué se cosechará? ¡Ay! ¿qué se cosechará?

CORO:

   Sea que a la luz o en tinieblas sembré,
   Lo que sembramos cosecha dará,
   Sea que en el tiempo su fruto se dé,
   Sea que lo dé en la eternidad.

2. Siembra que hicimos en puro barrial,
   Siembra que en medio de espinas murió,
   Siembra que a caer fue en un pedregal,
   Siembra que fértil terreno encontró.
   ¡Ay! ¿qué se cosechará? ¡Ay! ¿qué se cosechará?

3. Siembra que hicimos con llanto tenaz,
   Siembra que exprime en el alma la hiel,
   Siembra de fe divisando el solaz,
   Siega gozosa y corona del fiel.
   ¡Ay! ¿qué se cosechará? ¡Ay! ¿qué se cosechará?

344   Divísase La Aurora
WEBB

Tr. T. M. Westrup
Samuel F. Smith   George J. Webb

1. Divísase la aurora, la noche da lugar;

Conoce el hombre y llora su antigua ceguedad;
Cada aura que al mar crespa trae nuevas de la lid
De gente que se presta por Sion a combatir.

2. Rocíos abundantes de gracia celestial,
Con perspectivas grandes y nuevas, sin cesar;
Cada oración que sube respuesta plena trae;
De céfiros y nubes el bien precioso cae.

3. Las gentes ya se inclinan al Dios de nuestro amor;
Ya creen sus maravillas y gozan su favor;
Al llamamiento acude de míseros tropel;
Altares falsos se hunden entre un sonoro "Amén".

345   ¿Respuesta No Hay?

¿SIN CONTESTACION?

Tr. Vicente Mendoza
Charles D. Tillman   Charles D. Tillman

1. ¿Respuesta no hay al ruego que en tu pecho
Con ansiedad alzaste en tu dolor?
¿Tu fe vacila ya y tu esperanza,
Creyendo vano el ruego a tu Señor?
No digas nunca que él no oyó tu voz,
Tu anhelo cumplirá después tu Dios.
Tu anhelo cumplirá después tu Dios.

2. ¿Respuesta no hay? Quizá cuando elevaste
Tu ansiosa voz al trono celestial
Temiste no sufrir tan larga espera,
¡Tan ruda fue tu lucha con el mal!
Mas tú verás que el tiempo irá veloz,
Y te responderá después tu Dios.
Y te responderá después tu Dios.

3. ¿Respuesta no hay? No digas que te olvida,
   Quizá tu parte no cumplida vio;
   Cuando tu ansioso ruego a Dios alzaste,
   De fe la lucha en tu alma comenzó.
   Si de su ley tan sólo vas en pos,
   Respuesta te dará después tu Dios.
   Respuesta te dará después tu Dios.

4. ¿Respuesta no hay? La fe tenerla debe,
   Si en Cristo, Roca eterna, firme está;
   Segura siempre queda en la tormenta,
   Ni al rayo ni a los vientos temerá,
   Pues sabe bien que Dios oirá su voz,
   Y clama: ¡lo ha de hacer después mi Dios!
   Y clama: ¡Lo ha de hacer después mi Dios!

346   Ven, Santo Espíritu

DUNDEE

Tr. T. M. Westrup
Isaac Watts
William Franc, en Salterio Escocés, 1615

1. Ven, Santo Espíritu de amor, Paloma celestial,
   De influjo vivificador eres el manantial.

2. El fuego de consagración te dignes encender
   En nuestro helado corazón, y dale nuevo ser.

3. Es triste que con ceguedad sigamos el placer:
   Tan criminal debilidad destierre tu poder.

4. Logrado del Señor perdón a nombre de Jesús,
   Que llenen cada corazón fe, fortaleza y luz.

347 Somos De Cristo Segadores

SEGADORES

Tr. Ernesto Barocio
Charles H. Gabriel

Charles H. Gabriel

1. Somos de Cristo segadores;
   Cubre los campos rica mies;
   Blancos están para la siega;
   Vamos el fruto a recoger.
   Otros con lágrimas sembraron
   ¡Siembra de amor, siembra de fe!
   Regocijados hoy segamos
   Fieles sirviendo a nuestro Rey.

CORO:

   ¡Vamos hoy a trabajar! el Maestro llama.
   Obra para todos hay; segadores faltan.
   Pasa el tiempo de segar; la oportunidad se va.
   ¡Vamos! ¡Vamos hoy a trabajar!

2. Hay muchas almas que gozosas
   El evangelio escucharán;
   Espigas son ya sazonadas:
   ¿Quien las recoja faltará?
   Haces formemos apretados
   Para llevar al Salvador;
   Cumplido el gozo será entonces
   Del segador y el que sembró.

3. Breve es el tiempo de la siega;
   ¿Cuantas gavillas llevaréis?
   Muchas y muy preciosas otros
   De Cristo ponen a los pies.
   ¡Atad gavillas! os espera
   Glorioso premio que dará

A cada siervo fiel el Maestro.
Meted las hoces ¡Trabajad!

348   Mensajeros Del Maestro
MENSAJEROS

Vicente Mendoza   Wm. J. Kirkpatrick

1. Mensajeros del Maestro
   Anunciad al corazón,
   De Jesús la buena nueva de su grande salvación.

CORO:

    Mensajeros del Maestro, vuestra voz haced oir,
    Y los hombres que la escuchen vida puedan recibir.

2. De los montes en la cima,
   En los valles y en el mar,
   Que doquier el evangelio hoy se pueda proclamar.

3. En los antros del pecado
   Y en los sitios de aflicción,
   Las alegres nuevas vayan a llevar consolación.

4. Anunciad a los cautivos
   Su gloriosa libertad,
   Al cansado y al caído buenas nuevas proclamad.

349   Jubilosas Nuestras Voces
MENSAJEROS

F. S. Montelongo   Wm. J. Kirkpatrick

1. Jubilosas nuestras voces
   Elevamos con fervor,

Para dar la bienvenida
A los siervos del Señor.

CORO:

Bienvenidos, bienvenidos, adalides de Jehová;
Parabienes no fingidos la congregación os da.

2. Bienvenidos los campeones
De la fe y de la verdad,
A quien nuestros corazones
Hoy les brindan su amistad.

3. Bienvenidos los soldados
De las huestes de Jesús,
Los que luchan denodados
Por el triunfo de la luz.

4. Uno solo es nuestro anhelo,
Trabajamos con tesón
Por hacer que el Rey del cielo
Reine en cada corazón.

350 ¡Camaradas! En Los Cielos

AFIRMARSE EN EL FUERTE

Tr. J. B. Cabrera
P. P. Bliss
P. P. Bliss

1. ¡Camaradas! en los cielos ved la enseña ya.
Hay refuerzos; nuestro el triunfo, no dudéis, será.
¡Firmes ya, pues yo voy pronto! clama el Salvador.
Sí, estaremos por tu gracia firmes con vigor.

2. Nada importa nos asedien con rugiente afán
Las legiones aguerridas que ordenó Satán.

No os arredre su coraje; ved en derredor
Cómo caen los valientes casi sin valor.

3. Tremolando se divisa el marcial pendón,
Y se escucha de las trompas el guerrero son.
En el nombre del que viene, Fuerte Capitán,
Rotos nuestros enemigos todos quedarán.

4. Sin descanso ruda sigue la furiosa lid.
¡Oh amigos! ya cercano ved nuestro Adalid.
Viene el Cristo con potencia a salvar su grey:
Camaradas, alegría ¡Viva nuestro Rey!

351 ¡Lo He De Ver!
VERE SU FAZ

T. M. Westrup   T. M. Westrup

1. ¡Lo he de ver! ¿Cuándo? no sé.
   País del horizonte inmenso;
   ¿Do hallaré su oculto ascenso?
   ¿El trono cuándo miraré?

   CORO:

   ¡Allí veré su faz divina!
   ¡Allí veré su faz amante!
   Con los que han ido por delante
   El me dará perfecta paz.

2. Que no lo sepa vale más:
   Veloz el tiempo transcurriendo,
   Al fin su rostro amante viendo,
   Tendré reposo, tendré paz.

3. La vida va que antes viene;
   Las flores tras los fríos brotan;

Las dichas el dolor derrotan,
Y cada mal remedio tiene.

4. No importan unos años más:
Yo sé que sobre aquella playa
Un alba reluciente raya,
Y yo veré de Dios la faz.

352   Acordándome Voy

¿TENDRE DIADEMA DE ESTRELLAS?

Tr. T. M. Westrup
Eliza E. Hewitt

John R. Sweney

1. Acordándome voy del hermoso país
Que veré al ponerse mi sol,
Y comience por gracia divina a vivir
Donde impera absoluto el amor.

CORO:

¿Lucirá en mis sienes diadema, Señor?
¿Bajará aquel astro en paz?
Despertando ¿estaré en tu bella mansión?
¿En mis sienes diadema habrá?

2. La potencia divina sostenga mi fe;
Vigilante, empeñosa será;
Ceñirá la diadema entonces mi sien
Por las almas que pude ganar.

3. Un aumento de dicha en la célica Sion
Por cada alma que lleve tendré;
¡Cuánta dicha será ver el rostro de Dios!
A sus pies mi diadema pondré.

353   Tras La Tormenta
VIDA VENIDERA
Tr Ernesto Barocio
B. D. Ackley   B. D. Ackley

1. Tras la tormenta el arco iris;
   Y tras la oscuridad, la luz;
   Tras la amargura, la alegría
   Que a los creyentes da Jesús.

CORO:

    Alegre canto mi alma eleva,
    Pues tras el velo Cristo está.
    Sostiéneme la fe en su nombre;
    Y he de mirar su augusta faz.

2. Tras el invierno, primavera;
   Tras el combate rudo, paz;
   Tras triste valle, excelsa cumbre;
   Tras cautiverio, libertad.

3. Tras cuanto vemos, Dios, el Padre,
   Su amor que nunca faltará;
   Tras este mundo, el cielo a donde
   Jesús nos ha de trasladar.

354   Las Mujeres Cristianas
CONDADO DE ORLEANS
Tr. B. W. V.   George C. Stebbins

1. Las mujeres cristianas trabajan
   Con amor, con paciencia y con fe;
   Mejorar el hogar sólo buscan,
   Impetrando de Dios el poder.

CORO:

Nuestra fe triunfará expresada en trabajo tenaz;
El amor unirá nuestras almas en grato solaz.

2. Con tesoros de amor en el alma,
   Con potencia incansable en el bien,
   Halle gracia divina y sea sabia
   Cada madre al cumplir su deber.

3. Extendidos los brazos formemos,
   De constancia y valor noble unión;
   Trabajando y cantando elevemos
   Nuestro ser, el hogar, la nación.

355 Es Muy Estrecho El Camino

EL CAMINO ESTRECHO

Ernesto Barocio   Anónimo

1. Es muy estrecho el camino por el que al cielo se va:
   Ancho el de los pecadores que a perdición llevará.

CORO:

Por el camino estrecho siempre andaré, Señor,
Pues tú en él me guías y eres mi Guardador.

2. En el camino del cielo pocos, muy pocos se ven;
   Necios los hombres prefieren mundanos goces y bien.

3. Largo el camino parece, y débil soy, bien lo sé;
   Dame, Señor, fortaleza; ¡afirma, aumenta la fe!

356   Ven, Alma Que Lloras
SEPULTA TU PENA

A. L. Empaytaz, Adapt.
Mary A. Bachelor
                             Philip P. Bliss

1. Ven, alma que lloras, ven al Salvador,
   En tus tristes horas dile tu dolor.
   Dile, sí, tu duelo; ven tal como estás,
   Habla sin recelo, y no llores más.

2. Toda tu amargura dí al Cristo fiel,
   Penas y tristura descarga en él;
   En su tierno seno asilo hallarás;
   Ven que al pobre es bueno, y no llores más.

3. Tú misma al cansado enseña la cruz;
   Guía al angustiado hacia tu Jesús;
   La bendita nueva de celeste paz
   A los tristes lleva; y no llores más.

357   ¡Luchad, Luchad Por Cristo!
GEIBEL (BAPTIST)

Tr. Camilo Calamita
George Duffield, Jr.
                             Adam Geibel

1. ¡Luchad, luchad por Cristo, soldados de la cruz!
   Alzad triunfal bandera enhiesta por Jesús.
   De triunfo en triunfo siempre,
   Sed guardas de su honor,
   Y haced que el enemigo se humille ante el Señor.

CORO:

    Luchad por Cristo, soldados de la cruz;

Alzad triunfal bandera;
   Sed fieles a Jesús.

2. ¡Luchad, luchad por Cristo! la trompa obedeced;
   No huyáis ante el combate, que es hora de vencer.
   Soldados, siempre firmes, con mil, uno, luchad:
   Y bravos, el peligro valientes rechazad.

3. ¡Luchad, luchad por Cristo! en su poder fiad;
   Que vuestro brazo es débil, y desfallecerá.
   Vestíos la armadura, velando en oración,
   Y do el peligro os llame no os falte el valor.

4. ¡Luchad, luchad por Cristo! La lid va a comenzar;
   Al ruido del combate el triunfo seguirá.
   Corona el esforzado, de vida y luz tendrá,
   Y con el Rey de gloria por siempre reinará.

358   Martirio Cruel Sufrió Jesús

HILTON

Tr. Ernesto Barocio   Grant Colfax Tullar

1. Martirio cruel sufrió Jesús
   Cuando clavado fue en la cruz.
   ¿Vencido fue? tal se creyó;
   Mas del sepulcro resurgió.

   CORO:

   La grata nueva al mundo dad;
   Resuene en tierra y mar.
   ¡Vive Jesús! ¡Resucitó!
   No en vano padeció.

2. Vida nos brinda y salvación;

Quiere que fiemos en su amor.
Con sangre nuestra paz compró.
No en vano fue su muerte, ¡no!

3. ¡Gloriosa nueva de salud!
¡Es Salvador y es Rey Jesús!
Camino al cielo nos abrió.
No en vano fue su muerte, ¡no!

359   Nuestros Pasos Encamina
NUESTROS PASOS ENCAMINA

T. M. Westrup   E. T. Westrup

1. Nuestros pasos encamina,
Bondadoso Protector;
Por nosotros siempre mira;
Somos grey de nuestro Dios.

CORO:

Apacienta, apacienta el rebaño de tu amor.
Apacienta, apacienta el rebaño de tu amor.

2. Llévanos al verde prado;
Vuélvenos a ti, Señor;
No permitas que el pecado
Quepa en nuestro corazón.

3. Admitir nos prometiste;
Acudimos con temor;
Para que del mal nos libres,
Por no caer en tentación.

4. Los comprados a gran precio
Con la muerte del Pastor,

Con su vida hechos buenos,
Hacen esta oración.

360   Si Se Nubla Tu Horizonte

LORENZ

T. M. Westrup   Ira B. Wilson

1. Si se nubla tu horizonte, si te rinde tanto afán,
   El Señor está presente y te oirá;
   Te iluminará la vía y será tu amante guía;
   Tu pesada carga más ligera hará.

CORO:

   Persevera en plegaria;
   En sus brazos seculares salvo estás;
   Persevera en confianza
   Porque con su ayuda el bien eterno lograrás.

2. Si te cansas de esperarlo, de pedirle en oración,
   Más delante lo comprenderás mejor;
   Cuidará de socorrer a los suyos sin poder;
   Porque todo lo hace con sagaz amor.

3. Del amor de Dios no dudes;
   Siempre amparará su grey;
   Tus plegarias, tu confianza, oye y ve;
   Quien con tanto amor nos dio real y célica unción
   Premiará con creces, pueblo de la fe.

361   Jesús, Te Necesito
JESUS, TE NECESITO
T. M. Westrup   E. T. Westrup

1. Jesús, te necesito por ser tan pecador,
   Mi alma entenebrecida, y muerto el corazón.
   La fuente necesito, do siempre hallar podré
   Justicia para vida, justicia por la fe.

2. Jesús, te necesito; mis bienes son no más
   La cruz del peregrino, pobreza y orfandad.
   Tu amor, pues, necesito: es mi único sostén,
   Mi guía y luz, mi egida, mi terrenal Edén.

3. Jesús, amado mío, dulcísima amistad
   La tuya apetecida con tan grande ansiedad.
   Tu corazón amante comprende mi sufrir,
   Mis pruebas, mis pesares; ¿sin ti cómo vivir?

362   Alabemos Al Eterno
HARRISBURGO
T. M. Westrup   J. H. Kurzenknabe

1. Alabemos al Eterno;
   Demos loores a Jehová,
   Ensalcemos siempre el nombre del Señor.
   Desde el pueblo que primero ve del sol el orto allá,
   Hasta el oeste do se esconde demos loor.

CORO:

    Contemplando todo
    Providencia vigilante paternal.
    Rey del cielo santo,
    ¿Quién hay como nuestro Padre celestial?

2. De entre el polvo saca al débil,
   Al sentado en muladar,
   Entre príncipes lo asienta como igual.
   Su poder vuelve a la estéril,
   En la casa su lugar,
   Con feliz misión materna natural.

363 A Media Noche En Bethlehem

CAROL

Tr. G. P. Simmonds
Edmund H. Sears

Richard S. Willis

1. A media noche en Bethlehem de Dios la salvación
   Por angeles se proclamó en celestial canción.
   En las alturas gloria a Dios el coro tributó;
   La paz y buena voluntad al mundo pregonó.

2. El canto de los ángeles hoy se oye resonar;
   El eco dulce encantador alivia mi pesar.
   Y al escuchar con atención el mundo en derredor
   Divina paz recibirá de Cristo el Redentor.

3. Las almas que se encuentran hoy en medio de dolor:
   Solaz completo sentirán buscando al Salvador.
   ¡Oh que las nuevas del Señor
   Se extiendan más y más!
   Que sepan todos que el Señor hoy brinda dulce paz.

4. Vosotros, llenos de temor
   Y enhiestos hoy que estáis,
   Y que agobiados de dolor con paso lento vais.
   Hoy descansad y contemplad la angélica visión;
   Alzad la vista y escuchad la célica canción.

364 Más Semejante A Cristo

HANFORD

Tr. Ernesto Barocio
Chas. H. Gabriel

Chas. H. Gabriel

1. Más semejante a Cristo quiero ser:
   Manso y humilde como él siempre fue;
   Celoso, activo, valeroso y fiel;
   Más consagrado al servicio de él.

CORO:

   Toma mi vida; quiero tuyo ser;
   Mi corazón que te ame sólo a ti.
   De mi pecado líbrame, Señor,
   Y sé de mi alma Dueño y Guardador.

2. Ser como Cristo es mi petición:
   Fuerte como él en toda tentación;
   Como él llevar mi cruz como él amar,
   Y porque venga el reino trabajar.

3. Más semejante a Cristo en compasión
   Por los perdidos que él vino a buscar;
   Como él tener paciencia, abnegación;
   Cumplir como él de Dios la voluntad.

365 Con Su Sangre Me Lavó

Tr A. P. Pierson
Benjamín A. Baur

Benjamín A Baur

   Con su sangre me lavó,
   En el Calvario él me compró;
   Por su gracia me salvó,
   El Salvador mi alma libertó.

366 ¡Gloria A Dios En Lo Alto!
CONDADO DE YORK

T. M. Westrup   Wm. B. Bradbury

1. "¡Gloria a Dios en lo alto!
   ¡Gloria a Dios! ¡Gloria a Dios!
   ¡Gloria a Dios en lo alto!" Será nuestra canción.
   Colmado de mercedes ha
   El día que ya su fin tocó:
   De su cuidado pruebas da
   Por cuanto su poder formó.

CORO:

   ¡Gloria a Dios en lo alto!
   ¡Gloria a Dios en lo alto!
   Bendición, loor y gloria
   Pertenecen al Señor,
   Bendición, loor y gloria
   Pertenecen al Señor.

2. "¡Gloria a Dios en lo alto!
   ¡Gloria a Dios! ¡Gloria a Dios!
   ¡Gloria a Dios en lo alto!" Será nuestra canción.
   El canto que la aurora oyó,
   Los ángeles al celebrar
   El día que el Redentor nació,
   Con ellos vamos a cantar.

3. "¡Gloria a Dios en lo alto!
   ¡Gloria a Dios! ¡Gloria a Dios!
   ¡Gloria a Dios en lo alto!" Será nuestra canción.
   Dios quiera que la compañía
   Completa que se encuentra aquí
   Estemos el postrero día
   Con él para alabarle allí.

367   Pan Tú Eres, Oh Señor
PAN DE VIDA

Guillermo Blair   William F. Sherwin

1. Pan tú eres, oh Señor, para mi bien,
   Roto en pedazos fuiste tú por mí.
   ¡Cuán grande amor se vio por cada quien,
   Al permitirte Dios sufrir así!

2. Me inclino en oración, en gratitud,
   Por provisión que nunca merecí.
   Recibe mi cantar como actitud
   De adoración sincera junto a ti.

3. La copa amarga fue, bebiste allí;
   Cual hiel y azotes son mis males, sí;
   Pero tu amor cundió y en mi lugar
   Vertiste sangre allí para salvar.

4. Y ahora al recordar tu obra de amor,
   Todo mi ser se llena de loor.
   Recibe esta expresión de adoración
   Al contemplarte en recordación.

368   Conmigo Sé
ATARDECER

Tr. T. M. Westrup y otros
Henry F. Lyte   William H. Monk

1. Señor Jesús, el día ya se fue,
   La noche cierra, oh, conmigo sé,
   Sin otro amparo, tú, por compasión,
   Al desvalido da consolación.

2. Veloz el día nuestro huyendo va,

Su gloria, sus ensueños pasan ya;
   Mudanza y muerte veo en redor;
   No mudas tú: conmigo sé, Señor.

3. Tu gracia todo el día he menester;
   ¿Quién otro puede al tentador vencer?
   ¿Cuál otro amante guía encontraré?
   En sombra o sol, Señor, conmigo sé.

4. Vea yo al fin en mi postrer visión
   De luz la senda que me lleve a Sion,
   Do alegre cantaré al triunfar la fe:
   "Jesús conmigo en vida y muerte fue".

369   Al Huerto Van A Visitar

AL HUERTO VAN

Ernesto Barocio   J. Lincoln Hall

1. Al huerto van a visitar
   La tumba en que su cuerpo está.
   Mujeres son que a ungirlo van;
   Mas ¿quién la piedra quitará?
   Oh, ¿quién (oh quién) la quitará?

CORO:

   Nada temáis; id al huerto;
   Ved su tumba abierta ya;
   El que buscáis no está muerto, ¡resucitado ha!
   Nada temáis; vive y reina vuestro Maestro y Señor,
   Vencedor, vencedor,
   Del sepulcro vencedor.

2. Clavado fue en la dura cruz,
   Y allí su vida dio Jesús

Sus pies, sus manos besarán;
Mas ¿quién la piedra quitará?
Sí, ¿quién (oh, quién) la quitará?

3. ¿Habéis perdido lo que amáis?
   ¿Vuestra esperanza se acabó?
   ¿De un Cristo muerto en busca vais?
   ¡Ya Dios la piedra removió!
   Sí, Dios, (mi Dios) la removió.

370 Huye Cual Ave A Tu Monte

HUYE CUAL AVE

G. P. Simmonds, Adapt.
Mrs. M. S. B. Dana   Mrs. M. S. B. Dana

1. Huye cual ave a tu monte, alma abrumada del mal;
   Allí en Jesús la gran fuente lava tu lepra mortal.
   Huye del mal vergonzoso,
   Clama y a tu ser medroso
   Cristo dará su reposo, ¡Oh! alma abrumada del mal,
   ¡Oh! alma abrumada del mal.

2. Quiere Jesús hoy salvarte, tu llanto él enjugará;
   Promete nunca dejarte, defensa eterna será.
   Ven, pues, va el día volando,
   Ya no andes más suspirando,
   Ni te detengas llorando, tus males Jesús quitará,
   Tus males Jesús quitará.

371   ¡Qué Bella Aurora!
AMANECER

Tr. G. P. Simmonds
W. C. Poole

B. D. Ackley

1. Cuando yo llegue a la vida mejor,
   Donde hay descanso de todo dolor,
   Y "bienvenido" me diga el Señor,
   ¡Qué aurora tan bella será!

CORO:

   ¡Qué bella aurora! ¡Qué bella aurora!
   Que los que mueren en Cristo verán;
   ¡Qué bella aurora! ¡Qué bella aurora!
   Que en gloria eterna con él gozarán.

2. Cuando en su gloria contemple al gran Rey,
   Con todos los redimidos por fe,
   Siempre a su nombre ensalzarlo podré,
   ¡Qué aurora tan bella será!

3. Cuando yo deje esta vida y su cruz,
   Cuando yo vaya a estar con Jesús,
   Cuando le mire en su fúlgida luz,
   ¡Qué aurora tan bella será!

372   Usa Mi Vida
SCHULER

Tr. J. F. Swanson
Ira B. Wilson

Geo. S. Schuler

1. Muchos que viven en tu derredor
   Tristes, hambrientos están;

Tú, por tu vida, les puedes llevar
Gozo, luz y bendición.

CORO:

Usa mi vida, usa mi vida,
Para tu gloria, oh Jesús;
Todos los días y hoy quiero ser,
Testigo tuyo, Señor, por doquier.

2. Dí a los tristes que Dios es amor,
El quiere dar su perdón,
A los que vienen a Cristo Jesús
buscando paz, salvación.

3. Toda tu vida hoy rinde al Señor;
Cada momento sé fiel,
Otros que vean en ti su amor
Pronto se rindan a él.

373 Deseando Está Mi Ser
LABAN

Tr. T. M. Westrup
George Heath
Lowell Mason

1. Deseando está mi ser tus atrios, oh Jehová:
La paz buscado he por doquier,
Mas no en donde está.

2. Mi vista vuelvo a ti; sé mi consolador;
Aunque antes tan rebelde fui, ya no lo soy, Señor.

3. Exiges contrición, no me despreciarás;
Voy con humilde confesión, y me recibirás.

4. Concédeme perdón; lo pido por Jesús,
En mis peligros salvación, en mis tinieblas luz.

374   Ven Al Maestro
VERDI

Tr. Francisco Rico
B. B. McKinney

Arr. por B. B. McKinney
Giusseppe Verdi

1. Oh, ven, si tú estás cargado,
   Oh, ven, alma triste hay solaz;
   Ven con tus cargas, ven al buen Consolador,
   Oh ven, oh ven, ven que te ofrece descanso y paz.

CORO:

    Ven al Maestro, ven y la vida tendrás,
    Oh ven, oh ven, ven que te ofrece decanso y paz.

2. Oh, ven, si tú estás cansado,
   De andar en caminos de maldad;
   Arrepentido, ven, pon tu fe en el Señor,
   Oh ven, sí ven, ven que te espera con gran bondad.

3. Oh, ven, si perdón anhelas,
   Oh, ven, sin demora al Señor;
   Todo rendido, ven confiando en Jesús,
   Oh ven, sí ven, ven que te espera con gran amor.

375   Mi Mano Ten
BIGLOW

Tr. T. M. Westrup
Fanny J. Crosby, 1874

Hubert P. Main

1. Mi mano ten, Señor, pues flaco y débil,
   Sin ti no puedo riesgos afrontar;
   Tenla Señor, mi vida gozo llene
   Al verme libre así de todo azar.

2. Mi mano ten; permite que me animen
   Mi regocijo, mi esperanza en ti;
   Ténla, Señor, y compasivo impide
   Que caiga en mal cual una vez caí.

3. Mi mano ten; mi senda es tenebrosa
   Si no la alumbra tu radiante faz;
   Por fe si alcanzo a percibir tu gloria,
   ¡Cuán grande gozo! ¡cuán profunda paz!

376 Haz Que Sienta Tu Presencia

Tr. A. P. Pierson
Maxine R. Anderson
Maxine R. Anderson

Haz que sienta tu presencia diariamente, oh Señor;
Que tu Espíritu me guíe por doquier.
Haz que yo tu voluntad cumpla hoy con dignidad,
Y que sienta tu presencia, oh Señor.

377   A Prados Verdes
TINDLEY
Ernesto Barocio   F. A. Clark

1. A prados verdes me guía mi buen Pastor
   En paz allí me sustenta con tierno amor.
   Rico abundante es el pasto y agua de vida da;
   Me cercan hermosas flores; ¿quién no le seguirá?

CORO:

Al frente siempre el buen Pastor
Va de su grey, y con amor,
A cada oveja entrar al fin verá en su redil.

2. Cuando por valle de sombra a cruzar voy
   Ningún mal temo; me guarda mi buen pastor.
   Puede ser duro el camino, mas lo trazó su amor;
   Voy adelante confiado en su fiel dirección.

3. Hacia el país de la vida; do amor y paz
   Reinan por siempre, mi senda me llevará.
   Bella mansión y gloriosa me ha preparado allá
   El buen Pastor, que su oveja nunca abandonará.

378 Mándanos Lluvias De Bendición
MATTHEWS

Tr. A. P. Pierson
B. B. McKinney

B. B. McKinney

1. Mándanos lluvias de bendición,
   Es la plegaria del corazón;
   Lluvias de gracia y de salvación,
   Avívanos, oh Señor.

CORO:

Avívanos, oh Señor, llenándonos de tu amor,
Colmándonos de fervor; ven, hazlo primero en mí.

2. Mándanos lluvias de santo amor
   Para poder guiar al pecador;
   Hasta los pies del buen Redentor;
   Avívanos, oh Señor.

3. Mándanos lluvias de santidad
   Para vencer toda la maldad;
   Sólo buscamos tu voluntad,
   Avívanos, oh Señor.

4. Mándanos lluvias de tu poder,

Gracia divina que llena el ser,
Don que tu ley nos dé a comprender
Avívanos, oh Señor.

379   Mi Jesús Es Un Amigo Fiel

UN AMIGO FIEL

Tr. A. P. Pierson
B. B. McKinney   B. B. McKinney

1. ¡Qué placer al andar por la senda
   Do la gracia de Dios es luz,
   Y decir por doquiera la historia
   De mi Salvador Jesús!

CORO:

Mi Jesús es un amigo fiel,
Mi Jesús es un amigo fiel;
A mi corazón llegó su luz:
Fiel amigo es mi Jesús.

2. Aunque el mundo desprecie mi vida
   Y Satán pugne con furor,
   El amigo que siempre me auxilia
   Es Jesús, mi Salvador.

3. Fiel testigo seré por mi Cristo,
   Serviréle con gran amor;
   Y en la gloria diré al loarlo:
   Es Jesús, mi Salvador.

380 Maestro Se Encrespan Las Aguas

¡SEA LA PAZ!

Tr. Vicente Mendoza
Mary A. Baker

Horatius R. Palmer

1. Maestro, se encrespan las aguas
   Y ruge la tempestad;
   Los grandes abismos del cielo
   Se llenan de oscuridad.
   "¿No ves que aquí perecemos? ¿Puedes dormir así
   Cuando el mar agitado nos abre
   Profundo sepulcro aquí?"

CORO:

   Los vientos, las ondas oirán tu voz: "¡sea la paz!"
   Calmas las iras del negro mar,
   Las luchas del alma las haces cesar,
   Y así la barquilla do va el Señor
   Hundirse no puede en al mar traidor.
   Doquier se cumple tu voluntad:
   ¡Sea la paz! ¡Sea la paz!
   Tu voz resuena en la inmensidad: "¡sea la paz!"

2. Maestro, mi ser angustiado
   Te busca con ansiedad,
   De mi alma en los antros profundos
   Se libra cruel tempestad;
   Pasa el pecado a torrentes; sobre mi frágil ser,
   Y perezco, perezco Maestro,
   ¡Oh, quiéreme socorrer!

3. Maestro, pasó la tormenta,
   Los vientos no rugen ya,
   Y sobre el cristal de las aguas

El sol resplandecerá.
¡Maestro, prolonga esta calma,
No me abandones más;
Cruzaré los abismos contigo
Gozando bendita paz!

381   Digno Es El Cordero
ONONDAGA

Pedro Grado y otros   Frank M. Davis

Digno, digno, digno es el Cordero de Dios;
Digno es el Cordero de Dios.
Digno es el Cordero que murió por nuestro bien;
Digno es el Cordero que murió por nuestro bien;
Y con su sangre para Dios nos redimió.
Y con su sangre para Dios nos redimió, nos redimió.
Nos redimió y con su sangre la vida nos dio
Aleluyas, glorias y honras al santo
Cordero, por siempre y siempre
Siempre, siempre, siempre, siempre, Amén, Amén.
Aleluyas, glorias y honras al santo
Cordero, por siempre y
Siempre, y siempre, y siempre,
Y siempre, Amén, Amén.

382   Es El Tiempo De La Siega
SE NECESITAN SEGADORES

Es traducción
Charles H. Gabriel   Charles H. Gabriel

1. Es el tiempo de la siega y tú sin vacilar,
   Declarando con holgura "no hay que trabajar",

Mientras tanto que el Maestro te vuelve a llamar.
Joven, joven, ven trabaja ya.

CORO:

Ven, y ve los campos blancos, como están
Aguardando manos que los segarán.
Joven, ¡despierta! hazlo pronto y alerta
Sé el primero en decirle "heme aquí, Señor".
Por doquier se inclina la madura mies
Que las auras mueven, y ¡qué bella es!
Joven, ¡despierta! hazlo pronto y alerta,
Pocos días hay que restan para el segador.

2. Las gavillas que recojas, joyas de esplendor,
   Brillarán en la corona que dará el Señor.
   Busca pronto eternas joyas, Dios es premiador.
   Joven, joven, ven trabaja ya.

3. Va pasando la mañana, y nunca volverá,
   Pronto el tiempo de la siega aquí terminará,
   Te hallarás al fin vacío ante tu Creador.
   Joven, joven, ven trabaja ya.

383   Tu Tiempo Consagra
SANTIDAD

Tr. T. M. Westrup
W. D. Longstaff   George C. Stebbins

1. Tu tiempo consagra; no dejes de orar;
   En Dios permanece, y busca el maná;
   Amando a los fieles, al débil sostén,
   Y nunca olvides el don y por quién.

2. Tu vida consagra; el mundo es veloz;

Camina despacio del Maestro en pos;
Mirándolo mucho serás como él es;
Tú para dudarlo motivo no des.

3. Tus bienes consagra; riqueza te dé;
Tu paso acomoda de Dios el andar;
Que goces, que sufras, camina con él;
Fijando la vista en modelo tan fiel.

4. Tus fuerzas consagra; tranquilo estarás;
En ti sólo impere de él la voluntad;
Su espíritu sigue a fuentes de amor;
Prepárate y pronto verás al Señor.

384   Amén
DRESDEN

Amén, Amén.

385   Amén
TRIPLE

Danés

Amén, Amén, Amén.

386   Feliz, Feliz Cumpleaños
CUMBRE

Tr. S. Euresti
Eliza E. Hewitt

Grant Colfax Tullar

1. Feliz, feliz cumpleaños deseamos para ti,
   Que el Dios Omnipotente te quiera bendecir.

CORO:

¡Feliz, feliz cumpleaños!
Que Dios en su bondad
Te dé muy larga vida, salud, felicidad.

2. A Dios le damos gracias que con amor sin par,
Al fin de otro año hermoso te permitió llegar.

387 Respuesta Coral

OYENOS, OH DIOS

Tr. Geo. P. Simmonds
George Whelpton

George Whelpton

Oyenos, oh Dios,
Oyenos, oh Dios,
Atiende a nuestra voz,
Y danos tu paz.

388 Gloria Patri

DOXOLOGIA MENOR

Es traducción

Cristóforo Meinecke

Gloria demos al Padre,
Al Hijo y al Santo Espíritu;
Como eran al principio,
Son hoy y habrán de ser,
Eternamente. Amén.

389   A Dios, El Padre Celestial

DOXOLOGIA MAYOR

Es traducción   (El Antiguo Cien)   William Franc
Thomas Ken   En Salterio de Ginebra, 1551

A Dios el Padre celestial,
Al Hijo nuestro Redentor,
Y al eternal Consolador,
Unidos todos alabad.

INDICE DE "LECTURAS ANTIFONALES"

Acción De Gracias	13
"Acuérdate De Tu Creador"	8
Amor Perfecto, El	23
Bienaventuranzas, Las	16
Buen Pastor, El	18
Cena del Señor, La	27
Confesión De La Fe	20
Cristo En La Profecía	9
"De Tal Manera Amó Dios"	17
Diez Mandamientos, Los	1
Dios Nuestro Amparo	10
Dios Nuestro Refugio	11
Dios Revelado En La Naturaleza	4
Fe Consoladora, La	19
Hermosura Del Santuario	2
Honrando El Día Del Señor	3
Justificación y Regeneración	21
Liberalidad Cristiana	24
Navidad, La	26
Palabra De Dios, La	15
Resurrección Y La Gran Comisión, La	25
Rey De Gloria, El	5
Salmo Pastoril, El	7
Santificación Y Santidad	22
"Ten Piedad De Mí, Oh Dios"	12
"Todos Los Sedientos, A"	14
Varón Piadoso, El	6

LECTURAS ANTIFONALES

Lectura Núm. 1.

LOS DIEZ MANDAMIENTOS

(Exodo 20:1-17)

1 Y habló Dios todas estas palabras, diciendo:
2 **Yo soy JEHOVA tu Dios, que te saqué de la tierra de Egipto, de casa de siervos.**

I

3 No tendrás dioses ajenos delante de mí.

II

4 **No te harás imagen, ni ninguna semejanza de cosa que esté arriba en el cielo, ni abajo en la tierra, ni en las aguas debajo de la tierra:**
5 No te inclinarás a ellas, ni las honrarás; porque yo soy Jehová tu Dios, fuerte, celoso, que visito la maldad de los padres sobre los hijos, sobre los terceros y sobre los cuartos, a los que me aborrecen.
6 **Y que hago misericordia en millares a los que me aman y guardan mis mandamientos.**

III

7 No tomarás el nombre de Jehová tu Dios en vano; porque no dará por inocente Jehová al que tomare su nombre en vano.

IV

8 Acordarte has del día del reposo, para santificarlo.
9 Seis días trabajarás, y harás toda tu obra;
10 **Mas el séptimo día será reposo para Jehová tu Dios: no hagas en él obra alguna, tú, ni tu hijo, ni tu hija, ni tu siervo, ni tu criada, ni tu bestia, ni tu extranjero que está dentro de tus puertas:**
11 Porque en seis días hizo Jehová los cielos y la tierra, la mar y todas las cosas que en ellos hay, y reposó en el séptimo día: por tanto Jehová bendijo el día del reposo y lo santificó.

V

12 Honra a tu padre y a tu madre, porque tus días se alarguen en la tierra que Jehová tu Dios te da.

VI

13 No matarás.

VII

14 **No cometerás adulterio.**

VIII

15 No hurtarás.

IX

16 **No hablarás contra tu prójimo falso testimonio.**

X

17 No codiciarás la casa de tu prójimo, no codiciarás la mujer de tu prójimo, ni su siervo, ni su criada, ni su buey, ni su asno, ni cosa alguna de tu prójimo.

Lectura Núm. 2.

HERMOSURA DEL SANTUARIO

(Salmo 84:1-12)

1 ¡Cuán amables son tus moradas, oh Jehová de los ejércitos!

2 **Codicia y aun ardientemente desea mi alma los atrios de Jehová: Mi corazón y mi carne cantan al Dios vivo.**

3 Aun el gorrión halla casa, y la golondrina nido para sí, donde ponga sus pollos en tus altares, oh Jehová de los ejércitos, Rey mío, y Dios mío.

4 **Bienaventurados los que habitan en tu casa: perpetuamente te alabarán.**

5 Bienaventurado el hombre que tiene su fortaleza en ti; en cuyo corazón están tus caminos.

6 **Atravesando el valle de Baca (lágrimas), pónenle por fuente, cuando la lluvia llena los estanques.**

7 Irán de fortaleza en fortaleza, verán a Dios en Sion.

8 Jehová Dios de los ejércitos, oye mi oración: escucha, oh Dios de Jacob.

9 Mira, oh Dios, escudo nuestro, y pon los ojos en el rostro de tu ungido.

10 Porque mejor es un día en tus atrios que mil fuera de ellos: Escogería antes estar a la puerta de la casa de mi Dios, que habitar en las moradas de maldad.

11 Porque sol y escudo es Jehová Dios: gracia y gloria dará Jehová: no quitará el bien a los que en integridad andan.

12 Jehová de los ejércitos, dichoso el hombre que en ti confía.

Lectura Núm. 3.

HONRANDO EL DIA DEL SEÑOR

(Gén. 2:1-3; Exodo 20:8-10; Marcos 2:23-28; Hechos 20:7; 1 Cor. 16:2; Hechos 2:1)

1 Y fueron acabados los cielos y la tierra, y todo su ornamento.

2 Y acabó Dios en el día séptimo su obra que hizo, y reposó el día séptimo de toda su obra que había hecho.

3 Y bendijo Dios al día séptimo, y santificólo, porque en él reposó de toda su obra que había Dios criado y hecho.

4 Acordarte has del día del reposo, para santificarlo:

5 Seis días trabajarás, y harás toda tu obra;

6 Mas el séptimo día será de reposo para Jehová tu Dios: no hagas en él obra alguna, tú, ni tu hijo, ni tu hija, ni tu siervo, ni tu criada, ni tu bestia, ni tu extranjero que está dentro de tus puertas.

7 Y aconteció que pasando él por los sembrados en sábado, sus discípulos andando comenzaron a arrancar espigas.

8 Entonces los Fariseos le dijeron: He aquí, ¿por qué hacen en sábado lo que no es lícito?

9 Y él les dijo: ¿Nunca leísteis qué hizo David cuando tuvo necesidad, y tuvo hambre, él y los que con él estaban;

10 Cómo entró en la casa de Dios, siendo Abiathar sumo pontífice, y comió los panes de la proposición, de los cuales no es lícito comer sino a los sacerdotes, y aun dio a los que con él estaban?

11 También les dijo: El sábado por causa del hombre es hecho; no el hombre por causa del sábado.

12 Así que el Hijo del hombre es Señor aun del sábado.

13 Y el día primero de la semana, juntos los discípulos a partir el pan, Pablo les enseñaba.

14 Cada primer día de la semana cada uno de vosotros aparte en su casa, guardando lo que por la bondad de Dios pudiere.

15 Y como se cumplieron los días de Pentecostés (el quincuagésimo día después del Sábado pascual, siendo el día primero de la semana), estaban todos unánimes juntos.

Lectura Núm. 4.

DIOS REVELADO EN LA NATURALEZA

(Salmo 19:1-14)

1 Los cielos cuentan la gloria de Dios, y la expansión denuncia la obra de sus manos.

2 El un día emite palabra al otro día, y la una noche a la otra noche declara sabiduría.

3 No hay dicho, ni palabras, ni es oída su voz.

4 Por toda la tierra salió su hilo, y al cabo del mundo sus palabras. En ellos puso tabernáculo para el sol.

5 Y él, como un novio que sale de su tálamo, alégrase cual gigante para correr el camino.

6 Del un cabo de los cielos es su salida, y su giro hasta la extremidad de ellos: y no hay quien se esconda de su calor.

7 La ley de Jehová es perfecta, que vuelve el alma: el testimonio de Jehová, fiel, que hace sabio al pequeño.

8 Los mandamientos de Jehová son rectos, que alegran el corazón: el precepto de Jehová, puro, que alumbra los ojos.

9 El temor de Jehová, limpio, que permanece para siempre; los juicios de Jehová son verdad, todos justos.

10 Deseables son más que el oro, y más que mucho oro afinado; y dulces más que miel, y que la que destila del panal.

11 Tu siervo es además amonestado con ellos: en guardarlos hay grande galardón.

12 Los errores, ¿quién los entenderá? Líbrame de los que me son ocultos.

13 Detén asimismo a tu siervo de las soberbias; que no se enseñoreen de mí: entonces seré íntegro, y estaré limpio de gran rebelión.

14 Sean gratos los dichos de mi boca y la meditación de mi corazón delante de ti, oh Jehová, roca mía, y redentor mío.

Lectura Núm. 5.

EL REY DE GLORIA

(Salmo 24:1-10)

1 De Jehová es la tierra y su plenitud; el mundo, y los que en él habitan.

2 Porque él la fundó sobre los mares, y afirmóla sobre los ríos.

3 ¿Quién subirá al monte de Jehová? ¿Y quién estará en el lugar de su santidad?

4 El limpio de manos, y puro de corazón: el que no ha elevado su alma a la vanidad, ni jurado con engaño.

5 El recibirá bendición de Jehová, y justicia del Dios de salud.

6 Tal es la generación de los que le buscan, de los que buscan tu rostro, oh Dios de Jacob.

7 Alzad, oh puertas, vuestras cabezas, y alzaos vosotras, puertas eternas, y entrará el Rey de gloria.

8 **¿Quién es este Rey de gloria? Jehová el fuerte y valiente, Jehová el poderoso en batalla.**

9 Alzad, oh puertas, vuestras cabezas, y alzaos vosotras, puertas eternas, y entrará el Rey de gloria.

10 ¿Quién es este Rey de gloria? Jehová de los ejércitos, él es el Rey de la gloria.

~~~~~

Lectura Núm. 6.

EL VARON PIADOSO

(Salmo 1)

1 Bienaventurado el varón que no anduvo en consejo de malos, ni estuvo en camino de pecadores, ni en silla de escarnecedores se ha sentado;

2 **Antes en la ley de Jehová está su delicia, y en su ley medita de día y de noche.**

3 Y será como el árbol plantado junto a arroyos de aguas, que da su fruto en su tiempo, y su hoja no cae; y todo lo que hace, prosperará.

4 **No así los malos: sino como el tamo que arrebata el viento.**

5 Por tanto no se levantarán los malos en el juicio, ni los pecadores en la congregación de los justos.

6 **Porque Jehová conoce el camino de los justos; mas la senda de los malos perecerá.**

~~~~~

Lectura Núm. 7.

EL SALMO PASTORIL

(Salmo 23:1-6)

1 Jehová es mi pastor; nada me faltará.

2 **En lugares de delicados pastos me hará yacer: junto a aguas de reposo me pastoreará.**

3 Confortara mi alma; guiaráme por sendas de justicia por amor de su nombre.

4 **Aunque ande en valle de sombra de muerte, no temeré mal alguno; porque tú estarás conmigo: tu vara y tu cayado me infundirán aliento.**

5 Aderezarás mesa delante de mí, en presencia de mis angustiadores: ungiste mi cabeza con aceite: mi copa está rebosando.

6 **Ciertamente el bien y la misericordia me seguirán todos los días de mi vida: y en la casa de Jehová moraré por largos días.**

―――

Lectura Núm 8.

"ACUERDATE DE TU CREADOR"

(Eccles. 11:9, 10; 12:1-7, 13, 14)

1 Alégrate, mancebo, en tu mocedad, y tome placer tu corazón en los días de tu juventud; y anda en los caminos de tu corazón, y en la vista de tus ojos: mas sabe, que sobre todas estas cosas te traerá Dios a juicio.

2 **Quita pues el enojo de tu corazón, y aparta el mal de tu carne: porque la mocedad y la juventud son vanidad.**

3 Y acuérdate de tu Creador en los días de tu juventud, antes que vengan los malos días, y lleguen los años, de los cuales digas, no tengo en ellos contentamiento;

4 **Antes que se oscurezca el sol, y la luz, y la luna y las estrellas, y las nubes se tornen tras la lluvia:**

5 Cuando temblarán los guardas de la casa, y se encorvarán los hombres fuertes, y cesarán las muelas, porque han disminuido, y se oscurecerán los que miran por las ventanas;

6 **Y las puertas de afuera se cerrarán, por la bajeza de la voz de la muela; y levantaráse a la voz del ave, y todas las hijas de canción serán humilladas;**

7 Cuando también temerán de lo alto, y los tropezones en el camino; y florecerá el almendro, y se agravará la langosta, y perderáse el apetito: porque el hombre va a la casa de su siglo, y los endechadores andarán en derredor por la plaza;

8 Antes que la cadena de plata se quiebre, y se rompa el cuenco de oro, y el cántaro se quiebre junto a la fuente, y la rueda sea rota sobre el pozo;

9 Y el polvo se torne a la tierra, como era, y el espíritu se vuelva a Dios que lo dió.

10 El fin de todo el discurso oído es éste: teme a Dios, y guarda sus mandamientos; porque esto es el todo del hombre.

11 Porque Dios traerá toda obra a juicio, el cual se hará sobre toda cosa oculta, buena o mala.

Lectura Núm. 9.

CRISTO EN LA PROFECIA

(Isaías 53:1-12)

1 ¿Quién ha creído a nuestro anuncio? ¿y sobre quién se ha manifestado el brazo de Jehová?

2 Y subirá cual renuevo delante de él, y como raíz de tierra seca: no hay parecer en él, ni hermosura: verlo hemos, mas sin atractivo para que le deseemos.

3 Despreciado y desechado entre los hombres, varón de dolores, experimentado en quebranto; y como que escondimos de él el rostro, fue menospreciado, y no lo estimamos.

4 Ciertamente llevó él nuestras enfermedades, y sufrió nuestros dolores; y nosotros le tuvimos por azotado, por herido de Dios y abatido.

5 Mas él herido fué por nuestras rebeliones, molido por nuestros pecados: el castigo de nuestra paz sobre él; y por su llaga fuimos nosotros curados.

6 Todos nosotros nos descarriamos como ovejas, cada

cual se apartó por su camino: mas Jehová cargó en él el pecado de todos nosotros.

7 Angustiado él, y afligido, no abrió su boca; como cordero fué llevado al matadero; y como oveja delante de sus trasquiladores, enmudeció, y no abrió su boca.

8 **De la cárcel y del juicio fué quitado; y su generación ¿quién la contará? Porque cortado fué de la tierra de los vivientes; por la rebelión de mi pueblo fué herido.**

9 Y dispúsose con los impíos su sepultura, mas con los ricos fué en su muerte; porque nunca hizo él maldad, ni hubo engaño en su boca.

10 Con todo eso Jehová quiso quebrantarlo, sujetándole a padecimiento. Cuando hubiere puesto su vida en expiación por el pecado, verá linaje, vivirá por largos días, y la voluntad de Jehová será en su mano prosperada.

11 Del trabajo de su alma verá y será saciado; con su conocimiento justificará mi siervo justo a muchos, y él llevará las iniquidades de ellos.

12 Por tanto yo le daré parte con los grandes, y con los fuertes repartirá despojos; por cuanto derramó su vida hasta la muerte, y fué contado con los perversos, habiendo él llevado el pecado de muchos, y orado por los transgresores.

~~~~~

Lectura Núm. 10.

DIOS NUESTRO AMPARO

(Salmo 46:1-5, 10, 11)

1 Dios es nuestro amparo y fortaleza, nuestro pronto auxilio en las tribulaciones.

2 **Por tanto no temeremos aunque la tierra sea removida; aunque se traspasen los montes al corazón de la mar.**

3 Bramarán, turbaránse sus aguas; temblarán los montes a causa de su braveza.

4 Del río sus conductos alegrarán la ciudad de Dios, el santuario de las tiendas del Altísimo.

5 Dios está en medio de ella; no será conmovida: Dios la ayudará al clarear la mañana.

6 **Estad quietos, y conoced que yo soy Dios: ensalzado seré en la tierra.**

7 Jehová de los ejércitos es con nosotros; nuestro refugio es el Dios de Jacob.

Lectura Núm. 11.

DIOS NUESTRO REFUGIO

(Salmo 90:1-10, 12, 16, 17)

1 Señor, tú nos has sido refugio en generación y en generación.

2 **Antes que naciesen los montes, y formases la tierra y el mundo, y desde el siglo y hasta el siglo, tú eres Dios.**

3 Vuelves al hombre hasta ser quebrantado, y dices: convertíos, hijos de los hombres.

4 **Porque mil años delante de tus ojos, son como el día de ayer, que pasó, y como una de las vigilias de la noche.**

5 Háceslos pasar como avenida de aguas; son como sueño; como la hierba que crece en la mañana:

6 **En la mañana florece y crece; a la tarde es cortada, y se seca.**

7 Porque con tu furor somos consumidos, y con tu ira somos conturbados.

8 **Pusiste nuestras maldades delante de ti, nuestros yerros a la luz de tu rostro.**

9 Porque todos nuestros días declinan a causa de tu ira; acabamos nuestros años · como un pensamiento.

10 **Los días de nuestra edad son setenta años; que si en los más robustos son ochenta años, con todo su fortaleza es molestia y trabajo; porque es cortado presto, y volamos.**

11 Enséñanos de tal modo a contar nuestros días, que traigamos al corazón sabiduría.
12 Aparezca en tus siervos tu obra, y tu gloria sobre sus hijos.
13 Y sea la luz de Jehová nuestro Dios sobre nosotros; y ordena en nosotros la obra de nuestras manos, la obra de nuestras manos confirma.

Lectura Núm. 12.

"TEN PIEDAD DE MI, OH DIOS"

(Salmo 51:1-17)

1 Ten piedad de mí, oh Dios, conforme a tu misericordia; conforme a la multitud de tus piedades borra mis rebeliones.
2 Lávame más y más de mi maldad, y límpiame de mi pecado.
3 Porque yo reconozco mis rebeliones; y mi pecado está siempre delante de mí.
4 A ti, a ti solo he pecado, y he hecho lo malo delante de tus ojos: porque seas reconocido justo en tu palabra, y tenido por puro en tu juicio.
5 He aquí, en maldad he sido formado, y en pecado me concibió mi madre.
6 He aquí, tú amas la verdad en lo íntimo; y en lo secreto me has hecho comprender sabiduría.
7 Purifícame con hisopo, y seré limpio: lávame, y seré emblanquecido más que la nieve.
8 Hazme oír gozo y alegría; y se recrearán los huesos que has abatido.
9 Esconde tu rostro de mis pecados, y borra todas mis maldades.
10 Crea en mí, oh Dios, un corazón limpio; y renueva un espíritu recto dentro de mí.
11 No me eches de delante de ti; y no quites de mí tu santo espíritu.

12 **Vuélveme el gozo de tu salud; y el espíritu libre me sustente.**

13 Enseñaré a los prevaricadores tus caminos; y los pecadores se convertirán a ti.

14 **Líbrame de homicidios, oh Dios, Dios de mi salud: cantará mi lengua tu justicia.**

15 Señor, abre mis labios; y publicará mi boca tu alabanza.

16 **Porque no quieres tú sacrificio, que yo daría; no quieres holocausto.**

17 Los sacrificios de Dios son el espíritu quebrantado: al corazón contrito y humillado no despreciarás tú, oh Dios.

Lectura Núm. 13.

ACCION DE GRACIAS

(Salmo 103:1-18)

1 Bendice, alma mía, a Jehová; y bendigan todas mis entrañas su santo nombre.

2 **Bendice, alma mía, a Jehová, y no olvides ninguno de sus beneficios.**

3 El es quien perdona todas tus iniquidades, el que sana todas tus dolencias;

4 **El que rescata del hoyo tu vida, el que te corona de favores y misericordias;**

5 El que sacia de bien tu boca de modo que te rejuvenezcas como el águila.

6 **Jehová el que hace justicia y derecho a todos los que padecen violencia.**

7 Sus caminos notificó a Moisés, y a los hijos de Israel sus obras.

8 **Misericordioso y clemente es Jehová; lento para la ira, y grande en misericordia.**

9 No contenderá para siempre, ni para siempre guardará el enojo.

10 No ha hecho con nosotros conforme a nuestras iniquidades; ni nos ha pagado conforme a nuestros pecados.

11 Porque como la altura de los cielos sobre la tierra, engrandeció su misericordia sobre los que le temen.

12 Cuanto está lejos el oriente del occidente, hizo alejar de nosotros nuestras rebeliones.

13 Como el padre se compadece de los hijos, se compadece Jehová de los que le temen.

14 Porque él conoce nuestra condición; acuérdase que somos polvo.

15 El hombre, como la hierba son sus días: florece como la flor del campo.

16 Que pasó el viento por ella, y pereció: y su lugar no la conoce más.

17 Mas la misericordia de Jehová desde el siglo y hasta el siglo sobre los que le temen, y su justicia sobre los hijos de los hijos.

18 Sobre los que guardan su pacto, y los que se acuerdan de sus mandamientos para ponerlos por obra.

Lectura Núm. 14.

"A TODOS LOS SEDIENTOS"

(Isaías 55:1-11)

1 A todos los sedientos: venid a las aguas; y los que no tienen dinero, venid, comprad, y comed. Venid, comprad, sin dinero y sin precio, vino y leche.

2 ¿Por qué gastáis el dinero no en pan, y vuestro trabajo no en hartura? Oídme atentamente, y comed del bien, y deleitaráse vuestra alma con grosura.

3 Inclinad vuestros oídos, y venid a mí: oíd, y vivirá vuestra alma; y haré con vosotros pacto eterno, las misericordias firmes a David.

4 He aquí, que yo lo di por testigo a los pueblos, por jefe y por maestro a las naciones.

5 He aquí, llamarás a gente que no conociste, y gentes que no te conocieron correrán a ti; por causa de Jehová tu Dios, y del Santo de Israel que te ha honrado.

6 Buscad a Jehová mientras puede ser hallado, llamadle en tanto que está cercano.

7 Deje el impío su camino, y el hombre inicuo sus pensamientos; y vuélvase a Jehová, el cual tendrá de él misericordia, y al Dios nuestro, el cual será amplio en perdonar.

8 Porque mis pensamientos no son vuestros pensamientos, ni vuestros caminos mis caminos, dijo Jehová.

9 Como son más altos los cielos que la tierra, así son mis caminos más altos que vuestros caminos, y mis pensamientos más que vuestros pensamientos.

10 Porque como desciende de los cielos la lluvia, y la nieve, y no vuelve allá, sino que harta la tierra, y la hace germinar y producir, y da simiente al que siembra, y pan al que come:

11 Así será mi palabra que sale de mi boca: no volverá a mí vacía, antes hará lo que yo quiero, y será prosperada en aquello para que la envié.

Lectura Núm. 15.

LA PALABRA DE DIOS

(Salmo 119:105, 11, 103; Job 23:12; Jer. 23:29; Hebreos 4: 12; Efesios 6:17b; Juan 17:17b; 2 Tim. 3:16, 17; Juan 5: 39; 3:34; Isaías 59:21; Lucas 8:11; 1 Pedro 1:23-25; Mateo 24:35; 4:4; 7:24; Lucas 11:28).

1 Lámpara es a mis pies tu palabra, y lumbrera a mi camino.

2 En mi corazón he guardado tus dichos, para no pecar contra ti.

3 ¡Cuán dulces son a mi paladar tus palabras! Más que la miel a mi boca.

4 Del mandamiento de sus labios nunca me separé; guardé las palabras de su boca más que mi comida.

5 ¿No es mi palabra como el fuego, dice Jehová, y como martillo que quebranta la piedra?

6 Porque la palabra de Dios es viva y eficaz, y más penetrante que toda espada de dos filos: y que alcanza hasta partir el alma, y aun el espíritu, y las coyunturas y tuétanos, y discierne los pensamientos y las intenciones del corazón.

7 Y la espada del Espíritu; que es la palabra de Dios.

8 Tu palabra es verdad.

9 Toda Escritura es inspirada divinamente y útil para enseñar, para redargüir, para corregir, para instituir en justicia.

10 Para que el hombre de Dios sea perfecto, enteramente instruido para toda buena obra.

11 Escudriñad las Escrituras, porque a vosotros os parece que en ellas tenéis la vida eterna; y ellas son las que dan testimonio de mí.

12 Porque el que Dios envió, las palabras de Dios habla.

13 Mis palabras que puse en tu boca, no faltarán de tu boca, ni de la boca de tu simiente.

14 La simiente es la palabra de Dios.

15 Siendo renacidos, no de simiente corruptible, sino de incorruptible, por la palabra de Dios, que vive y permanece para siempre.

16 Porque toda carne es como la hierba, y toda la gloria del hombre como la flor de la hierba: secóse la hierba, y la flor se cayó;

17 Mas la palabra del Señor permanece perpetuamente. Y esta es la palabra que por el evangelio os ha sido anunciada.

18 El cielo y la tierra pasarán, mas mis palabras no pasarán.

19 Escrito está: no con solo el pan vivirá el hombre, mas con toda palabra que sale de la boca de Dios.

20 Cualquiera, pues, que me oye estas palabras, y las hace, le comparararé a un hombre prudente, que edificó su casa sobre la peña.

21 Bienaventurados los que oyen la palabra de Dios, y la guardan.

Lectura Núm. 16.

LAS BIENAVENTURANZAS

(Mateo 5:1-12)

1 Y viendo las gentes, subió al monte; y sentándose, se llegaron a él sus discípulos.

2 Y abriendo su boca, les enseñaba, diciendo:

3 Bienaventurados los pobres en espíritu: porque de ellos es el reino de los cielos.

4 Bienaventurados los que lloran: porque ellos recibirán consolación.

5 Bienaventurados los mansos: porque ellos recibirán la tierra por heredad.

6 Bienaventurados los que tienen hambre y sed de justicia: porque ellos serán hartos.

7 Bienaventurados los misericordiosos: porque ellos alcanzarán misericordia.

8 Bienaventurados los de limpio corazón: porque ellos verán a Dios.

9 Bienaventurados los pacificadores: porque ellos serán llamados hijos de Dios.

10 Bienaventurados los que padecen persecución por causa de la justicia: porque de ellos es el reino de los cielos.

11 Bienaventurados sois cuando os vituperaren y os persiguieren, y dijeren de vosotros todo mal por mi causa, mintiendo.

12 Gozaos y alegraos; porque vuestra merced es grande en los cielos: que asi persiguieron a los profetas que fueron antes de vosotros.

Lectura Núm. 17.

"DE TAL MANERA AMO DIOS"

(Juan 3:14-21, 36)

1 Y como Moisés levantó la serpiente en el desierto, así es necesario que el Hijo del hombre sea levantado;

2 **Para que todo aquel que en él creyere, no se pierda, sino que tenga vida eterna.**

3 Porque de tal manera amó Dios al mundo, que ha dado a su Hijo unigénito, para que todo aquel que en él cree, no se pierda, mas tenga vida eterna.

4 **Porque no envió Dios a su Hijo al mundo para que condene al mundo, mas para que el mundo sea salvo por él.**

5 El que en él cree, no es condenado; mas el que no cree, ya es condenado, porque no creyó en el nombre del unigénito Hijo de Dios.

6 **Y esta es la condenación: porque la luz vino al mundo, y los hombres amaron más las tinieblas que la luz; porque sus obras eran malas.**

7 Porque todo aquel que hace lo malo, aborrece la luz y no viene a la luz, porque sus obras no sean redargüidas.

8 **Mas el que obra verdad, viene a la luz, para que sus obras sean manifestadas que son hechas en Dios.**

9 El que cree en el Hijo, tiene vida eterna; mas el que es incrédulo al Hijo, no verá la vida, sino que la ira de Dios está sobre él.

Lectura Núm. 18.

EL BUEN PASTOR

(Juan 10:1-5, 7-11, 27-30)

1 De cierto, de cierto os digo: El que no entra por la puerta en el corral de las ovejas, mas sube por otra parte, el tal es ladrón y robador.

2 Mas el que entra por la puerta, el pastor de las ovejas es.

3 A éste abre el portero, y las ovejas oyen su voz: y a sus ovejas llama por nombre, y las saca.

4 Y como ha sacado fuera todas las propias, va delante de ellas; y las ovejas le siguen, porque conocen su voz.

5 Mas al extraño no seguirán, antes huirán de él: porque no conocen la voz de los extraños.

6 De cierto, de cierto os digo: yo soy la puerta de las ovejas.

7 Todos los que antes de mí vinieron, ladrones son y robadores; mas no los oyeron las ovejas.

8 Yo soy la puerta: el que por mí entrare, será salvo; y entrará, y saldrá, y hallará pastos.

9 El ladrón no viene sino para hurtar y matar, y destruir; yo he venido para que tengan vida, y para que la tengan en abundancia.

10 Yo soy el buen pastor: el buen pastor su vida da por las ovejas.

11 Mis ovejas oyen mi voz, y yo las conozco, y me siguen;

12 Y yo les doy vida eterna: y no perecerán para siempre, ni nadie las arrebatará de mi mano.

13 Mi Padre que me las dió, mayor que todos es: y nadie las puede arrebatar de la mano de mi Padre.

14 Yo y el Padre una cosa somos.

Lectura Núm. 19.

LA FE CONSOLADORA

(Juan 14:1-13)

1 No se turbe vuestro corazón; creéis en Dios, creed también en mí.

2 En la casa de mi Padre muchas moradas hay: de otra manera os lo hubiera dicho: voy, pues, a preparar lugar para vosotros.

3 Y si me fuere, y os aparejare lugar, vendré otra vez, y os tomaré a mí mismo: para que donde yo estoy, vosotros también estéis.

4 Y sabéis a dónde yo voy; y sabéis el camino.

5 Dícele Tomás: Señor, no sabemos a dónde vas: ¿cómo, pues, podemos saber el camino?

6 Jesús le dice: Yo soy el camino, y la verdad, y la vida: nadie viene a mi Padre, sino por mí.

7 Si me conocieseis, también a mi Padre conocierais: y desde ahora le conocéis, y le habéis visto.

8 Dícele Felipe: Señor, muéstranos el Padre, y nos basta.

9 Jesús le dice: ¿Tanto tiempo ha que estoy con vosotros, y no me has conocido, Felipe? El que me ha visto, ha visto al Padre; ¿cómo, pues, dices tú: Muéstranos el Padre?

10 ¿No crees que yo soy en el Padre, y el Padre en mí? Las palabras que yo os hablo, no las hablo de mí mismo: mas el Padre que está en mí, él hace las obras.

11 Creedme que yo soy en el Padre, y el Padre en mí: de otra manera, creedme por las mismas obras.

12 De cierto, de cierto os digo: el que en mí cree, las obras que yo hago también él las hará; y mayores que éstas hará; porque yo voy al Padre.

13 Y todo lo que pidiereis al Padre en mi nombre, esto haré, para que el Padre sea glorificado en el Hijo.

~~~~~

Lectura Núm. 20.

CONFESION DE LA FE

(Romanos 10:8-15)

1 Cercana está la palabra, en tu boca y en tu corazón. Esta es la palabra de fe, la cual predicamos:

2 Que si confesares con tu boca al Señor Jesús, y creyeres en tu corazón que Dios le levantó de los muertos, serás salvo.

3 Porque con el corazón se cree para justicia; mas con la boca se hace confesión para salud.

4 Porque la Escritura dice: Todo aquel que en él creyere, no será avergonzado.

5 Porque no hay diferencia de Judío y de Griego: porque el mismo que es Señor de todos, rico es para con todos los que le invocan:

6 Porque todo aquel que invocare el nombre del Señor, será salvo.

7 ¿Cómo, pues, invocarán a aquel en el cual no han creído? ¿y cómo creerán a aquel de quien no han oído? ¿y cómo oirán sin haber quien les predique?

8 ¿Y cómo predicarán si no fueren enviados? Como está escrito: ¡Cuán hermosos son los pies de los que anuncian el evangelio de la paz, de los que anuncian el evangelio de los bienes!

~~~~~

Lectura Núm. 21.

JUSTIFICACION Y REGENERACION

1 Y os daré corazón nuevo, y pondré espíritu nuevo dentro de vosotros; y quitaré de vuestra carne el corazón de piedra, y os daré corazón de carne.

2 Y pondré dentro de vosotros mi espíritu, y haré que andéis en mis mandamientos, y guardéis mis derechos, y los pongáis por obra.—Ezequiel 36:26, 27.

3 Respondió Jesús, y díjole: De cierto, de cierto te digo, que el que no naciere otra vez, no puede ver el reino de Dios.

4 Dícele Nicodemo: ¿Cómo puede el hombre nacer siendo viejo? ¿puede entrar otra vez en el vientre de su madre, y nacer?

5 Respondió Jesús: De cierto, de cierto te digo, que el que no naciere de agua y del Espíritu, no puede entrar en el reino de Dios.

6 Lo que es nacido de la carne, carne es; y lo que es nacido del Espíritu, espíritu es.

7 No te maravilles de que te dije: Os es necesario nacer otra vez.—Juan 3:3-7.

8 **De cierto, de cierto os digo: El que oye mi palabra, y cree al que me ha enviado, tiene vida eterna; y no vendrá a condenación, mas pasó de muerte a vida.—Juan 5:24.**

9 Porque también éramos nosotros necios en otro tiempo, rebeldes, extraviados, sirviendo a concupiscencias y deleites diversos, viviendo en malicia y en envidia, aborrecibles, aborreciendo los unos a los otros.

10 **Mas cuando se manifestó la bondad de Dios nuestro Salvador, y su amor para con los hombres,**

11 No por obras de justicia que nosotros habíamos hecho, mas por su misericordia nos salvó, por el lavacro de la regeneración, y de la renovación del Espíritu Santo.

12 **El cual derramó en nosotros abundantemente por Jesucristo nuestro Salvador.**

13 Para que, justificados por su gracia, seamos hechos herederos según la esperanza de la vida eterna.—Tito 3:3-7.

14 **Justificados pues por la fe, tenemos paz para con Dios por medio de nuestro Señor Jesucristo.—Romanos 5:1.**

Lectura Núm. 22.

SANTIFICACION Y SANTIDAD

1 Santifícalos en tu verdad: tu palabra es verdad.

2 **Y por ellos yo me santifico a mí mismo, para que también ellos sean santificados en verdad.—Juan 17:17, 19.**

3 Y Dios, que conoce los corazones, les dió testimonio, dándoles el Espíritu Santo también como a nosotros;

4 Y ninguna diferencia hizo entre nosotros y ellos, purificando con la fe sus corazones.—Hechos 15:8, 9.

5 Del juramento que juró a Abraham nuestro padre que nos había de dar.

6 **Que sin temor librados de nuestros enemigos, le serviríamos**

7 En santidad y en justicia delante de él, todos los días nuestros.—Lucas 1:73-75.

8 Para que abras sus ojos, para que se conviertan de las tinieblas a la luz, y de la potestad de Satanás a Dios; para que reciban, por la fe que es en mí, remisión de pecados y suerte entre los santificados.—Hechos 26:18.

9 Con Cristo estoy juntamente crucificado, y vivo, no ya yo, mas vive Cristo en mí: y lo que ahora vivo en la carne, lo vivo en la fe del Hijo de Dios, el cual me amó, y se entregó a sí mismo por mí.—Gálatas 2:20.

10 Según nos escogió en él antes de la fundación del mundo, para que fuésemos santos y sin mancha delante de él en amor.—Efesios 1:4.

11 Cristo amó a la iglesia, y se entregó a sí mismo por ella,

12 Para santificarla limpiándola en el lavacro del agua por la palabra,

13 Para presentársela gloriosa para sí, una iglesia que no tuviese mancha ni arruga, ni cosa semejante; sino que fuese santa y sin mancha.—Efesios 5:25-27.

14 En la cual voluntad somos santificados por la ofrenda del cuerpo de Jesucristo hecha una sola vez.

15 Porque con una sola ofrenda hizo perfectos para siempre a los santificados.—Hebreos 10:10, 14.

16 Sino como aquel que os ha llamado es santo, sed también vosotros santos en toda conversación;

17 Porque escrito está: Sed santos, porque yo soy santo.—1 Pedro 1:15, 16.

18 Seguid la paz con todos, y la santidad, sin la cual nadie verá al Señor.—Hebreos 12:14.

Lectura Núm. 23.

EL AMOR PERFECTO

(1 Corintios 13:1-13)

1 Si yo hablase lenguas humanas y angélicas, y no ten-

go caridad, vengo a ser como metal que resuena, o címbalo que retiñe.

2 Y si tuviese profecía, y entendiese todos los misterios y **toda ciencia; y si tuviese toda la fe, de tal manera que traspasase los montes, y no tenga caridad, nada soy.**

3 Y si repartiese toda mi hacienda para dar de comer a pobres, y si entregase mi cuerpo para ser quemado, y no tengo caridad, de nada me sirve.

4 La caridad es sufrida, es benigna; la caridad no tiene envidia, la caridad no hace sinrazón, no se ensancha;

5 No es injuriosa, no busca lo suyo, no se irrita, no piensa el mal;

6 No se huelga de la injusticia, mas se huelga de la verdad;

7 Todo lo sufre, todo lo cree, todo lo espera, todo lo soporta.

8 La caridad nunca deja de ser: mas las profecías se han de acabar, y cesarán las lenguas, y la ciencia ha de ser quitada;

9 Porque en parte conocemos, y en parte profetizamos;

10 Mas cuando venga lo que es perfecto, entonces lo que es en parte será quitado.

11 Cuando yo era niño, hablaba como niño, pensaba como niño, juzgaba como niño; mas cuando ya fui hombre hecho, dejé lo que era de niño.

12 Ahora vemos por espejo, en obscuridad; mas entonces veremos cara a cara: ahora conozco en parte; mas entonces conoceré como soy conocido.

13 Y ahora permanecen la fe, la esperanza, y la caridad, estas tres: empero la mayor de ellas es la caridad.

Lectura Núm. 24.

LIBERALIDAD CRISTIANA

(Proverbios 3:9; 11:25; 13:7; Malaquías 3:8, 10; 2 Cor. 8: 9; 1 Cor. 16:2; 2 Cor. 9:7; Hechos 20:35; Salmo 41:1; Proverbios 19:17; Salmo 84:11; Filipenses 4:19)

1 Honra a Jehová de tu sustancia, y de las primicias de todos tus frutos.

2 El alma liberal será engordada: y el que saciare, él también será saciado.

3 Hay quienes se hacen ricos, y no tienen nada: y hay quienes se hacen pobres, y tienen muchas riquezas.

4 ¿Robará el hombre a Dios? Pues vosotros me habéis robado. Y dijisteis: ¿En qué te hemos robado? Los diezmos y las primicias.

5 Traed todos los diezmos al alfolí, y haya alimento en mi casa; y probadme ahora en esto, dice Jehová de los ejércitos, si no os abriré las ventanas de los cielos, y vaciaré sobre vosotros bendición hasta que sobreabunde.

6 Porque ya sabéis la gracia de nuestro Señor Jesucristo, que por amor de vosotros se hizo pobre, siendo rico; para que vosotros con su pobreza fueseis enriquecidos.

7 Cada primer día de la semana cada uno de vosotros aparte en su casa, guardando lo que por la bondad de Dios pudiere.

8 Cada uno dé como propuso en su corazón: no con tristeza, o por necesidad; porque Dios ama el dador alegre.

9 En todo os he enseñado que, trabajando así, es necesario sobrellevar a los enfermos, y tener presente las palabras del Señor Jesús, el cual dijo: Más bienaventurada cosa es dar que recibir.

10 Bienaventurado el que piensa en el pobre: en el día malo lo librará Jehová.

11 A Jehová empresta el que da al pobre, y él le dará su paga.

12 Gracia y gloria dará Jehová: no quitará el bien a los que en integridad andan.

13 Mi Dios, pues, suplirá todo lo que os falta conforme a sus riquezas en gloria en Cristo Jesús.

Lectura Núm. 25.

LA RESURRECCION Y LA GRAN COMISION

(Mateo 28:1-9, 16-20)

1 Y la víspera de sábado, que amanece para el primer día de la semana, vino María Magdalena, y la otra María, a ver el sepulcro.

2 Y he aquí, fué hecho un gran terremoto: porque el ángel del Señor, descendiendo del cielo y llegando, había revuelto la piedra, y estaba sentado sobre ella.

3 Y su aspecto era como un relámpago, y su vestido blanco como la nieve.

4 Y de miedo de él los guardas se asombraron, y fueron vueltos como muertos.

5 Y respondiendo el ángel, dijo a las mujeres: no temáis vosotras; porque yo sé que buscáis a Jesús, que fue crucificado.

6 No está aquí; porque ha resucitado, como dijo. Venid, ved el lugar donde fué puesto el Señor.

7 E id presto, decid a sus discípulos que ha resucitado de los muertos: y he aquí va delante de vosotros a Galilea; allí le veréis; he aquí, os lo he dicho.

8 Entonces ellas, saliendo del sepulcro con temor y gran gozo, fueron corriendo a dar las nuevas a sus discípulos. Y mientras iban a dar las nuevas a sus discípulos,

9 He aquí, Jesús les sale al encuentro diciendo: Salve. Y ellas se llegaron y abrazaron sus pies, y le adoraron.

10 Mas los once discípulos se fueron a Galilea, al monte donde Jesús les había ordenado.

11 Y como le vieron, le adoraron: mas algunos dudaban.

12 Y llegando Jesús, les habló, diciendo: Toda potestad me es dada en el cielo y en la tierra.

13 Por tanto, id, y doctrinad a todos los Gentiles, bautizándolos en el nombre del Padre, y del Hijo, y del Espíritu Santo:

14 Enseñándoles que guarden todas las cosas que os he mandado: y he aquí, yo estoy con vosotros todos los días, hasta el fin del mundo. Amén.

Lectura Núm. 26.

LA NAVIDAD

(Isaías 9:6; Mateo 1:21-23; Lucas 2:8-19)

1 Porque un niño nos es nacido, hijo nos es dado; y el principado sobre su hombro: y llamaráse su nombre Admirable, Consejero, Dios fuerte, Padre eterno, Príncipe de paz.

2 Y parirá un hijo, y llamarás su nombre Jesús, porque él salvará a su pueblo de sus pecados.

3 Todo esto aconteció para que se cumpliese lo que fué dicho por el Señor, por el profeta que dijo:

4 He aquí la virgen concebirá y parirá un hijo, y llamarás su nombre Emanuel, que declarado, es: Con nosotros Dios.

5 Y había pastores en la misma tierra, que velaban y guardaban las vigilias de la noche sobre su ganado.

6 Y he aquí el ángel del Señor vino sobre ellos, y la claridad de Dios los cercó de resplandor; y tuvieron gran temor.

7 Mas el ángel les dijo: No temáis; porque he aquí os doy nuevas de gran gozo, que será para todo el pueblo:

8 Que os ha nacido hoy, en la ciudad de David, un Salvador, que es CRISTO el Señor.

9 Y esto os será por señal: hallaréis al niño envuelto en pañales, echado en un pesebre.

10 Y repentinamente fué con el ángel una multitud de los ejércitos celestiales, que alababan a Dios, y decían:

11 Gloria en las alturas a Dios, y en la tierra paz, buena voluntad para con los hombres.

12 Y aconteció que como los ángeles se fueron de ellos al cielo, los pastores dijeron los unos a los otros: Pasemos pues hasta Bethlehem, y veamos esto que ha sucedido, que el Señor nos ha manifestado.

13 Y vinieron apriesa, y hallaron a María, y a José, y al niño acostado en el pesebre.

14 Y viéndolo, hicieron notorio lo que les había sido dicho del niño.

15 Y todos los que oyeron, se maravillaron de lo que los pastores les decían.

16 Mas María guardaba todas estas cosas, confiriéndolas en su corazón.

Lectura Núm. 27.

LA CENA DEL SEÑOR

(1 Cor. 5:7, 8; 10:16; 11:23-29)

1 Porque nuestra pascua, que es Cristo, fué sacrificada por nosotros.

2 Así que hagamos fiesta, no en la vieja levadura, ni en la levadura de malicia y de maldad, sino en ázimos de sinceridad y de verdad.

3 La copa de bendición que bendecimos, ¿no es la comunión de la sangre de Cristo? El pan que partimos, ¿no es la comunión del cuerpo de Cristo?

4 Porque yo recibí del Señor lo que también os he enseñado: que el Señor Jesús, la noche que fué entregado, tomó pan;

5 Y habiendo dado gracias, lo partió, y dijo: Tomad, comed: esto es mi cuerpo que por vosotros es partido: haced esto en memoria de mí.

6 Asimismo tomó también la copa, después de haber cenado, diciendo: esta copa es el nuevo pacto en mi sangre: haced esto todas las veces que bebiereis, en memoria de mí.

7 Porque todas las veces que comiereis este pan, y bebiereis esta copa, la muerte del Señor anunciáis hasta que venga.

8 De manera que, cualquiera que comiere este pan o bebiere esta copa del Señor indignamente será culpado del cuerpo y de la sangre del Señor.

9 Por tanto, pruébese cada uno a sí mismo, y coma así de aquel pan, y beba de aquella copa.

10 Porque el que come y bebe indignamente juicio come y bebe para sí, no discerniendo el cuerpo del Señor.

UTILIDAD DE LOS TRES INDICES QUE SIGUEN

El indice de los autores, adaptadores y traductores facilita el trabajo a los que se interesan por los datos himnológicos que se relacionan con los autores de las palabras o versos de los himnos. Entre otros beneficios está el de permitir que a primera vista se puedan ver los números de los himnos que corresponden al autor, adaptador o traductor en cuestión.

El indice de compositores, arregladores u origen melódico, dato que siempre va colocado a la derecha del encabezado de los himnos, permite las mismas observaciones que el de los autores, adaptadores y traductores. Diríamos que son arregladores aquellas personas que, utilizando la melodía de alguna otra fuente, proveen el cuerpo armónico del himno. Hemos empleado la abreviatura "Arr. por" para señalar este hecho. El origen melódico también resulta de interés ya que se refiere a la primera publicación de dicha melodía o a la porción de obras maestras que ha sido extraída para este uso.

El indice de tonadas se refiere al nombre asignado por el compositor, arreglador o en su defecto por alguna casa editorial a la melodía del himno. Así como el poeta pone título a su obra, así también los compositores asignan título o nombre a sus melodías. La inclusión de este indice permite observar el número de veces que se ha incluido tal melodía aunque el autor del poema varíe. También de esta manera es posible cotejar con otros himnarios cuando se desea comparar traducciones o versiones empleadas con la misma melodía. Estos nombres van colocados debajo del título del himno, en el centro del encabezado.

Agradecemos la ayuda de todas las personas que de alguna manera han colaborado para que tengamos tales índices en esta primera edición de letra de *El Nuevo Himnario Popular*.

INDICE
AUTORES, ADAPTADORES Y TRADUCTORES

Ackley, Alfred H., 95, 242, 337
Ackley, B. D., 353
Adams Sarah F., 184
Alexander, Cecil F., 9, 198
Allen, James, 193
Ambrose, Richard S., 87
Anderson, Maxine R., 376
Anónimo, 1, 233, 275, 294, 296, 302
Athans, S. D., 137, 180, 236, 295, 320, 323, 326, 328, 332, 340, 341
Atkinson, J. B., 286

Babbitt, M. J., 256
Babcock, Maltbie D., 162
Bachelor, Mary A., 356
Baker, Mrs. Annie H., 251
Baker, Mary A., 380
Baker, Richard D., 305
Baltzell, Isaiah, 297
Ball, H. C., 220, 222, 290, 309.
Barbauld, Anna Laetitia, 187
Baring-Gould, Sabine, 165
Barocio, Ernesto, 29, 31, 51, 90, 92, 134, 185, 228, 231, 256, 258, 260, 274, 280, 289, 299, 300, 314, 316, 324, 329, 331, 333, 334, 336, 347, 353, 355, 358, 364, 369, 377
Barton, B., 299
Baur, Benjamín A., 365
Baxter, Mrs. Lydia, 139, 192, 304
B., C., 183
Bennard, George, 134
Bennett, S. F., 62, 102
Bilhorn, Peter P., 324
B., J., 301
B., J.A., 24
Black., J.M., 17, 103, 149

Blair, Guillermo 20, 367
Blandly, E.W., 67
Bliss, Philip P., 24, 27, 69, 71, 78, 81, 172, 250, 350
Blowers, R. L., 263
B., M.N., 118
Bode, John Ernest, 88
Bon, Ramón, 284, 304
Bonar, Horatio, 145, 232
Booth-Tucker, Com., 132
Bottome, F., 221
Bradbury, William B., 107
Breck, Mrs. Frank A., 287
Brown, Mary, 22
Burton, John, 32

Cabrera, J. B., 15, 16, 18, 25, 26, 39, 45, 46, 57, 65, 77, 88, 108, 121, 128, 138, 160, 165, 193, 199, 201, 217, 234, 249, 272, 279, 291, 296, 350
Cabrera, J. L. Santiago, 198
Calamita, Camilo, 357
Candelas, G., 85
Carter, R. Kelso, 255
Carvajal, 13
Cassel, E.T., 104
Castro, Pedro, 32, 62, 71, 76, 99, 147, 200, 265, 335
Castro, T., 82
Cativiela, Alejandro, 129, 247
Claudius, Matthias, 300
Clephane, Elizabeth C., 76
Clifford, Jaime, 79, 124
Cluny, Bernardo de, 194
Codner, Elizabeth, 202
Cornell, W. D., 141
Cosidó, Mateo, 14, 122
Cowper, William, 56
Cragin, H. W., 5, 53, 60
Craig, Adam, 318

Craver, S. P., 315
Crawford, Ruth D., 203
Crosby, Fanny J., 50, 52, 61, 63, 70, 77, 123, 133, 148, 171, 177, 223, 229, 244, 285, 308, 375
Cruellas, Sebastián, 23, 226
Cushing, W. O., 201, 249
C., V. J., 278
Chapman, J. Wilbur, 41
Chisholm, Thomas O., 257

Dana, Mrs. M. S. B., 370
Davis, Frank M., 74
DeArmond, Lizzie, 259
De Venter, Judson W. Van, 58, 295
D., Sra. F. F., 67
Díaz, E. A. Monfort, 123
Doddridge, Philip, 112
Duffer, Hiram, 305
Duffield, George, Jr., 124, 357
Dwight, Timothy, 196

Edwards, Sra. E. E. Van D. de, 170
E., H. C., 84
El Cristiano, 164
Elliott, Charlotte, 16, 64
Elliot, Emily S., 36
El Nathan, 10, 98, 176, 246, 289, 327
Empaytaz, A. L., 356
Esteban, Griego, 190
Estrella De Belén, 6, 12, 75, 105
Euresti, S., 386
Excell, E. O., 273

Faber, Frederick W., 262
Fawcett, John, 80, 200
Fearis, J. S., 290
Fernández, Abraham, 40, 131, 321
Fliedner, Fritz, 33, 35
Fry, Charles W., 298

Gabriel, Charles H., 55, 116, 277, 303, 307, 347, 364, 382
García, Tomás, 308

G., H. B., 137
Gilmore, Joseph Henry, 100
Gilmour, H. L., 115
Goldsmith, P. H., 223
González, Modesto, 98, 311
González, Tomás, 13
Goreh, Ellen Lakshmi, 310
Grado, Pedro, 37, 59, 74, 109, 117, 158, 159, 163, 239, 297, 381
Gray, James M., 155, 331
Griswold, Mrs. E. W., 205

Hammond, E. P., 248
Hankey, Katherine, 15, 25, 26
Harkness, Robert, 111, 261
Hartsough, Louis, 57
Harwood, T., 115
Havergal, Frances R., 94, 128, 323
Hawks, Annie S., 216
Heath, George, 373
Heber, Reginald, 18, 130
Hewitt, Eliza E., 54, 150, 268, 309, 352, 386
Hoffman, Elisha A., 43, 60, 109, 243
Homer, Charlotte G., 292
Hopper, Edward, 126
Hudson, R. E., 59 (Coro)
Hunter, William, 335
Huntington, D. W. C., 99
Huston, Frank C., 333
Hutchinson, M. N., 56, 188

Irwin, W. G., 37

Jackson, H. G., 102, 182, 192
J., G. M., 211
Jones, L. E., 68

Keble, John, 212
Kelley, Thomas, 135, 322
"K" en "Selection", Rippon, 319
Ken, Thomas, 389
Kidder, Mary A., 159
Kirkland, Flora, 181
Kirkpatrick, William J., 221
K., W. D., 338

La Lira, 106
Lathbury, Mary A., 157
Latta, E. R., 207
Leech, Lida S., 260
Lerín, Alfredo y Olivia, 181
Lillenas, Haldor, 167
Longstaff, W. D., 83, 383
Lowry, Robert, 47, 53, 106, 240
Luke, Jemima, 23
Lutero, Martín, 121
Lyte, Henry F., 368

Mackay, William P., 5, 339
Maes, R. F., 167
Mant, Richard, 264
March, Daniel, 153
Marsh, Charles H., 234
Martin, Civilla D., 280
Martínez de la Rosa, F., 225
Martin, W. Stillman, 314
Mata, D. A., 68
Matheson, George, 142
Mavillard, M., 42
McAfee, C. B., 96
McDaniel, R. H., 72
McGranahan, James, 101
McKinney, B. B., 282, 374, 378, 379
Mendoza, Vicente, 4, 21, 22, 43, 49, 54, 72, 86, 89, 93, 94, 103, 104, 111, 113, 114, 116, 126, 141, 142, 143, 149, 152, 154, 157, 177, 179, 204, 221, 234, 241, 245, 255, 259, 261, 262, 263, 277, 287, 292, 303, 307, 313, 319, 345, 348, 380
Mercado, J. J., 17
Merrill, H. A., 48
M., H., 238
Midlane, Alberto, 171, 312
Miles, C. Austin, 113, 222
Millham, W. T., 214
Miralles, 284
M'k Darwood, W., 329
Mohr, Joseph, 34
Monk, William Henry, 46
Montelongo, F. S., 349
Montgomery, James, 97, 204
Mora, José de, 3, 10
Mora, Leandro Garza, 174

Pollard, Adelaide A., 90
Poole, W. C., 371
Pott, Francis, 231
Pounds, Jessie Brown, 241
Prentiss, Elizabeth, 336

Ramírez, J. T., 254
Rankin, Jeremiah E., D. D., 146, 281
R., E., 209
Reed, Andrew, 8
Reed, Elizabeth, 258
Reynolds, I. E., 191
Rico, Francisco 374
Richards, B., 14
Rippon, "K" en "Selection" de, 319
Roberts, Daniel C., 120
Robinson, Robert, 7
Ogdon, Ina Duley, 313
Osborn, Albert, 185
Owens, Priscilla J., 288

Palaci, Eduardo, 132
Palacios, J., 318
Palmer, Horatius Ray, 91, 169
Paúl S., G., 302
Payne, John J., 166
Paz, J. S., 268
Paz, S. G., 30
Perronett, Eduardo, 1
Phelps, Sylvanus D., 218, 316
Phillips, P., 11
Pierson, A. P., 191, 203, 270, 282, 337, 338, 365, 376, 378, 379
Morris, Mrs. C. H., 86, 143, 209, 341
Mote, Edward, 219

N., A., 239
Neumeister, Erdmann, 151
Newell, Wm. R., 186
Newman, J. H., 160
Newton, John, 20, 217
Niles, Nathaniel, 183
Nunn, Marianne, 208

Oakley, Emily S., 343
Oatman, Johnson, Jr., 92

Root, George Frederick, 65
Roth, Elton M., 320
Rowe, James, 340
Rowley, F. H., 136
Rule, Gmo. H., 206

Salas, A. R., 58
Sammis, J. H., 93
Sánchez, Enrique, 127, 242
Sankey, Ira D., 225
Santos, J. N., de los, 172
Scott, Clara H., 326
Scriven, Joseph, 174
Schmolck, Benjamin, 301
Scholfield, J. P., 270, 274
Sears, Edmund H., 363
S., G., Paúl, 302
Shepherd, Mrs. Anne H., 266
Sherwin, Wm. F., 215
Shindler, Mrs. M. S. B. D., 105
Simmonds, E. T., 41
Simmonds, George P., 19, 38, 41, 47, 55, 87, 95, 96, 97, 155, 175, 186, 197, 216, 218, 243, 244, 257, 286, 317, 370, 371, 387
Simón, J. Pablo, 162, 306
Sleeper, W. T., 51, 79
Smith, Samuel F., 210, 344
Sneed, A. C., 85
Spafford, H. G., 158
Stead, Mrs. Louise M. R., 114
Stennett, Samuel, 19
Stockton, J. H., 182
Stokes, E. H., 49
Stone, Samuel J., 306
Stowell, Hugh, 227
Swanson, J. F., 372

Talbot, Nallie, 180
Tarrant, Wm. G., 253
Tate, Nahum, 38
T., E., 41
Thomann, V. E., 161
Thompson, H. C., 69
Thompson, J. O., 179
Thompson, Mary A., 129
Thompson, Will L., 66, 236
Thrupp, Dorothy Ann, 110
Tillman, Charles D., 345
Toplady, Augustus M., 156
Turral, Enrique, 44, 145, 148, 161, 246, 298, 325

Valle, T. González, 230
Van De Venter, J. W., 58, 295
V., B. W., 354
Velasco, Epigmenio, 100, 125, 196, 224, 273, 312

Walford, William W., 138
Walker, Annie L., 125
Walter, Howard A., 254
Warner, Anna B., 144
Watts, Isaac, 44, 59, 188, 189, 199, 214, 245, 346
Weigle, Charles F., 220
Wells Marcus M., 197, 265
Wesley, Charles, 35, 73, 122, 206, 276, 317
Westrup, Tomás M., 7, 28, 48, 50, 63, 64, 73, 78, 91, 101, 107, 110, 112, 130, 133, 139, 151, 153, 156, 169, 173, 184, 189, 194, 195, 202, 205, 207, 210, 211, 212, 213, 215, 219, 227, 229, 237, 240, 248, 250, 251, 253, 264, 271, 276, 278, 283, 288, 293, 327, 330, 339, 342, 343, 344, 346, 351, 352, 359, 360, 361, 362, 366, 368, 373, 375, 383
Whelpton, George, 387
White, Edward L., 238
Wells, Marcus M., 197, 265
Williams, Wm., 269
Wilson, Ira B., 372
Wingate, Mary B., 224

Yale, Elsie Duncan, 334
Young, Helen R., 291

INDICE
COMPOSITORES, ARREGLADORES U ORIGEN MELODICO

Ackley, Alfred H., 95, 337
Ackley, B. D., 242, 259, 353, 371
Allen, George N., 342
Ambrose, Richard S., 87
Anderson, Maxine R., 376
Anónimo, 355
Aria Italiana, 105
Arne, Thomas A., 44

Babbitt, M. J., 256
Baker, Henry W., 190
Baker, Richard D., 305
Baltzell, Isaiah, 297
Barnard, Mrs. Charles, 137
Bartholdy, 194
Bartholemon, F. H., 315
Barratt, T. B., 332
Baur, Benjamin A., 365
Beazley, Samuel W., 247
Bennard, George, 134
Billhorn, Peter H., 136, 324
Bischoff, J. W., 267
Bishop, Henry R., 166
Black, J. M., 17, 103, 149
Bliss, Philip P., 24, 27, 69, 71, 78, 81, 158, 172, 183, 205, 250, 323, 343, 350, 356
Blowers, R. L., 263
Booth, Ballington, 40
Booth-Tucker, Comisionado, 132
Bradbury, William B., 2, 23, 64, 100, 107, 110, 119, 138, 144, 202, 219, 366
Brown, R. R., 338
Bushby, J. Calvin, 258

Cántico Siciliano, 33
Canto Llano Gregoriano, 214
"Cantus Diversi", 296, 319
Carey, Henry, 6, 147

Carter, R. Kelso, 255
Carr, B., 32
Case, Charles C., 289
Cassel, Flora H., 104
Clark, F. A., 377
Clemm, J. B. O., 179
Colección de H. W. Greatrex, 213
Colección de John Wyeth, 161
Colección Española, 3, 163
Converse, Charles G., 174
Cooper, W. G., 141
Cota, Cosme C., 321
Crawford, Ruth D., 203

Dana, Mrs. M.S.B., 370
Danés, 385
Darwall, John, 118
Davis, Frank M., 74, 159, 381
Doane, William H., 25, 50, 52, 77, 133, 139, 148, 223, 285, 336
Dykes, John B., 18, 160, 199, 232, 272

Edson, Lewis, 206
Elvey, George J., 39
Estanol, L. V., 30
Excell, Edwin O., 20, 29, 97, 180, 273, 286, 299

Fawcett, John, 200
Fearis, J. S., 290
Fillmore, James H., 37
Fischer, William G., 26
Fleming, Frederick F., 16
Folklore Americano, 175
Franc, William, 195, 346, 389

Gabriel, Charles H., 55, 72, 92, 116, 241, 275, 277, 292, 293,

303, 307, 313, 318, 347, 364, 382
Geibel, Adam, 4, 253, 260, 357
Giardini, Felice de, 21, 302
González, Modesto, 311
Gottschalk, Luis M., 8
Gould, John E., 126
Grape, John T., 45
Greatrex, Colección de H. W., 213
Gruber, Franz, 34

Hall, Daniel, 140
Hall, J. Lincoln, 334, 369
Handel, George F., 38, 196
Harkness, Robert, 111, 261
Hartsough, Louis, 57
Hastings, Thomas, 19, 156, 173, 227
Hasty, E. E., 239
Hatton, John, 13, 189
Haydn, Franz J., 122, 213, 284
Hays, Wm. S., 298
Hemy, Henri F., 262
Hoffman, Elisha A., 46, 60, 243
Holbrook, Joseph P., 269, 276, 301
Holden, Oliver, 1
Hudson, R. E., 59
Husband, John J., 5
Huston, Frank C., 333

Johns, Bishop W., 170
Jones, L. E., 68
Jones, Tom, 185
Jude, J. H., 9
Jude, William H., 198

Kingsley, George, 171
Kirkpatrick, William J., 70, 94, 114, 221, 224, 268, 288, 294, 348, 349
Knapp, J. F., 123
Koschat, Thomas, 97
Kurzenknabe, J. H., 362

Lane, Spencer, 204
Lillenas, Haldor, 167
Lorenz, E. S., 108, 281
Lowden, C. Harold, 257

Lowry, Robert, 47, 53, 106, 216, 218, 240, 245, 252, 316
Lüders, German, 42
Lutero, Martín, 121
Lyra, Davídica, (1708), 147

Main, Hubert P., 208, 375
Mann, Arthur H., 88
Marsh, Charles H., 41, 234
Marsh, Simeon B., 73
Martin, W. Stillman, 280, 314
Mason, Lowell, 56, 125, 130, 153, 169, 184, 210, 214, 217, 322, 373
Mathews, H. E., 266
McAfee, C. B., 96
McGranahan, James, 10, 101, 145, 151, 176, 211, 237, 246, 327, 339
McKinney, B. B., 282, 374, 378, 379
Meinecke, Cristóforo, 388
Melodía Americana Tradicional, 163
Melodía Española, 233
Melodía Inglesa, 298
Melodía Griega, 23
Mendelssohn, Félix, 35, 194
Mendoza, Vicente, 152
Miles, C. Austin, 113, 154, 222, 328
Monk, William Henry, 212, 231, 368
Moody, Mrs. May Whittle, 98
Moore, George D., 115
Morris, Mrs. C. H., 86, 143, 209, 341
Murry, J. R., 325

Nagali, Hans George, 80
Nettleton, Dr. Asahel, 161
Nichol, H. Ernest, 127
Norris, J. S., 67

Ogden, W. A., 117, 330
O'Kane, Tullius C., 99

Palestrina, Giovanni P. da, 231
Palmer, Horatius Ray, 91, 380
Peace, Albert L., 142

Peek, Joseph Yates, 254
Perkins, H. S., 207
Perkins, Theodore E., 235
Phillips, P., 11
Pollock, Chas. Edw., 283
Psalmody, 196

Read, Daniel, 188
Reynolds, I. E., 191
Richards, B., 14
Rimbault, E. F., 112
Ritter, P., 212
Root, George F., 15, 65, 201, 249
Roseterry, 31
Roth, Elton M., 320
Rounsefell, Carrie E., 22

Salterio de Ginebra, 389
Salterio Escocés, 195, 346
Sankey, Ira D., 36, 76, 84, 225, 251, 278, 291, 312
Scott, Clara H., 326
Schofield, J. P., 270, 274
Schuler, George S., 372
Schulz, Johann A. P., 300
Sheppard, Franklin L., 162
Sherwin, William F., 157, 215, 367
Showalter, A. J., 109
Smart, Henry, 317
Smith, Howard E., 181, 340
Stebbins, George C., 48, 51, 61, 63, 79, 83, 85, 90, 128, 131, 135, 248, 271, 308, 310, 354, 383
Steffe, William, 12
Stillman, J. M., 89
Stockton, John H., 43, 182, 335
Stone, William, 228
Sullivan, Arthur S., 165

Sweney, John R., 49, 54, 150, 177, 244, 329, 352

Thompson, Will L., 66, 236
Tillman, Charles D., 345
Tomer, William G., 146
Towner, Daniel B., 93, 155, 186, 331
Tullar, Grant Colfax, 287, 358, 386

Vail, Silas J., 192, 229, 304
Verdi, Giuseppe, 374

Wade, J. F., 194, 296, 319
Walch, J., 129
Walton, James G., 262
Warren, George W., 120
Wartebsee, Xavier Schnyder Von, 187
Webb, George J., 124, 344
Webbe, Samuel, 193
Weber, Carl Maria Von, 301
Webster, J. P., 62, 102
Weeden, Winfield S., 58, 295
Weigle, Charles F., 220
Wells, Marcus M., 197, 265
Wesley, Samuel S., 164, 306
Westrup, Enrique T., 351, 359, 361
Whelpton, George, 387
White, Edward L., 238
White, J. E., 226
Wilcox, John Henry, 82, 264
Wilson, Emily D., 309
Wilson, Ira B., 360
Willis, Richard S., 363
Woodbury, Isaac B., 168
Wyeth, John, 7, 161

Zundel, Johann, 28

INDICE DE TONADAS

Abrele, 286
Ackley, 95
Adamsville, 101
Adeste Fideles, 296, 319
Adoración, 230
Afirmarse En El Fuerte, 350
Algún Día Esclarecido Quedará, 260
Al Huerto Van, 369
Al Perdonador, 55
Al Servicio Del Rey, 242
Amanecer, 371
América, 6
Amor Divino (Zundel), 28
Antigua Historia, 25
Arlington, 44
Armstrong, 14
Arrullados, 338
Asilo (Black), 103
Asilo (Hastings), 227
Astabula, 250
A Su Nombre Gloria, 43
Atardecer, 368
Atended, Atended, 247
Atlanta, 314
Aun A Mí, 202
Aun Yo, 119
Aurelia, 164, 306

Barnard, 137
Battle Hymn Of The Republic, 12
Bella Historia, 136
Betania, 184
¡Bienvenido!, 325
Biglow, 375
Booth, 40
Booth-Tucker, 132
Bradbury, 110
Brilla En El Sitio, 313

Cada Momento, 98
Calvario (Towner), 186
Calvario (Sweney), 329
Calvino, 258

Calle Duque, 13, 189
Calle LaSalle, 155
Camino A La Gloria, 312
Campanas Celestiales, 249
Caná, 140
Cantaré Por Jesús, 11
Canto De Gloria, 277
Canto Del Trabajo, 125
Cara A Cara, 287
Carol, 363
Casi Resuelto, 71
Cassel, 104
Cerca De La Cruz, 285
Certeza, 123
Coleman, 282
Compañerismo, 279
Con Cristo Tengo (Corito), 175
Condado De Orleans, 131, 354
Condado de York, 366
Confiar en Jesús, 114
Confía y Obedece, 93
Consolación (Webbe), 193
Consolador, 221
Con Su Sangre Me Lavó (Corito), 365
Coronación, 1
Coronadle, 135
Cristo, Mi Salvador (Corito), 178
Cristo Resucitó, 47
Cuando Venga, 201
Cumbre, 386

Chapman, 41
Chautauqua, 157
China, 144

Darwall, 118
Davis, 74
Dayton, 108
Deja Al Salvador Entrar, 275
De Jesús Todo Soy, 330
Dejo El Mundo y Sigo a Cristo, 177
Dennis, 80

Día Feliz, 112
Dilo A Cristo, 281
Dios Me Mira, 267
Dios Os Guarde, 146
Disipadas Las Neblinas, 251
Dorrnance, 168
Doxología Mayor, 389
Doxología Menor, 388
Dresden, 300
Dresden, 384
Ducannon, 94
Dulce Domum, 87
Dulce Historia (Melodía Griega), 23
Dulce Hora, 138
Dulce Paz, 324
Dulce Porvenir, 62, 102
Dundee, 195, 346

Edimburgo, 238
Ein' Feste Burg, 121
El Camino Estrecho, 355
El Cuida De Las Aves, 116
El Esconde Mi Alma, 70
Elizabeth, 236
El Nathán, 327
En Belén, 31
Encontrémonos Allí, 294
En El Huerto, 113
En Lo Intimo De Su Presencia, 310
Entrega, 85
Erie, 174
Esperanza, 233
Es Promesa de Dios, 250
Estrellitas, 290

Faben, 82, 264
Feliz Navidad, 30
Ferguson, 171
Fleming, 16

Galilea, 9, 198
Geibel, 4
Geibel (Baptist), 357
Geneseo, 237
Gloria, 309
González, 311
Gozo, 27
Gracia Asombrosa, 20
Grata Voz, 57

Guía, 197
Guía Fiel, 265

Hamburgo, 214
Hanford, 364
Hankey, 26
Hanson Place, 106
Harrisburgo, 362
Harwell, 153, 322
Haz Que Sienta Tu Presencia (Corito), 376
Hilton, 358
Himno Austríaco, 284
Himno Español, 32
Himno Misionero, 130
Himno Pascual (Worgan), 147
Himno Patrio, 120
Historia De Cristo, 244
Hogar, 166
Hosanna, 2
Horton, 187
Hoy, 210
Hoy, Te Convida, 63
Hudson, 59
Hursley, 212
Hutchinson, 293
Huye Cual Ave, 370

In Sine Jesu, 77
Invitación (Root), 65

Jesús Es La Peña, 278
Jesús Salva, 288
Jesús, Te Necesito, 361
Jewett, 301
Junto A Ti, 229

Kelley, 215
Kenosis, 323

Laban, 373
La Biblia, 299
La Cita, 48
La Cruz De Jesús, 84
Lafayette, 220
La Hermosura De Cristo (Corito), 185
La Historia Del Angel, 88
La Jolla, 234
Lakehurst, 154

La Roca Sólida, 219
Las Nuevas Llevad, 328
Las Noventa Y Nueve, 76
Leal, 128
Le Alabaré, 248
Lenox, 206
Lento, 42
Limpio En La Sangre, 60
Lo Que Faltaba, 305
Lorenz, 360
Luces De La Costa, 172
Lugar Para Ti, 36
Lura, 191
Luz Del Mundo, 69
Luz De Sol, 295
Luz Del Sol (Sweney), 150
Lux Benigna, 160
Lyons, 122
Llamamiento, 61
Lluvias De Gracia, 176

Maitland, 342
Manantial Purificador, 56
Manchester, 22
Manoah, 213
Maravillosa Paz, 141
Marchando a Sion, 245
Martín, 280
Martyn, 73
Más Allá, 99
Más Amor Por Ti, 336
Más Blanco Que La Nieve, 207
Más Y Más Cual Mi Jesús, 89
Matthews, 378
McAfee, 96
Mc Daniel, 72
Médico De Amor, 335
Me Escondo Yo En Ti, 225
Me Es Precioso, 307
Me Guia El, 100
Me Levantó, 292
Melodía De Amor, 320
Memorias Terrenas, 339
Mendelssohn, 35
Mensaje, 127
Mensajeros, 348, 349
Mi Oración, 81
Mi Rey Y Mi Amigo, 152
Misericordia, 8
Morris, 86

Navidad, 38
Naylor, 143
Necesidad, 216
Nettleton, 7, 161
Neumeister, 151
Nicea, 18
Ninguno Sino Cristo, 240
No Hay Amigo Como Cristo, 256
No Me Pases, 52
Norris, 67
Norwalk, 181
Nuestros Pasos Encamina, 359
Nuevas, 129

Obediencia, 170
Oh, Cuánto Ama, 208
Olivet, 169
Omnipotencia, 283
Onondaga, 381
Oporto, 15
Oración Vespertina, 271
Ortonville, 19
Orwigsburgo, 243
O Sanctissima, 33
Otoño, 315
Oyenos, Oh Dios, 387

Palabras De Vida, 24
Palmer, 91
Pan De Vida, 367
Parque Winter, 224
Pasar Lista, 17
Pastor, 117
Pastor Enviado, 239
Patmos, 266
Peek, 254
Penitencia, 204
Piloto, 126
Pitman, 222
Plainfield, 53
Plano Superior, 92
Plenitud, 49
Poder En La Sangre, 68
Polonia, 97
Pollard, 90
¿Por qué No Ahora?, 289
Preciosa Promesa, 183
Precioso Nombre, 139
Prom, 341
Promesas, 255

Puebla, 3, 163
Puerta Entreabierta, 192, 304
Puerto De Reposo, 115

¿Qué Se Cosechará?, 343
¿Quién A Cristo Seguirá?, 268

Rayo De Sol Seré, 29, 180
Reavivanos, 5
Recompensa, 333
Reed-City, 134
Refugio, 276
Regent Square, 317
Regia Mansión, 332
Regio Pendón, 246
Renacer, 79
Rescate, 223
Resurrección, 46
¡Resucitó!, 334
Rico Tesoro, 159
Richardson, 45
Robinson, 235
Rumbo A La Cruz, 241

Sacrificio, 226
Saint George's Windsor, 39
Salvacionista, 298
¡Salvo!, 274
Salvo Por Gracia, 308
San Silvestre, 272
Santa Catalina, 262
Santa Cruz, 194
Santa Gertrudis, 165
Santa Inés, 199
Santa Margarita, 142
Santidad, 83, 383
Santo Tomás, 196
Scott, 326
Schuler, 372
¡Sea La Paz!, 380
Se Está Luchando, 209
Segadores, 347
Segur, 269
Seguridad, 340
Se Necesitan Segadores, 382
Sepulta Tu Pena, 356
¡Sé Un Héroe!, 318
Showalter, 109
¿Sin Contestación?, 345

Si Recto Se Mantiene Tu Corazón, 259
Sólo Esperando, 37
Solo Pecador, 331
Sombras, 261
Soy Peregrino, 105
Stephanos, 190
Stille Nacht, 34
Stockton, 182
Stord, 167
Su Amor Conquistó Mi Corazón, 270
Subid Al Monte (Corito), 203
Sumisión, 58
Sweney, 54

Te Alabamos Y Te Bendecimos, 10
¿Tendré Diadema De Estrellas?, 352
Tengo Un Amigo, 111
Terra patris, 162
Thompson, 66
Tiempo De Siega, 179
Tindley, 377
Todo Por Jesús, 218, 252, 316
Toplady, 156
Trabajad, 133
Trinidad (Himno Italiano), 21, 302
Triple, 385
Tuve Un Cambio, 337
Tuyo Soy, 50

Un Amigo Fiel, 379
Una Vez Y Para Siempre, 78

Valor, 107
Vamos Al Hogar, 205
Ven A Cristo (Cota), 321
Ven A Cristo (Fawcett), 200
Vengo Jesús, 51
Ven Hoy, 263
Verdi, 374
Veré Su Faz, 351
Vía Militaris, 253
Victoria, 231
Vida, 75
Vida Venidera, 353
Ville De Havre, 158

Vickery, 145
Viviendo, 257
Viniendo Estoy, 291
Voluntarios, 303
Vox Dilecti, 232
Vuelta, 228

Webb, 124, 344
Williams Port, 149
Windham, 188

Woodstock, 148
Woodworth, 64
Worgan (Himno Pascual), 147

Yo Quiero Ser Obrero, 297
Yo Soy Feliz En El, 273
¿Y Tú? ¿Y Yo?, 211

Zerah, 217
Zion, 173

INDICE DE LOS HIMNOS CLASIFICADOS

Cuando el título y la primera línea de un himno son iguales, aparecen con letra romana; pero si son diferentes, entonces el título está impreso con letras cursivas.

Actividad Cristiana, Evangelización

Al frente de la lucha	341
Ama a tus prójimos	223
Aprisa, ¡Sión!	129
Brilla en donde estés	313
Canten del amor de Cristo	309
Cristo busca obreros hoy	179
Cual pendón hermoso	246
De heladas cordilleras	130
¡Despertad, despertad!	163
Dime la antigua historia	25
Dime la historia de Cristo	244
Doquier el hombre esté	221
El conflicto de los siglos	234
El llamamiento de Cristo	328
En la montaña	22
Es el tiempo de la siega	382
Escuchad, Jesús nos dice	153
Grato es decir la historia	26
Imploramos tu presencia	272
La historia de Cristo	127
La merced de nuestro	172
La Nueva Proclamad	221
Las mujeres cristianas	354
¡Luchad, por Cristo!	357
Mensajeros del Maestro	348
Noventa y nueve ovejas	76
Oh, cantádmelas otra vez	24
Oigo la voz del buen	117
Placer verdadero es servir	333
Por Cristo de los reyes	314
Pronto la noche viene	125
Sal a sembrar	132
Sembraré la simiente	131
Si Cristo conmigo va	222
Siembra que hicimos	343
Somos de Cristo segadores	347
Soy feliz en el servicio	242
Soy peregrino aquí	104
¿Soy soldado de Jesús?	44
Trabajad, trabajad	133
Usa mi vida	372
Ven, alma que lloras	356
Ya sea en el valle	222
Yo quiero trabajar	297

Adoración, Alabanza y Gratitud

A Cristo doy mi canto	11
A Dios, el Padre celestial	389
A nuestro Padre, Dios	6
Al Cristo vivo sirvo	95
Alabemos al Eterno	362
¡Aleluya!	231
Años mi alma en vanidad	186
Aparte del mundo	10
Aramos nuestros campos	300
Bellas canciones perennes	215
Bendecido el manantial	207
Cantad alegres al Señor	13
Cantar nos gusta unidos	279
Cantaré la bella historia	136
Canten del amor de Cristo	309
Con cánticos, Señor	118
Cristo el Señor	208
Cristo viene	317
Cual mirra fragante	238
¡Cuán dulce el nombre!	217
Cuán glorioso es el cambio	72
Dad a Dios alabanza	3
De Jesús el nombre	139
De mi tierno Salvador	294
Del culto el tiempo llega	164

Del trono santo	266	Ved al Cristo, Rey	135
Día feliz	112	Ven, Espíritu eterno	315
Digno es el Cordero	381	*Venid, adoremos*	296
Divina Gracia	20	Venid, cantad de gozo	237
Doquier el hombre esté	221	¡Venid! cantar sonoro	101
Dulzura, gloria, majestad	342	Venid, pastorcillos venid	225
El dulce nombre de Jesús	108	Yo confío en Jesús	75
El Hijo del Altísimo	248		
En la célica morada	339	**Amistad**	
En una cruz mi Salvador	329		
Es Jesucristo la vida	239	Amigo hallé	274
Es promesa de Dios	250	*Cristo el Señor*	208
Fuente de la vida eterna	7	Cuando estás cansado	281
Gloria a Dios en	39	*Dilo a Cristo*	281
¡Gloria a Dios en lo alto!	366	Hallé un buen amigo	298
¡Gloria a ti, Jesús!	12	No hay amigo como Cristo	256
Gloria Patri	387	Un amigo hay más que	208
Grande gozo hay	150	Un fiel amigo hallé	252
Grato es decir la historia	26		
¡Hosanna!	2	**Amor y Protección de Dios**	
Imploramos tu presencia	272		
Jesús es mi Rey soberano	152	Allí la puerta abierta está	304
Jubilosas nuestras voces	349	Ama el pastor sus ovejas	224
Junto a la cruz	43	Amigo hallé	274
Juventud cristiana	253	Años mi alma en vanidad	186
La gloria de Cristo	307	Bello amor, divino, santo	271
La Nueva Proclamad	221	Bendecido el gran	207
La ruda lucha	231	Canten del amor de	309
La voz del Salvador	335	Cariñoso Salvador	73
Lejos de mi Padre Dios	285	Cariñoso Salvador	276
Loores dad a Cristo el Rey	1	Castillo Fuerte	121
Los que aman al Señor	245	¿Cómo podré estar triste?	116
Me hirió el pecado	59	Con cánticos, Señor	118
Mirad al Salvador Jesús	192	Cristo, al morir, tu amor	218
Mirad el gran amor	145	*Cristo el Señor*	208
Nunca, Dios mío	16	Cristo es mi dulce	236
¡Oh! cantádmelas	24	Cristo me ama	114
¡Oh, Padre, eterno Dios!	21	Cristo, mi Salvador	178
Por mil arpas y mil voces	322	Cual eco de angélica voz	324
¡Qué grata la historia!	293	Cuando sea tentado	204
¡Rey soberano y Dios!	302	De mi tierno Salvador	294
¡Santo, Santo, Santo!	18	Del santo amor de Cristo	143
¡Santo! ¡Santo! ¡Santo!	230	Divina Gracia	20
Soberana bondad,	283	El llorar no salva	240
Sólo a ti, Dios y Señor	147	En Cristo fiel es mi alma	273
Suenan melodías en mi	320	En todo recio vendaval	227
Suenen dulces himnos	249	En una cruz mi Salvador	329
Te loamos, ¡oh Dios!	5	Es Jesucristo la vida,	239
Tiernas canciones	4	¿Has tratado de llevar	154
Tuve un cambio	337	La cruz excelsa al	214
Un amigo hay más que	208		

La cruz no será más	40
La Peña fuerte	278
La tierna voz	335
Lejos de mi Padre Dios	285
Maravillosa gracia	167
Mirad al Salvador Jesús	192
Mirad el gran amor	145
Mi Salvador en su	292
No hay amigo como Cristo	256
Nuestro sol se pone ya	157
¡Oh amor! que no me	142
¡Oh pastor divino	269
Pastoréanos, Jesús	110
Promesas oí de mi buen	270
¡Qué grata la historia de	293
Quiero que habléis de	149
Roca de la eternidad	156
Salvador, mi bien eterno	229
Salvo en los tiernos	77
Santo Espíritu de Dios	197
Sentir más grande amor	336
Si se nubla tu horizonte	360
Su amor me levantó	340
Tan triste y tan lejos	115
Tu vida, oh Salvador	316
Un amigo hay más que	208
Un fiel amigo hallé	252
Vagaba yo en la	295

Arrepentimiento y Confesión

Cuando estás cansado	281
De mi tierno Salvador	294
Diré a Cristo todas mis	243
Escucha, pobre pecador	182
Huye cual ave a tu monte	370
Jesús, yo he prometido	88
Me hirió el pecado	59
Mi vida di por ti	323
No me pases, no me	52
¡Oh gran Dios! yo soy	265
Oración vespertina	55
¿Qué me puede dar	53
Salvador, a ti me rindo	58
Si estás tu triste	311
Si feliz quieres ser	321
Tenebroso mar, undoso	284
Ven al Maestro	374
Yo confío en Jesús	75
Yo escucho, buen Jesús	57

Avivamiento

Avívanos, Señor	148
¡Aviva tu obra, oh Dios!	171
Dios nos ha dado promesa	176
Mándanos lluvias de	378

Bautismo

Día feliz	112
En las aguas de la muerte	161
La tumba le encerró	47
Líquido sepulcro	173
Objeto de mi fe	169
Puedo oír tu voz llamando	67

Biblia

Años mi alma en vanidad	186
¡Cuán firme cimiento!	319
Cuando leo en la Biblia	23
Dicha grande es la del	28
Dime la antigua historia	25
Gozo la santa Palabra al	27
Grato es decir la historia	26
Lámpara en mi senda es	299
¡Oh! cantádmelas	24
Padre, tu Palabra es	45
¡Qué grata la historia de	293
Quiero de Cristo más	54
Santa Biblia, para mí	32

Bienvenida

Con gran gozo y placer	325
Jubilosas nuestras voces	348

Cantos Corales

Al huerto van a visitar	369
Digno es el Cordero	381
Es el tiempo de la siega	382
¡Gloria a Dios en lo alto!	366
¡Luchad, por Cristo!	357
Maestro, se encrespan las	380
Maravillosa gracia	167
Martirio cruel sufrió Jesús	358
Más semejante a Cristo	364
Mirad el gran amor	145
Somos de Cristo segadores	347

Cantos Infantiles

Aunque soy pequeñuelo	267
Cristo me ama	144
Cristo, mi Salvador	178
Cuando leo en la Biblia	23
Del trono santo en	266
El borró de mi ser	338
El mundo es de mi Dios	162
En el templo	181
Gozo la santa Palabra al	27
Jesus de los cielos	201
La hermosura de Cristo	185
Los niños son de Cristo	290
Manos pequeñas tengo	330
Niños, joyas de Cristo	290
Nítido rayo	180

Cena del Señor

Amoroso Salvador	8
Cerca, más cerca	86
Dulces momentos	193
En tu cena nos juntamos	119
Fuente de la vida eterna	7
Hoy venimos, cual	168
Jesucristo desde el cielo	9
Junto a la cruz	43
Me hirió el pecado	59
Pan Tú eres, oh Señor	367
Por tu mandato	83
Que mi vida entera esté	94
Roca de la eternidad	156
Sagrado es el amor	80

Comunión con Cristo

A solas al huerto yo voy	113
Al cansado peregrino	183
Alguna vez ya no estaré	308
Amoroso Salvador	8
Aparte del mundo	10
Cantar nos gusta unidos	279
Cerca, más cerca	86
Cristo me ama	144
Del Señor en la presencia	310
Dia feliz	112
Dulce comunión	109
En el seno de mi alma	141
En presencia estar de	287
Es Cristo de su iglesia	306
Es muy estrecho el	355
Hay un lugar do quiero	103
Lejos de mi Padre Dios	285
Lugar donde descansar	96
Mi Jesús es un amigo fiel	379
No me pases, no me	52
¡Oh quién pudiera andar	213
¡Oh! yo quiero andar con	220
¿Quién a Cristo quiere?	268
Quiero de Cristo más	54
Sagrado es el amor	80
Salvador, mi bien eterno	229
Salvo en los tiernos brazos	77
Sentir más grande amor	336
Tu vida, oh Salvador	316

Confianza y Consuelo

A prados verdes	377
Al cansado peregrino	183
Acordándome voy	352
Allí la puerta abierta está	304
Arrolladas las neblinas	251
¡Camaradas! en los cielos	350
Cariñoso Salvador	73
Cariñoso Salvador	276
Castillo Fuerte	73
¿Cómo podré estar triste?	116
Cristo, al morir, tu amor	218
Cristo es mi Salvador	236
Cristo me ayuda a vivir	98
¡Cuán dulce el nombre de	217
¡Cuán firme cimiento!	319
Cuando andemos con Dios	93
Cuando brilla el sol	191
Cuando estás cansado y	281
Cuando mis luchas	277
De haberme revelado	327
De Jesús el nombre	139
De paz inundada	158
Del santo amor de Cristo	143
Del Señor en la presencia	310
Dilo a Cristo	281
Dime la antigua historia	25
Dime la historia de	244
¡Dios eterno! en tu	264
Dios nos ha dado	176
Dios os guarde	146
Dividase la aurora	344
Dulce comunión	109
Dulce oración	138

Dulces momentos	193
Dulzura, gloria, majestad	342
El dulce nombre de Jesús	108
El mundo perdido en	69
En Cristo feliz es mi alma	273
En el seno de mi alma	141
En Jesucristo mártir	123
En Jesús mi esperanza	233
En la célica morada	339
En todo recio vendaval	227
Es muy estrecho el	355
Es promesa de Dios a los	250
Fuente de la vida eterna	7
Hallé un buen amigo	298
¿Has tratado de llevar tu	154
Hay un lugar do quiero	103
Imploramos tu presencia	272
Jehová mi pastor es	97
Jesús es mi Rey soberano	152
Jesús, yo he prometido	88
La cruz no será más	40
La Peña fuerte	278
Lejos de mi Padre Dios	285
¡Lo he de ver!	351
Los que aman al Señor	245
Lugar hay donde	96
Me guía él	100
Me Niega Dios	260
Mi mano ten	375
Mi Salvador en su	292
No hay amigo como Cristo	256
No me importan riquezas	159
No tengo méritos	331
Nuestra fortaleza	312
Nunca desmayes	280
¡Oh amor! que no me	142
¡Oh, cuán dulce es fiar	114
¡Oh, qué Salvador!	70
Para andar con Jesús	93
Pastoréanos, Jesús	110
Por la justicia de Jesús	219
Promesas oí de mi buen	270
¡Qué bella aurora!	371
¡Qué grata la historia de	293
¿Qué significa ese rumor?	235
Refugio de este pecador	195
¿Respuesta no hay?	345
Roca de la eternidad	156
Salvador, mi bien eterno	229
Salvo en los brazos	77
Santo Espíritu de Dios	197
¡Sé un héroe!	318
Sentir más grande amor	336
Si se nubla tu horizonte	360
Soberana bondad,	282
Sol de mi ser	212
Sólo a ti, Dios y Señor	147
Tan triste y tan lejos	115
Te cuidará el Señor	280
Un fiel amigo hallé	252

Conflicto, Prueba, Victoria

Aprisa, ¡Sión!	129
Castillo Fuerte	121
Cristo, mi piloto sé	126
Cual pendón hermoso	246
Cuando mis luchas	277
Debo ser fiel	254
Deja al Salvador entrar	275
Despliegue el cristiano	128
El conflicto de los siglos	234
En Jesucristo, mártir de	123
Estad por Cristo firmes	124
Firmes y adelante	165
Jesús está buscando	303
Juventud cristiana	253
Luchando estáis	209
Maestro, se encrespan	380
Me niega Dios	260
No te dé temor hablar	107
Objeto de mi fe	169
¡Oh jóvenes, venid!	15
Por Cristo, de los reyes	314
Pronto la noche viene	125
¿Quieres ser salvo de toda	68
¡Sé un héroe!	318
Si Cristo conmigo va	222
Si en tu senda las nubes	259
Si hay valor y fe	259
Soberana bondad,	283
¿Soy yo soldado de	44
¿Temes que en la lucha?	275
Tenebroso mar, undoso	284
Tentado, no cedas	91
Tocad trompeta ya	206
Ya sea en el valle	222

Consagración

Abre mis ojos a la luz	326

Años mi alma en vanidad	186
Aparte del mundo	10
¡Aviva tu obra, oh Dios!	171
Bello amor, divino, santo	271
Canten del amor de	309
Cerca de ti, Señor	184
Cerca, más cerca	86
Cristo, al morir, tu amor	218
Cristo, mi piloto sé	126
Cristo, tu voluntad	301
Cuando andemos con Dios	93
Da lo mejor al Maestro	137
Dame la fe de mi Jesús	262
Debo ser fiel	254
Dejo el mundo y sigo a	177
¡Dios eterno! en tu	264
Dulces momentos	193
En la montaña podrá no	22
Estad por Cristo firmes	124
Firmes y adelante	165
Fuente de la vida eterna	7
Haz lo que quieras	90
Haz que sienta tu	376
Jesús, te necesito	361
Jesús, yo he prometido	88
Juventud cristiana	253
La cruz excelsa al	214
La hermosura de Cristo	185
Mándanos lluvias de	378
Más santidad dame	81
Más semejante a Cristo	364
Mi Anhelo	305
Mi espíritu, alma y	84
Mirad al Salvador Jesús	192
Niños, joyas de Cristo	290
Nítido rayo	180
¡Oh pastor divino	269
Para andar con Jesús	93
Pasando por el mundo	282
Puedo oír tu voz llamando	67
Que mi vida entera esté	94
Quiero de Cristo más	54
Salvador, a ti me rindo	58
Santo Espíritu, desciende	49
Soy feliz en el servicio	242
¿Soy yo soldado de Jesús?	44
Tal como soy, esclavo del	51
Te necesito Cristo	216
Tengo un Amigo	111
Tentado, no cedas	91
Todo rendido	85
Tu tiempo consagra	383
Tu vida, oh Salvador	316
Tuyo soy, Señor	50
Usa mi vida	372
Vivo por Cristo	257
Ya sea en el valle	222
Yo quiero ser cual mi	89
Yo quiero trabajar por el	297

Cumpleaños

Feliz, feliz cumpleaños	386

Despedida

Dios os guarde	146
Sagrado es el amor	80

Día del Señor

Cantar nos gusta unidos	279
Hoy es día de reposo	14

Dirección Divina

A prados verdes	377
Al Calvario sólo Jesús	241
Al cansado peregrino	183
Al Cristo vivo sirvo	95
Cristo me ayuda por él a	98
Cuando sea tentado	204
De haberme revelado	327
Divina luz	160
El llorar no salva	240
Es Jesucristo la vida, la	239
Es muy estrecho el	355
Guíame, ¡oh Salvador!	74
Haz que sienta tu	376
Jehová mi pastor es	97
Me guía él	100
Mi mano ten	375
Nuestros pasos encamina	359
Nunca desmayes	280
¡Oh pastor divino	269
¡Oh! yo quiero andar con	220
Pastoréanos, Jesús	110
Salvador, mi bien eterno	229
Te cuidará el Señor	280

Doxologías

A Dios, el Padre	389
Gloria Patri	388

Dúos

A solas al huerto yo voy	113
Acogida da Jesus	151
Cristo me ayuda por él a	98
Dios bendiga las almas	140
El oro y la plata no me	155
Guíame, ¡oh Salvador!	74
¿Has tratado de llevar tu	154
Haz lo que quieras	90
Jehová mi pastor es	97
La cruz no será más	40
Me guía él	100
Mi espíritu, alma y	84
¡Oh, qué Salvador!	70
Salvador, a ti me rindo	58
Sed puros y santos	83
Un día	41
Un hombre llegóse de	79

Esperanza, Gozo, Paz

Alégrate alma feliz	332
Allí la puerta abierta está	304
Amigo hallé	274
Arrolladas las neblinas	251
Con gran gozo y placer	325
Cristo es mi dulce	236
Cual eco de angélica voz	324
Cuando mis luchas	277
De paz inundada	158
Deja al Salvador entrar	275
Dulce y precioso me es	87
En Cristo feliz es mi alma	273
En el seno de mi alma	141
En Jesús mi esperanza	233
En presencia de Cristo	287
Es Jesucristo la vida,	239
Es promesa de Dios	250
Grande gozo hay en mi	150
La gloria de Cristo	307
La Peña fuerte	278
Lejos de mi Padre Dios	285
Los que aman al Señor	245
Lugar hay donde	96
Mi Redentor, el Rey de	48
Si en tu senda las nubes	259
Si hay valor y fe	259
Sol de mi ser	212
Soy feliz en el servicio del	242
Suenan melodías en mi	320
¿Temes que en la lucha?	275
Todas las promesas del	255
Tras la tormenta	353
Vagaba yo en obscuridad	295

Espíritu Santo

Desciende, Espíritu de	199
Doquier el hombre esté	221
La Nueva Proclamad	221
Santo Espíritu de Dios	197
Santo Espíritu, desciende	49
Ven, Santo Espíritu	346

Fe

¡Cuán firme cimiento!	319
Dame la fe de mi Jesús	262
¡Dios eterno! en tu	264
Es promesa de Dios a	250
¡Lo he de ver!	351
Me guía él	100
Me hirió el pecado	59
No tengo méritos	331
Nuestra fortaleza	312
Objeto de mi fe	169
¡Oh, cuán dulce es fiar	114
Oigo al Dueño de la mies	134
Por Cristo, de los reyes	314
Si en tu senda las nubes	259
Si hay valor y fe	259
Todas las promesas del	255
Tras la tormenta	353

Hogar Celestial

Al bello hogar	205
Acordándome voy	352
Alégrate alma feliz	332
Alguna vez ya no estaré	308
Allí la puerta abierta está	304
Arrolladas las neblinas	251
¡Camaradas! en los cielos	350
Cuando la trompeta suene	17
Cuando mis luchas	277
Deseando está mi ser	373
Dulce y precioso me es	87
En la célica morada	339
En presencia estar de	287
Hallé un buen amigo	298

Hay un lugar do quiero	103
Hay un mundo feliz	102
¡Lo he de ver!	351
Los que aman al Señor	245
Meditad en que hay un	99
No me importan riquezas	159
Nos veremos en el río	106
¡Oh célica Jerusalén!	194
¡Qué bella aurora!	371
Suenan melodías en mi ser	320
Voy al cielo, soy	105
Yo espero la mañana	37

Hogar Cristiano

Como María en Bethania	247
Dios bendiga las almas	140
Hogar de mis recuerdos	166
Hogar, dulce hogar	166
Las mujeres cristianas	354

Iglesia

Aprisa, ¡Sión!	129
Es Cristo de su Iglesia	306
Firmes y adelante	165
Iglesia de Cristo	122
Tu reino amo	196

Invitación

A Jesucristo, ven sin	65
A tu puerta Cristo está	286
Acogida da Jesús	151
Alma, escucha a tu	187
Con voz benigna	63
Cristo llama	198
Cuán tiernamente nos	66
¿De Jesús no escuchas?	263
Del trono celestial	226
El llorar no salva	240
El mundo perdido en	69
Escucha, pobre pecador	182
Francas las puertas	211
¿Has hallado en Cristo?	60
Hoy mismo	210
Jesucristo desde el cielo	9
Jesús está buscando	303
La bondadosa invitación	258
La voz de Cristo os habla	228
Mi vida di por ti	323
No me pases, no me	52
Oigo al Dueño de la mies	134
Pecador, ven a Cristo	62
Por ti estamos hoy orando	289
Preste oídos el humano	291
Puedo oír tu voz llamando	67
¿Qué me puede dar	53
¿Qué significa ese rumor?	234
¿Quién a Cristo quiere?	268
¿Quieres ser salvo de toda	68
Salvador, a ti me rindo	58
Si estás tú triste	311
Si feliz quieres ser	321
Tal como soy, de pecador	64
Tal como soy, esclavo del	51
¿Te sientes casi resuelto	71
Tenebroso mar, undoso	284
Todos los que tengan sed	288
Tuyo soy, Señor	50
Ven a Cristo, ven ahora	200
Ven a él, pecador	263
Ven al Maestro	374
Ven, alma que lloras	356
Venid a mí, los tristes	61
Yo escucho, buen Jesús	57

Juventud

Juventud cristiana	253
¡Oh jóvenes, venid!	15
Por Cristo de los reyes	314

Misiones

Ama a tus prójimos	223
Aprisa, ¡Sión!	129
Cristo está buscando	179
De heladas cordilleras	130
En la montaña podrá no	22
Es el tiempo de la siega	382
La historia de Cristo	127
Si Cristo conmigo va	222
Soy peregrino aquí	104
Ya sea en el valle	222
Yo quiero trabajar por el	297

Nacimiento y Encarnación de Cristo

A media noche en	363
Allá en Belén	31

Cristo ha nacido	29
Feliz Navidad	30
Gloria a Dios en las	39
Los heraldos celestiales	82
Noche de paz	34
Oh, santísimo, felicísimo	33
Oíd un son en alta esfera	35
Pastores, cerca de Belén	38
Suenen dulces himnos	249
Tú dejaste tu trono	36
Venid, adoremos	296
Venid, pastorcillos venid	225

Nupciales

Dios bendiga las almas	140

Oración

A nuestro Padre Dios	6
Avívanos, Señor	148
¡Aviva tu obra, oh Dios!	171
Cariñoso Salvador	73
Cerca, más cerca	86
Cristo, mi piloto sé	126
Cuando sea tentado	204
Desciende, Espíritu de	199
Dios nos ha dado	176
Diré a Cristo todas mis	243
Dulce oración	138
Fuente de la vida eterna	7
Guíame, ¡oh Salvador!	74
Más santidad dame	81
Me niega Dios	260
Nuestros pasos encamina	359
¡Oh pastor divino	269
Oh, qué Amigo nos es	174
Oigo hablar Dios mío	202
Oración vespertina	55
Pastoréanos, Jesús	110
Piedad, oh santo Dios	188
Refugio de este pecador	195
¿Respuesta no hay?	345
Señor, Jehová	120
Si se nubla tu horizonte	360

Resurrección

Al huerto van a visitar	369
El Señor resucitó	46
La tumba le encerró	47

No habrá sombras	261
¡Resucitó! la nueva dad	334
Un día	41

Salvación

A Jesucristo, ven sin	65
Acogida da Jesús	151
Amigo hallé	274
Cantaré la bella historia	136
Cariñoso Salvador	73
Cariñoso Salvador	276
Con su sangre me lavó	365
Con voz benigna	63
Cristo mi dulce Salvador	236
Cuán glorioso es el	72
De haberme revelado	327
Del trono celestial	226
Día feliz	112
Divina Gracia	20
El Hijo del Altísimo	248
El llorar no salva	240
El mundo perdido en	69
El oro y la plata no me	155
En una cruz mi Salvador	329
¿Has hallado en Cristo?	60
Hay un precioso	56
Huye cual ave a tu monte	370
Jesucristo desde el cielo	9
Junto a la cruz	43
La historia de Cristo	282
Libres estamos	78
Me hirió el pecado	59
Mi Salvador en su bondad	292
Mirad al Salvador Jesús	192
Noventa y nueve ovejas	76
Pecador, ven a Cristo	62
Por la justicia de Jesús	219
Preste oídos el humano	291
¿Qué me puede dar	53
¿Qué significa ese rumor?	235
¿Quieres ser salvo de	68
Salvo en los brazos	77
Un hombre llegóse de	79
Venid, cantad de gozo	237
¡Venid! cantar sonoro	101

Segunda Venida

Cristo viene	317
Iglesia de Cristo	122

Mi Redentor, el Rey de	48
Por mil arpas y mil	322
Yo espero la mañana	37

Seguridad

Cristo es mi Salvador	236
En todo recio vendaval	227
La Peña fuerte	278
Mi Salvador en su	292

Solos

A solas al huerto yo voy	113
Aprisa, ¡Sión!	129
Cariñoso Salvador	73
¿Cómo podré estar triste?	116
Cristo me ayuda por él a	98
De paz inundada	158
El mundo perdido en	69
El oro y la plata no me	155
Guíame, ¡oh Salvador!	74
¿Has tratado de llevar tu	154
Haz lo que quieras	90
La cruz no será más	40
Más santidad dame	81
Noventa y nueve ovejas	76
¡Oh amor! que no me	142
Oración Vespertina	55
Sed puros y santos	83
Tan triste y tan lejos	115
Tengo un Amigo	111
Todo rendido	85
Un día	41

INDICE ALFABETICO

A

A Cristo doy mi canto	11
A Dios, el Padre	389
A Jesucristo, ven	65
¡A luchar, a luchar!	341
A media noche en B.	363
A nuestro Padre Dios	6
A prados verdes	377
A Sion caminamos	245
A solas al huerto yo	113
A solas con Jesús	113
A tu puerta Cristo	286
Al bello hogar	205
Al Calvario sólo Jesús	241
Al cansado peregrino	183
Al Cristo vivo sirvo	95
Al frente de la lucha	341
Al huerto van a visitar	369
Abre mis ojos a la luz	326
Acogida da Jesús	151
Acordándome voy	352
Alabemos al eterno	362
Alcancé salvación	158
Alégrate alma feliz	332
¡Aleluya!	231
Alguna vez ya no	308
Alma, escucha a tu	187
Allá en Belén	31
Allí la puerta abierta	304
Ama el pastor las	224
Ama a tus prójimos	223
Amén "Dresden"	384
Amén "Triple"	385
Amigo hallé	274
Amoroso Salvador	8
Anhelo en las regias	332
Años mi alma en	186
Aparte del mundo	10
Aprisa, ¡Sión!	129
Aramos nuestros	300
Arrolladas las neblinas	251
Aunque soy pequeño	267
Avívanos, Señor	148
¡Aviva tu obra, Dios!	171

B

Bellas canciones	215
Bellas palabras de vida	24
Bello, amor, divino.	271
Bendecido el gran	207
Brilla en el sitio donde	313

C

Cada momento	98
¡Camaradas! en los	350
Cantad al Señor	13
Cantaré la historia	136
Cantar nos gusta	279
Canten del amor de	309
Cariñoso Salvador M.	73
Cariñoso Salvador (R)	276
Castillo fuerte	121
Casi resuelto	71
Cerca de ti, Señor	184
Cerca, más cerca	86
Como María en	247
¿Cómo podré estar	116
Con cánticos, Señor	118

Con Cristo tengo	175	Dad a Dios alabanza	3
Con gran gozo y	325	Dame la fe de Jesús	262
Con las nubes viene	317	De haberme revelado	327
Con su sangre me lavó	365	De heladas cordilleras	130
Con voz benigna	63	De Jesús el nombre	139
Conmigo sé	368	¿De Jesús no escuchas	263
Corona a nuestro S.	19	De la vida el turbión	318
Cristo, al morir, tu	218	De mi tierno Salvador	294
Cristo el Señor	208	*De mil arpas y mil*	322
Cristo es mi dulce S.	236	De paz inundada	158
Cristo está buscando	179	Debo ser fiel	254
Cristo ha nacido	29	Deja al Salvador	275
Cristo llama	198	Dejo el mundo y sigo	177
Cristo me ama	144	Del culto el tiempo	164
Cristo me ayuda por él	98	Del amor de Cristo	143
Cristo, mi piloto sé	126	Del Señor en la	310
Cristo, mi Salvador	178	Del trono celestial	226
Cristo su preciosa	190	Del trono santo en	266
Cristo, tu voluntad	301	Desciende Espíritu de	199
Cristo viene	317	Deseando está mi ser	373
Cual eco de angélica	324	¡Despertad, oh cristia	163
Cual mirra fragante	238	Despliegue el cristiano	128
Cual pendón hermoso	246	Día feliz	112
¡Cuán dulce el nombre	217	Dicha grande es la del	28
¡Cuán firme cimiento!	319	Digno es el Cordero	381
Cuán glorioso es el	72	*Dilo a Cristo*	281
Cuán tiernamente	66	Dime la antigua	25
Cuando allá se pase	17	Dime la historia de	244
Cuando andemos con	93	Dios bendiga las almas	140
Cuando brilla el sol	191	¡Dios eterno! en tu	264
Cuando estás cansado	281	Dios nos ha dado	176
Cuando la trompeta	17	Dios os guarde	146
Cuando leo la Biblia	23	Diré a Cristo todas	243
Cuando mis luchas	277	Divina Gracia	20
Cuando sea tentado	204	Divina luz	160
Cuando yo llegue a	371	Divísase la aurora	344
D		Dominará Jesús, el	189
Da lo mejor al Maes	137	Doquier el hombre esté	221

Dulce comunión	109
Dulce oración	138
Dulce y precioso me es	87
Dulces momentos	193
Dulzura, gloria,	342

E

El borró de mi ser la	338
El conflicto de los	234
El dulce nombre de	108
El Hijo del Altísimo	248
El llamamiento de	328
El llorar no salva	240
El mundo es de mi	162
El mundo perdido en	69
El oro y la plata no	155
El Señor resucitó,	46
El vino a mi corazón	72
En Cristo feliz es mi	273
En el seno de mi	141
En el templo	181
En Jesucristo, mártir	123
En Jesús mi esperanza	233
En la ascendente vía	92
En la célica morada	339
En la cruz	59
En la montaña podrá	22
En aguas de la muerte	161
En negocios del Rey	104
En presencia de Cristo	287
En todo recio vendaval	227
En tu cena nos	119
En una cruz mi	329
Entera consagración	94
¿Eres limpio en la	60
Es Cristo de su iglesia	306
Es el tiempo de siega	382
Es Jesucristo la vida,	239
Es estrecho el camino	355
Es promesa de Dios a	250
Escucha pobre pecador	182
Escuchad, Jesús nos	153
Estad por Cristo	124

F

Feliz, feliz cumpleaños	386
Feliz Navidad	30
Firmes y adelante	165
Francas las puertas	211
Fuente de la vida	7

G

Gloria a Dios en las	39
¡Gloria a Dios en lo	366
¡Gloria a ti, Jesús	12
Gloria demos al Padre	388
Gloria Patri	388
Gloria sin fin	277
Gozo la santa Palabra	27
Grande gozo en mi	150
Grato es decir la	26
Guíame, Luz divina	160
Guíame, ¡oh Salvador!	74

H

Habladme de Cristo	149
Hallé un buen amigo	298
¿Has hallado en	60
¿Has tratado de llevar	154
Hay un lugar do	103
Hay un mundo feliz	102
Hay un manantial	56
Haz lo que quieras	90
Haz que sienta tu	376
Himno vespertino	157

Hogar de recuerdos	166
Hogar, dulce hogar	166
¡Hosanna!	2
Hoy es día de reposo	14
Hoy mismo	210
Hoy venimos, cual	168
Huye cual ave a tu	370

I

Iglesia de Cristo	122
Imploramos tu presen	272

J

Jehová mi pastor es	97
Jesucristo desde el	9
Jesucristo te convida	9
Jesús busca voluntario	303
Jesús de los cielos	201
Jesús es la luz del	69
Jesús es mi Rey	152
Jesús está buscando	303
Jesús, te necesito	361
Jesús, yo he prometido	88
Jubilosas nuestras	349
Junto a la cruz	43
Juventud cristiana	253

L

La bondadosa invita	258
La cruz excelsa al	214
La cruz no será más	40
La cruz y la gracia de	40
La gloria de Cristo	307
La hermosura de	185
La historia de Cristo	127
La merced de nuestro	172
La nueva proclamad	221
La Peña fuerte	278
La ruda lucha	231
La tierna voz del	335
La tumba le encerró	47
La voz de Cristo os	228
Las campanas suenan	30
Las mujeres cristianas	354
Lámpara en mi senda	299
Lejos de mi hogar	340
Lejos de mi Padre	285
Lindas las manitas son	170
Lindas manitas	170
Líquido sepulcro	173
¡Lo he de ver!	351
Loores dad a Cristo	1
Los heraldos	82
Los niños son de	290
Los que aman al	245
¡Luchad, por Cristo!	357
Luchando estáis	209
Lugar donde descansar	96

LL

¿Llevas solo tu carga?	154
Lluvias de gracia	176

M

Maestro, se encrespan	380
Mándanos lluvias de	378
Manos pequeñas tengo	330
Maravillosa gracia	167
Martirio cruel sufrió	358
Más santidad dame	81
Más semejante a	364
Me guía él	100
Me hirió el pecado	59

Me niega Dios	260
Meditad en que hay	99
Mensajeros del M.	348
Mi Anhelo	305
Mi Dios me envió	320
Mi Jesús es un amigo	379
Mi espíritu, alma y	84
Mi mano ten	375
Mi Redentor, el Rey	48
Mi Salvador en su	292
Mi vida di por ti	323
Mirad al Salvador	192
Mirad el gran amor	145
Muchos que viven en	372

N

Niños, joyas de Cristo	290
Nítido rayo	180
No habrá sombras	261
No hay amigo como	256
No me importan	159
No me pases, no me	52
No te dé temor hablar	107
No tengo méritos	331
Noche de paz	34
Nos veremos en el río	106
Noventa y nueve	76
Nuestra fortaleza	312
Nuestro sol se pone ya	157
Nuestros pasos en	359
Nunca desmayes	280
Nunca esperes el	313
Nunca, Dios mío	16

O

Objeto de mi fe	169
¡Oh amor! que no me	142
¡Oh! cantádmelas otra	24
Libres estamos	78
¡Oh célica Jerusalén!	194
¡Oh, cuán dulce es fiar	114
Oh Dios, si he	55
¡Oh gran Dios! yo	265
Oh Jehová, Dios	120
¡Oh, jóvenes, venid!	15
¡Oh, Padre, eterno	21
¡Oh pastor divino	269
Oh, qué amigo nos es	174
¡Oh, qué Salvador!	70
¡Oh! quién pudiera	213
Oh, santísimo,	33
Oh, ven, si tú estás	374
¡Oh! yo quiero andar	220
Oí la voz del	232
Oíd un son en alta	35
Oigo al Dueño de la	134
Oigo hablar Dios mío	202
Oigo la voz del buen	117
Oración vespertina	55
Oyenos, Oh Dios	387

P

Padre, tu Palabra es	45
Pan Tú eres, oh	367
Para andar con Jesús	93
Pasando por el mundo	282
Pastoréanos, Jesús	110
Pastores cerca de B.	38
Paz, cuán dulce paz	141
Pecador, ven a Cristo	62
Piedad, oh Santo Dios	188
Placer verdadero es	333
Por Cristo, de los reyes	314
Por la justicia de	219
Por mil arpas y mil	322
Por ti estamos hoy	289

Preste oídos el	291
Promesas oí de mi	270
Pronto la noche	125
Puedo oír tu voz	67

Q

¡Qué bella aurora!	371
¡Qué grata la historia	293
¿Qué me puede dar	53
Que mi vida entera	94
¡Qué placer al andar	379
¿Qué significa ese	235
¿Quién a Cristo	268
¿Quieres ser salvo de	68
Quiero de Cristo más	54
Quiero que habléis de	149

R

Refugio de este peca	195
Respuesta coral	387
¿Respuesta no hay?	345
¡Resucitó! la nueva	334
¡Rey soberano y Dios	302
Roca de la eternidad	156
Rostro divino	42

S

Sagrado es el amor	80
Sal a sembrar	132
Salvador, a ti me rindo	58
Salvador, mi bien	229
Salvo en los brazos	77
Santa Biblia, para mí	32
Santo Espíritu de Dios	197
Santo Espíritu,	49
¡Santo, Santo! Señor	18
¡Santo! ¡Santo! tu	230
¡Sé un héroe!	318
Sed puros y santos	83
Sembraré la simiente	131
Sentir más grande	363
Señor Jehová, Omnipo	120
Señor Jesús, el día ya	368
Si al cruel enemigo	275
Si Cristo conmigo va	222
Si en tu senda las	259
Si estás tú triste	311
Si feliz quieres ser	321
Si hay valor y fe	259
Si se nubla tu	360
Siembra que hicimos	343
Soberana bondad	283
Sobre el tumultuoso	328
Sol de mi ser	212
Sólo a ti Dios y Señor	147
Somos aliados de las	234
Somos de Cristo	347
Soy feliz en el servicio	242
Soy peregrino aquí	104
¿Soy soldado de	44
Su amor me levantó	340
Subid al monte	203
Suenan melodías en	320
Suenen dulces himnos	249

T

Tal como soy,	64
Tal como soy, esclavo	51
Tan triste y tan lejos	115
Te cuidará el Señor	280
Te loamos, ¡oh Dios!	5
Te necesito Cristo	216
¿Te sientes resuelto?	71
¿Temes que en la luch	275

Tendrás que renacer	79
Tenebroso mar, undoso	284
Tengo un Amigo	111
Tentado, no cedas	91
Tiernas canciones	4
Tocad trompeta ya	206
Todas las promesas del	255
Todo rendido	85
Todos los que tengan	288
Trabajad, trabajad	133
Tras la tormenta	353
Tú dejaste tu trono	36
Tu reino amo	196
Tu tiempo consagra	383
Tuve un cambio	337
Tu vida, oh Salvador	316
Tuyo soy, Señor	50

U

Un amigo hay más	208
Un día	41
Un fiel amigo hallé	252
Un hermoso pequeñue	29
Un hombre llegóse de	79
Usa mi vida	372

V

Vagaba yo en	295
Ved al Cristo, Rey de	135
Ven a Cristo, ven	200
Ven a él, pecador	263
Ven al Maestro	374
Ven, alma que lloras	356
Ven, Espíritu eterno	315
Ven, pecador	311
Ven, Santo Espíritu	346
Venid a mí, los tristes	61
Venid, adoremos	296
Venid, cantad de gozo	237
¡Venid! cantar sonoro	101
Venid, fieles, todos	296
Venid, pastorcillos	225
Vivo por Cristo	257
Voy al cielo, soy	105

Y

Ya sea en el valle	222
Yo confío en Jesús	75
Yo escucho, buen	57
Yo espero la mañana	37
Yo quiero ser cual mi	89
Yo quiero trabajar	297